애주가의 결심

• 이 도서의 국립중앙도서관 출판시도서목록(CIP)은 e-CIP홈페이지(http://www.nl.go.kr/ecip)와 국가자료공동목록시스템(http://www.nl.go.kr/kolisnet)에서 이용하실 수 있습니다.
(CIP제어번호: CIP2018014396)

2018 한경신춘문예 당선작

애주가의 결심

은모든 장편소설

은행나무

독하지만 때로는 속절없이 부드럽게 스며들기도 하는

세상의 모든 술에게 바칩니다.

차례

1
애주가의 결심

찻잔을 감싸듯 살그머니 술병을 쥐어본다. 유백색 표면으로 전해지는 온기를 조금 더 느끼고 싶다. 데운 술이 가득 찬 술병은 아직 지나치게 뜨겁다. 몇 초쯤 손을 떼었다가 손끝으로 병목을 기울여 투명한 술을 따른다. 술잔 위로 흐릿하게 피어오르는 훈김을 보면 언제나 마음이 놓인다. 하물며 두 볼이 에이도록 거센 겨울바람을 맞은 뒤라면 더더욱, 데운 술만큼 반가운 것은 없다. 그대로 잔을 들어 단번에 술잔을 비운다. 뭉근한 단맛이 느껴지는 후끈후끈한 술이 입안을 채웠다가 온몸으로 부드럽게 퍼져나간다. 이렇게 다정한 존재가 또 어디에 있을까. 누가 이토록 내 마음을 잘 알아줄까.

"그렇게 맛있어?"

한 손에 국자를 든 이 선배가 식탁 앞으로 돌아왔다.

"도저히 못 참겠다. 나도 한 잔 줘봐."

술잔이 절반쯤 채워졌을 때 이 선배는 그만하면 됐다는 듯 오른손을 흔들었다. 입술을 적시듯 조금씩 술맛을 음미하던 그녀는 배시시 웃더니 "아, 좋다" 하고 말했다. 하지만 이 선배는 오늘만큼은 천천히 오래 마시리라고 다짐했다. 자기 얼굴에 취기가 돈다 싶으면 물을 마시라고 잔소리를 해달라는 부탁도 덧붙였다.

"이럴 게 아니라 지금 좀 먹어둬야겠다. 컨디션 같은 거 있잖아. 그걸 미리 마셔두면 훨씬 덜 취한대."

드링크제를 개봉하는 이 선배의 얼굴에는 비장함마저 감돌았다.

쌍둥이를 가진 뒤 모유 수유를 마칠 때까지 이 년 가까이 무알코올 맥주로 어르고 달래온 심신에 드디어 음주를 허하는 날. 이 선배는 자신의 인생에서 가장 많은 양의 술을 마셨던 독문과 조교 시절의 인연을 잔뜩 불러 모았다. 그리고 가장 먼저 도착한 내게 술잔을 건네받기 전부터 이미 취한 사람처럼 들떠 있었다.

두 아이의 엄마가 되는 일이 얼마나 고된지는 못 본 새 늘어난 새치를 통해서도 충분히 짐작할 수 있었지만 이 년 동안 술을 한 방울도 입에 대지 못했다는 건 곱씹을수록 가슴이 먹먹해지는 일이었다. 나는 얼른 선배의 잔을 채워주었다. 그새 도쿠리 병은 체온보다 조금 높은 정도로 알맞게 식어 있었다. 다음 잔을 마시기 전에는 한 번 더 데워와야겠다고 생각하며 나는 다시 술잔을 비웠다.

"역시 술주희. 클라스 어디 안 가네. 넌 어쩌면 그렇게 술을 맛있게 마셔?"

이 선배가 엄지를 치켜들었다. 그 부분에 있어서만큼은 나도 겸손을 떨고 싶지 않았다. 내가 태어나서 가장 자주 들은 칭찬이 술을 맛있게 마신다는 것, 그리고 내가 마시는 술은 유달리 맛있어 보이는다는 말이었으니 말이다. 축제에서 '맥주 빨리 마시기 대회' '맥주 많이 마시기 대회' 같은 것만 열리는 게 내심 안타까운 적도 여러 번이다. 맥주야 빨리, 많이 마시면 취하기도 전에 배만 부를 뿐이니까. 하지만 맛있게 마시기 대회가 있다면 못해도 본선 진출은 할 자신이 있었다.

"본선이 뭐야 바로 결선에 가겠지."

그러면서 이 선배는 냄비 뚜껑이 들썩이는 가스레인지 앞으로 뛰어갔다.

"좀 도와드려?"

"국물 떡볶이 좀 하는 데 돕긴 뭘 도와."

이 선배는 싱긋 웃었다.

"그동안 어떻게 지냈어? 내가 안부를 너무 늦게 묻지."

"긴 버전이랑 짧은 버전이 있는데, 어떤 걸로 얘기할까?"

"자세히 해줘. 쌍둥이들 때문에 세상 구경도 못하던 시절 네 얘기 아니니."

간을 보며 고개를 갸웃거리는 선배에게 그럴 거였으면 못해도 1박 2일 코스는 잡았어야지, 하는데 초인종이 울렸다. 인터폰 화면에 비친 것은 불문과의 쁘띠 박이었다. 이 선배 대신 내가 현관문을 열어주었더니 쁘띠 박은 집 안으로 한 발을 들이자마자 새된 비명을 지르며 내 어깨를 안았다. 우리가 학교 다닐 때 이렇게 끌어안을 만큼 친했던가 의아하긴 했지만 아무럼 어떠냐 싶었다. 나는 조교실 근로 알바를 짧게 했기 때문에 오늘 술자리에서는 모르는 사람이

11

대부분일 거라, 반겨주는 사람이 한 명이라도 더 있는 건 감사한 일이었다.

"이게 얼마만이야!"

거실에 들어선 쁘띠 박은 이 선배의 어깨를 붙잡고서도 쿵쿵 뛰는 바람에 결국 이 선배로부터 계속 그랬다간 아랫집에서 올라올 거라는 주의를 들었다. 나는 그녀에게 술잔부터 내밀었다.

"주희 너는 그간 어떻게 지냈어!"

쁘띠 박이 술잔을 쥐기만 한 채 묻기에 짧은 버전으로 전해야겠다 싶었다.

"졸업하고서부터 한 오 년은 갖은 궁상떨면서 죽어라 돈만 모으다가……."

"맞다, 그걸로 너 푸드트럭 한다고 했었지."

"응. 그거 한다고 깝치다가 죽자고 모은 거 홀랑 다 까먹었지 뭐. 기분 같아서는 따듯한 남쪽 나라 가서 재충전 좀 하고 오고 싶은데 수중에 남은 게 너무 없어서……."

거기까지 말하고 나니 막상 오랜만에 만나자마자 쏟아낼 얘기는 또 아닌가 싶어 "그래도 큰 빚 안 진 게 어디야" 하고 얼른 덧붙였다. 그건 거짓말이 아니었고 쁘띠 박도 안도했다는 듯 "맞아, 그게 어디야"라며 내 말을 따라 반복했다.

분위기를 무겁게 할 얘기는 더 이상 하지 말자고 나는 다짐했다. 그건 무엇보다 이날만을 기다려온 이 선배에게 미안한 일이었다. 게다가 나도 오늘은 오랜만에 기분 좋게 마시며 진탕 취하고 싶었다.

때마침 이 선배가 커다란 냄비에 끓이고 있던 국물 떡볶이가 완성됐다. 손님들이 속속 등장하는 사이사이 배달 음식도 도착해서 짧은 시간 동안 이십사 평형 아파트의 거실이 가득 찼다.

모인 사람은 총 열두 명이나 됐다. 그중 이 선배가 독문과 조교 일을 하던 당시 과 사무실을 나누어 쓰며 같이 조교 생활을 했던 불문과 조교와 옆방의 일문과 조교도 있었다. 그리고 나처럼 그들의 통솔 하에 과실에서 근로 알바를 했던 이들, 그리고 그들의 지인도 섞여 있었다. 연령대는 대략 이십대 후반에서 삼십대 후반이었으며 직업군도 다양했다.

어쨌든 초대한 모두에게 전한 이 선배의 주문은 한 가지였다. 수유를 하는 동안 참아야 했던 자극적인 요리를 잔뜩 시켜 먹을 테니 각자 마시고 싶은 술을 한 병씩 가져올 것.

그 얘기를 듣는 순간 나는 고민할 것도 없이 주종을 정할 수 있었다. 선배는 원래 소주만큼이나 청하를 좋아했고 겨울밤의 술판이라면 모름지기 따듯한 술도 한 잔씩 마셔줘야 하니까. 게다가 집 근처 이마트에서는 '센'이라는 이름의 1.8L 대용량 사케를 단돈 11,800원에 살 수 있었다.

웬만한 냉장고의 음료 칸에는 똑바로 세워서 넣기도 힘들 만큼 거대한 몸집을 자랑하는 이 사케는 평소에도 내가 주위 사람들에게 마트에서 살 수 있는 술 중 가성비가 뛰어나다고 추천하는 제품이다. 고가의 사케처럼 오묘하고 특색 있는 향미를 기대할 수는 없지만, 무난한 듯 깔끔한 맛으로 쉬이 질리지 않는다. 따라서 마음먹고 부어라 마셔라 하는, 오늘 같은 자리에서 빛을 발하는 술 중 하나다.

날이 날인 만큼 나는 두 병을 골랐다. 그러자 들고 오는 일이 녹

록하지 않았다. 내가 기대한 그림은 거대한 술을 검처럼 양팔에 끼고 선 개선장군 같은 모습이었으나, 술병이 든 봉지를 품에 안았다가 양손으로 번갈아들었다가 하며 낑낑대는 일개미가 된 기분이었다.

이 선배가 바로 그 사케 두 병을 들어 보였을 때 여기저기서 대박이라는 감탄사가 터져나왔다. 불문과 조교였던 김 선배는 "역시 술주희!" 하며 박수까지 쳤다.

"술주희, 넌 지금도 필름 끊긴 적 없어? 너도 이제 서른쯤 됐잖아, 아니 넘었나?"

"언니, 요새도 만 나이 안 쓰는 사람이 있어요? 아직 스물아홉이죠. 아니 그리고, 도대체 필름 끊긴다는 게 뭐예요? 난 그게 뭔지 진짜 모르겠더라. 겪어봤어야 알지."

"부럽다 술주희."

농담 삼아 한껏 으스대는 와중에도 꽤 오랜만에 '술주희'라는 별명을 들으니 가슴 한쪽이 찌르르했다.

"술주희?" 하고 고개를 갸웃거리는 자신의 애인에게 김 선배는 내 별명의 유래에 대해 설명하기 시작했다.

"우리가 다들 어문 쪽이잖아. 그때 과실에서 자주 보는 사람들끼리 각자 전공하는 나라 말을 섞어서 애칭을 만들었거든. 불문과 귀요미는 쁘띠 박, 이 언니는 일문과 왕언니라 임 사마, 영문과면서 맨날 임 사마랑 논다고 배 짱, 독어 중에는 학센만큼 우리 입에 붙는 게 없어서 쟤는 학센 김. 이런 식으로."

"그거 네가 시작한 거잖아."

14

이 선배가 웃었다.

"그치, 그런데 주희는 남의 나라 말 붙일 거 없이, 그냥 술이 제일 잘 어울리는 거야."

나는 자리에서 일어나 "그래서 술주희가 되었습니다" 하고 고개를 꾸벅 숙였다. 기왕 일어난 김에 손에 든 잔을 말끔히 비우는 서비스도 잊지 않았다. 방금 전까지는 분명 사케를 마시고 있었는데 언제 소맥이 든 잔으로 바뀌었나 싶었지만, 누가 탔는지는 몰라도 마지막한 모금까지 청량감이 살아 있는 게 마음에 들었으므로 불만은 없었다.

이어서 김 선배는 자신과 애인이 가져온 술을 꺼내 놓았다. 선배가 고른 것은 샴페인이었고 다른 하나는 조니 워커 블랙 라벨이었다. 이 댁에 탄산수가 있으려나? 오랜만에 하이볼을 좀 진하게 타서 마셔야겠다 싶어 나는 군침을 삼켰다.

"어우 언니, 블랙 라벨!" 하고 어깨를 건드리자 김 선배는 위스키병 뒷면에 쓰인 군납용이라는 문구를 보여주었다. 그러고는 애인이 직업군인이어서 가장 좋은 점은 이 군납용 양주에 있다며 장난스럽게 어깨를 으쓱거렸다.

"연말에 귀인을 만난다더니 여기서 뵙네요. 앞으로 자주 봬요!"

너스레를 떨며 말을 걸자 김 선배의 애인이 쑥스러운 듯 웃더니 내 잔에 위스키를 따라주었다. 사케에 소맥을 거쳐 본격적인 술자리가 시작되자마자 또 주종이 바뀐 것이다. 하지만 술주희라면 달려야겠지? 나는 스스로에게 물었고 위스키 한 모금을 입안에 흘려 넣음으로써 대답을 마쳤다.

다음으로 공개된 술 또한 위스키였다. 가져온 이는 내 맞은편에 앉은 남자였는데, 그는 머뭇거리며 자리에서 일어났다가 시선이 집중되자 쑥스러운 듯 도로 자리에 앉았다.

나는 원래 남달리 부끄러움을 타는 사람에게 눈길이 가곤 했다. 가만 살펴보니 부드러워 보이는 머릿결하며 얇은 베이지색 니트 스웨터의 핏이 나무랄 데가 없는 게 외모도 딱 내 타입이었다. 이따 술 한 잔 따라주며 말을 걸어봐야지. 하지만 머리를 굴리는 동안 그가 누구의 친구로 이 자리에 왔다는 이야기를 제대로 듣지 못했다. 그의 목소리가 원체 작은 탓도 있었다. 하지만 "주류 쪽 일을 하고 있어요"라는 말 만큼은 정확히 귀에 꽂혔다.

"정말요? 사랑합니다!"

우렁차게 울리는 내 목소리를 듣고 좌중은 웃음을 터뜨렸다. 모두를 웃기기보다는 저 남자가 빙그레 웃을 수 있는 얘기를 해야 했는데. 급히 후회가 밀려왔지만 이미 뱉은 농담을 다시 주워 담을 수도 없는 노릇이니 원래 호방한 사람인 양 나도 소리 내 웃어넘겼다.

지금까지 나온 술만으로도 밤새 마시겠다 싶었는데 이후에도 화려한 라인업이 이어졌다. 여행지에서 사왔다는 셰리주가 나왔고, 샴페인처럼 개봉하도록 만들어진 빈티지 맥주, 향이 일품이라는 중국의 백주와 마니아층이 있다는 오키나와 소주도 소개됐다. 샴페인과 와인이 세트로 구성된 박스는 겉면을 두른 리본마저 고급스러워 보였다. 그뿐인가, 나 말고도 사케를 가져온 사람이 또 있었는데 짙은 먹빛의 상자 안에 든 술이 공개되자 주류 회사에 다닌다는 남자가 작게 탄식을 내뱉었다. 그가 옆자리에 앉은 이에게 속닥거리는 것을 엿들은 바에 의하면 그 술은 닷사이 중에서도 최고급 라인으로 면세가로 구매해도 삼십만 원 정도 된다고 했다.

각자가 가져온 술의 면면이 공개될수록 평범한 칠레 와인을 가져온 사람이 민망함을 감추지 못하는 형국이었다. 하지만 그 와인도 내가 가져온 사케보다는 가격이 나갈 거라는 확신이 들어서 나는 얼굴이 화끈거렸다.

바로 그때, 늦게 도착한 몇몇 사람들이 첫 잔을 샴페인으로 마시고 싶어 했고 누가 병을 개봉할 것이냐는 얘기가 나오자 이 선배가 "그거야 술주희지!" 하고 잘라 말했다. 엄연히 사온 사람이 따로 있는데. 하지만 시선이 집중되었기에 나는 못 이기는 척 샴페인 병을 받아 들었다.

코르크 마개가 떨어져나오며 내는 훅— 하는 소리에 이어 반투명한 녹색 병목을 따라 흐르는 하얀 거품을 보면 언제나, 모두에게 마구 술을 권하고 싶은 기분이 든다. 나는 샴페인 병을 들고 테이블을 돌았고, 다른 한쪽에서는 김 선배가 작은 잔을 건네며 셰리주를 따르고 있었다.

김 선배는 스페인 여행의 추억을 얘기했다. 그리고 서울에 셰리주를 취급하는 바가 있으면 추천해달라고 했다. 그러자 쁘띠 박의 입에서 서촌 안쪽에 있다는 바의 이름이 나왔다. 경리단길에 있는 라운지바를 소개하는 이도 있었다. 누군가 종로 익선동에 있는 어느 펍이 "맛도 괜찮고 힙하긴 한데 힙하다 못해 을씨년스럽다"라고 얘기하자 딱 그 말대로라며 동의하는 사람들의 목소리가 커졌다.

나는 곧바로 떠오르는 곳이 하나도 없었다. 한 곳쯤은 있겠지 싶어서 추천할 만한 바나 펍을 떠올리고 있는 동안, 화제는 타르트가 맛있는데다 인생 셀카를 찍을 수 있는 디저트 맛집으로, 미들급 가격으로 하이엔드급 퀄리티의 전채와 초밥을 제공한다는 초밥집으로, 스타 셰프의 레스토랑 중에 이름값을 하는 곳으로, 먹방을 즐기기 좋은 여행지로 옮겨갔다.

다들 앞다투어 목소리를 높이는 것을 보면 아마도 이 중에 태국과 베트남은 물론 유럽 땅도 한번 못 밟아본 사람은 나뿐인 것 같았다. 그뿐인가, 여태 초밥집에서 오마카세 한번 못 시켜보고 제주도 현지의 방어회 코스 한번 못 먹어본 사람도 나 말고는 없는 모양이었다.

무엇보다 이 자리에 오면서 가성비를 따져가며 술을 골라온 사람은 나밖에 없는 게 분명했다. 그야 큰 빚을 지지 않은 게 어디냐지만 고시텔의 월세도 버거운 판국이니 별수 없는 노릇이었다. 그렇지 않을까?

그러나 그런 이야기를 불쑥 털어놓는 것은 오랜만에 만난 사람들에게도, 처음 본 사람에게도 할 짓이 못 되는 일이라 나는 다시 술잔을 입에 가져갔다. 어느새 얼음이 녹아버린 위스키는 연한 보리차 빛으로 묽어져 있었다. 뒷맛이 쌉싸름했다.

잔을 비우고 나자 맞은편에 앉은, 주류 관계 일을 한다는 남자가 내게 말을 건넸는데 여전히 작은 목소리 때문에 그가 말하는 내용을 제대로 알아들을 수 없었다. 더 따라주려는 것인가 싶어 술잔을 내밀었지만 남자는 고개를 저으며 다시 한번 입술을 달싹였다.

"뭐라고요?"

내가 다시 묻자 옆자리의 여자가 허리까지 내려오는 머리칼을 귀 뒤로 넘기며 대신 입을 열었다. 그녀도 목소리가 작기는 매한가지였다.

"네? 좀만 크게 얘기해주세요."

"괜찮으세요? 물 좀 드실래요?"

여자는 이미 물병을 쥐고 있었지만 나는 고개를 저었다. 그래도 갈증이 나기는 했으므로 나는 "물 말고 거기 남은 맥주나 좀 주세요" 하고 말했다.

가위눌림, 몸에 쥐가 나는 것, 어깨 결림은 직접 경험해보지 않으면 그 실체를 제대로 짐작하기 어려운 것이라고들 한다. 내게는 필름이 끊긴다는 것 역시 마찬가지였다. 술에 취한 뒤에 이튿날 예상치 못한 이와 함께 알몸으로 깼다거나, 대구의 막창을 먹고 싶다는 말을 거듭하며 술을 마시다가 정신을 차리고 봤더니 대구로 가는 KTX 안이었다거나 하는 이야기를 들을 때마다 납득이 가지 않아 고개를 갸웃거리기도 했다.

여태껏 나는 이렇게 짐작했다. 무의식 상태에서 할 수 있는 일은 귀소본능에 따라 집에 돌아가는 것 정도일 것이라고. 그런데 낯선 곳으로 이동하는 동안은 무슨 정신으로 움직인 걸까, 그러니 단지 군데군데 빈 기억이 창피해서 완전히 기억이 나지 않는다고 둘러대는 게 아닐까, 하고 말이다.

하지만 막상 필름이 끊기는 현상을 직접 겪어보니 여태 남의 속도 모르고 뱉었던 말들을 깡그리 쓸어 담고 싶었다. 물론 할 수만 있다면 그에 앞서 간밤의 내 모습을 지워버리고 싶었다. 초면에 귀인을

19

찾고, 우렁차게 사랑한다고 외치질 않나, 사방에서 물을 권하는 말을 듣고도 자신이 취해간다는 것을 알아채지 못한 채 맥주나 달라고 건방을 떨었던 일 하며, 떡볶이 국물을 뜨다가 몇 번이나 옷소매를 국물에 빠뜨린 일은 주접이라고밖에는 달리 설명할 길이 없을 것이었다.

그나마 거기까지 하고 구석에서 잠이 들었다면 며칠 진저리를 치고 나서 잊었을 것이다. 하지만 최종적으로 몇 시까지 마셨고, 그 사이 또 무슨 이야기를 했는지, 언제 일어나서 어떻게 돌아왔는지는 아무리 떠올려보려 해도 "너도 은근히 손이 많이 가는 타입이야"라며 떡볶이 국물이 묻은 소매를 닦아주는 이 선배에게 몸을 기댄 채 속없이 웃었던 순간을 끝으로 한 톨의 기억도 남아 있지 않았다.

창피했다. 여태 지갑 한번 잃어버린 적 없다고 자부했던, 민폐와 거리를 둔 애주가였건만. 인간의 몸이란 이렇게 불쑥 약해지고 늙어가는 것일까. 이 선배에게 메시지라도 보내야겠다 싶어서 팔꿈치로 기어가서 휴대폰을 집었더니 모르는 번호로 문자가 하나 도착해 있었다.

그렇게 가신 거예요? 저한테도 해명할 기회는 주셔야죠!

이건 또 무슨 소리인가. 카톡이라면 프로필 사진이라도 클릭해보련만 문자인 만큼 눈에 보이는 메시지 외에 알 수 있는 정보는 아무것도 없었다. 잔뜩 취해 누군가에게 시비라도 건 것일까? 거듭 강조하지만 여태껏 아무리 취했을 때도 그런 일을 저지른 적은 없었다.

그러나 지금 이 순간 자신할 수 있는 것 또한 아무것도 없었다.

총체적으로 구린 기분에 이불 속으로 다시 기어가는데 전화가 걸려왔다. 사촌인 우경 언니였다.

"언니, 난 도대체 여태 뭐하려고 그 궁상을 떨고 살았을까."

"아유, 그러니까."

우경 언니는 딱하다는 듯한 어투였다.

"말을 해야 알지. 어제 무슨 일이 있었는데 그래. 뭔 일이 있어서 그 새벽에 트위터에다 그런 얘기를 쓴 거야?"

"내가 어제 뭘 썼어? 트위터에?"

당장 폰을 산산조각 내버리고 싶은 충동이 들끓었지만 아직 남은 기계 할부금을 떠올리며 나는 신음했다.

"아무튼 와서 얘기해. 집도 둘러봐야 하고. 온다고 약속했잖아, 너."

그런 약속을 한 기억은 없었다. 그러나 카톡에는 어제 새벽에 언니와 대화한 내용이 남아 있었다. 언니는 자신이 이사한 지 1년이 다 되도록 네가 한번 와보지도 않는다는 게 말이 되느냐고 따졌고 나는 (당연히 술기운을 빌어) 내일 해지기 전에 반드시 가겠다며, 이번에도 약속을 어기면 우리 집에서 언니네 집까지 삼보일배를 하면서 가겠다고 적어놓았더랬다. 간밤의 나는 내게 말을 거는 모든 사람에게 주접을 떨기로 결심이라도 했던 모양이다.

"그래 갈게. 만나서 얘기해."

더는 실랑이를 할 기운도 없었다. 게다가 이부자리에 늘어져서 기억도 못하는 일 때문에 괴로워하는 것보다는 오랜만에 언니를 만나는 게 덜 괴로울 것 같기도 했다. 자리에서 일어나자 속이 울렁거렸다. 하지만 상체를 수그려 머리를 감는 동안 절정에 치달았던 울렁거림은 집 밖으로 나와 찬 공기를 쐬었더니 서서히 누그러들었다.

망원동에 위치한 언니의 집에 도착했을 때 내 시선은 자연스레 현관 옆에 위치한 계단으로 향했다. 그냥 집에 놀러오라고 하지 말고 복층 공간이 있으니 구경하러 오라고 할 것이지. 그러면 진작 오고도 남았을 텐데.

비록 설계상의 하자로 계단의 2/3 이상 올라가면 상체를 수그려야 하는 불편함이 있고, 따라서 이 층에서는 몸을 거의 ㄱ자 모양으로 구부리고 다녀야 된다고 하더라도 마냥 부럽기만 했다. 나는 유치원 시절부터 막연히 다락방, 복층에 대한 로망을 품고 있었으나 그런 공간을 갖춘 곳에서 살아보기는커녕 복층 공간에 발을 들인 것도 처음이었던 것이다.

"주희야, 너 진짜 여기서 살 수 있겠어?"

계단에서 가까운 자리에 쭈그려앉은 언니가 물었다.

"어디든 고시텔만 하겠어? 살 수만 있으면 땡큐지. 왜? 나 여기서 살아도 돼?"

내가 되묻자 언니의 얼굴에 그럼 그렇지, 하는 찡그림 섞인 미소가 떠올랐다.

"너 당장 다음 주에 이사 온다고 했잖아. 야, 너 이제 나한테 설레발치네 어쩌네 그런 말 하지도 마."

내가 언제 그랬냐고 물을 것도 없었다. 물론 간밤에 벌어진 일일 테니 말이다. 언니는 끙 소리를 내며 계단을 내려가면서 우선 밥이

나 먹으며 이야기하자고 말했다.

밥을 먹자더니 언니가 준비한 것은 횟집에서 배달시킨 대방어회였다. 회에 밥을 먹지 말라는 법은 없지만 원체 술안주에 어울리는 메뉴라 마음의 갈피를 잡을 수 없었다. 나는 폭음을 한 뒤에는 이틀간 간을 쉬게 한다는 규칙을 가지고 있었다. 게다가 간밤에 벌인 일들의 실체를 전부 파악하기도 전에 다시 술을 입에 대는 것은 대책 없는 주정뱅이의 길로 입장하는 첫걸음을 내딛는 게 아닐까.

하지만 작년 겨울에 시기를 놓친 탓에 제철에 먹는 대방어회는 실로 이 년 만이었다. 기름기가 자르르 도는 대방어는 비교적 담백한 부분도 참치의 붉은 살보다 기름졌고 기름진 부분은 중뱃살보다도 진한 맛이 난다. 제아무리 레몬즙을 끼얹고 락교와 초생강과 백김치를 집어 먹는다 한들 두툼한 회를 대여섯 점 이상 먹으면 슬슬 느끼한 뒷맛이 입안을 감싼다. 다시 말해 적절한 알코올로 목을 축이는 것이야말로 방어회를 맛있게, 많이 먹을 수 있는 길이다. 그 길밖에는 없다는 것을 나는 너무도 잘 알고 있었다.

지금까지의 원칙에 따라 쉬어갈 것인가, 제철 진미를 위해 위장을 희생시킬 것인가. 고민에 빠진 내게 언니는 더 물을 것도 없다는 듯이 술잔을 내밀었다.

“소주하고 매실주 있는데 뭐 줄까?”

“매실주로 할까?”

나는 머뭇거리던 손을 뻗어 냉큼 잔을 잡았다. 매실주는 도수가 낮은 편에 속한다. 게다가 예로부터 매실은 배앓이에 도움을 준다고 잘 알려져 있다. 세상에는 이렇게 달콤한 상식도 있었던 것이다.

달콤한 상식 다음에는 놀라운 소식이 이어졌다. 매실주가 든 잔을 건네자 언니가 고개를 저으며 "난 됐어" 하더니 당분간 술을 끊기로 했다고 밝힌 것이다.

"누가 술을 끊어? 언니가?"

"그래. 그래도 열심히 따라는 드릴게."

"언니가 술을 끊는다고? 술김에 전남친 본가 앞까지 쳐들어간 사람이? 거기로 막 경찰 출동 시키고 그랬던 사람이?"

"야, 너 그때 사정 몰라서 그래? 그때 내가 괜히 그랬어?"

"그건 그렇지만. 참, 언니. 그 사람 지금은 어떻대? 이제 괜찮아졌대?"

"그냥저냥 사나봐. 암튼 평생 안 마신다는 건 아니고 일단. 당분간은 술 안 마셔."

"얼마 만에 만났는데, 그게 왜 하필 지금이야. 한 잔만 받아."

더 말을 잇지 못하겠다는 듯 내려 깐 시선 속으로 한숨을 삼키는 모습 때문에 나는 더 이상 술을 권할 수 없었다. 건강에 무슨 문제라도 생긴 거냐고 물었지만 언니는 고개를 저을 뿐이었다.

그 앞에서 혼자 술을 마시는 게 무슨 맛이겠는가 싶었지만 안주가 워낙 좋으니 말 그대로 술이 술술 들어갔다. 사이다를 굳이 소주잔에 따라 마시는 언니와 잔을 부딪쳐가며 건배도 했다. 그러고 나자 간밤에 있었던 일에 대한 이야기가 나왔다.

"그래서 어제 트위터에 직무유기 얘기가 나왔구만. 단골집 하나 없어서?"

"그렇잖아. 나는 되도록 단골손님, 동네 손님 많은 그런 가게를 하고 싶거든. 근데 정작 나는 밥집이고 술집이고 단골인 데가 하나도 없다는 게 쓸쓸하더라고. 요새 어디서 뭐가 잘나가는지도 어둡고. 언니 체부동이라고 들으면 어딘지 딱 감이 와?"

"체부동?"

"응. 요새는 어디 역 근처가 아니라 정확히 딱 집어서 동 이름으로 얘기하더라."

"그야 자기 차로 운전해서 다니면 아무래도 그렇겠지. 체부동은 어딘지 좀 헷갈리지만, 우리 동네도 요새 잘나가던데?"

"망원동. 그치 망원동 정도는 나도 알지."

"그러니까. 이 동네로 오면 되겠네. 와서 단골집도 만들고."

당분간 술을 끊기로 했다는 말이 진심인 것처럼 언니가 내게 이사 들어오라고 하는 말 또한 농담이 아니었다. 그녀에게는 나름 절박한 사정이 있었다. 거실 겸 부엌 겸 안방인 일 층과 애매한 높이 때문에 옷과 책을 수납하는 데 만족하는 이 층으로 이루어진, 혼자 살기에 적합하지만 넉넉한 넓이라고는 할 수 없는 이곳에 당분간 남동생 우철을 들여서 살아달라는 부모님의 부탁이 있었다는 것이다.

말이 좋아 복층이지 일 층과 이 층이 문으로 나뉜 것도 아닌데 무슨 소리냐고 펄쩍 뛰어도 부모님은 태평하더라고 했다. 어차피 우철은 노량진과 독서실에서 주로 생활할 테니 와서 잠만 잘 공간만 있으면 된다는 것이었다. 게다가 남매가 따로따로 사는 동안 가져야 했던 아들의 식사 걱정, 딸의 치안 걱정을 덜 수 있다는 이점도 부모님에게 크게 어필하는 모양이라고 언니는 말했다. 후자면 몰라도 전자는 큰엄마와 큰아빠의 일방적인 착각이었다. 언니는 내가 아는 사람 중 누구보다도 요리에 흥미가 없는 사람이니 말이다.

"내 말이. 우리 엄마 아빠가 생각하는 게 그렇게 단순해."

우경 언니가 한숨을 쉬었다.

"여기 전세 계약할 때 엄마한테 보증금 좀 빌렸잖아. 그게 이렇게 내 발목을 잡을 줄 몰랐지. 왜 몰랐을까? 세상에 공짜가 없는데. 나도 참 생각하는 게 아메바 수준이야."

언니는 고개를 절레절레 저었다. 낯모르는 친구도 아니고 설마 내가 들어와서 살고 있으면 부모님도 내쫓을 수가 없지 않겠느냐는 계산이 됐고 그 얘기를 들은 나 역시 쾌재를 부르며 당장 다음 주에라도 이사를 오겠다고 했다는 것이었다. 물론, 간밤에. 잔뜩 취해서.

실상 두 번째로 듣는 이야기였지만 처음 듣는 기분으로 듣고 나자 내게 손해날 일은 하나도 없다는 생각이 들었다. 안 그래도 요새 가장 아까운 게 월세였고, 월세를 줄이지 못하면 목돈은커녕 수중에 비상금도 모으지 못하리라고 여겼던 터였다.

따지고 보면 고시텔보다 이곳의 이 층이 못할 것도 없었다. 언니가 오라는 거니까 미안할 걱정은 안 해도 될 것이다. 진짜 들어갈까, 하면서 마음이 두둥실 들떴다. 솔직히 인정해야겠다. 어제의 여파인지 반병쯤 남은 매실주를 마신 것뿐인데 벌써 기분 좋은 취기가 돌고 있었다.

"뭣 좀 더 마실래?" 하면서 언니는 싱크대 맨 왼쪽 칸의 문을 열었다. 그 안에는 말리부와 반쯤 남은 산토리 위스키, 병목 부근까지만 비어 있는 데킬라, 개봉하지 않은 럼과 근사한 장밋빛 라벨의 샴페인, 몇 병의 와인이 보였다. 어제 파티에서도 느낀 거지만 내 또래쯤 된 애주가라면 대개 집에 이 정도는 가지고 있는 모양이었다. 난 여태 뭘 한 걸까. 이 차이를 앞으로라도 메울 수는 있을까 하는 생각이 스치는 것을 어찌할 수 없었다.

"난 당분간 입에 댈 일 없으니까 들어오면 내 술창고 통째로 너다 줄게. 싹 마셔도 돼. 아, 이 샴페인만 빼고."

"그럽시다, 그럼!"

나는 주저 없이 대답했다.

"여태 궁상떨면서 남은 것도 없는데 여기 들어오면 일단 술 걱정은 없겠네. 한 일 년 부어라 마셔라 하고 살지 뭐."

별생각 없이 그렇게 말하고 나서야 나는 그게 내가 진심으로 원하던 일이었다는 사실을 깨달았다. 큰 빚을 지지 않은데 감사하며 이 악물고 다시 뛰어야 한다고 스스로를 채근했지만 실은 뛰기는커녕 이를 악물고 버틸 기력도 남지 않았기 때문이었다. 내게는 일과 시간에 쫓기지 않고 웅크려 있을 만한 시간이 절실했다.

그리하여 나는 한동안 내가 가진 시간을 탕진하기로 마음먹었다. 기왕 용기를 낸 김에 할 수 있는 최소한만 일하면서 제대로 탕진하기로. 시한부에 불과해도 어엿한 한량으로 지내보기로 나는, 결심했다.

그날 밤 우리는 당장 이 층에서 언니가 읽지 않는 책과 입지 않을 옷들을 골라내고 싱글 매트리스를 놓을 만한 공간을 확보했다. 그래도 구석구석 쌓인 먼지를 쓸고 닦을 일이 남았기에 언니는 일 층 언니의 이부자리 옆에 나란히 내 잠자리를 봐주었다.

휴대폰을 충전기에 꽂기 전에 문득 내가 간밤에 트위터에 뭔가를 적었다는 언니의 말이 떠올라 나는 떨리는 마음으로 그 내용을 확인해 보았다. 새벽 두 시, 그러니까 언니와 카톡 대화를 마치고 난 뒤에 나는 이런 내용을 적어놓았다.

빈부격차를 느꼈다고 쓰면 너무 거창한 소리를 하는 것 같다. 하지만 느꼈다. 거기에 직무유기까지 한 방에 느낀 밤. 아무리 퍼마셔도 안 취한다.

안 취하기는, 오만주접을 다 떨고 기억도 못할 약속을 하고 필름까지 끊긴 주제에. 나는 부끄러움에 진저리치며 자리에 누웠다. 트위터의 글은 곧장 지웠지만 창피해서 잠도 오지 않을 것 같았다. 게다가 언니는 허리가 약해서 침대 생활을 하지 않고 바닥에 요만 깔고 자기 때문에 허리가 배겨서 뒤척이리라 생각했다. 하지만 이틀 연속 술기운에 절어 있었던 몸은 열렬히 휴식을 원했는지 금세 잠이 들었다.

이튿날 아침에는 허리가 배겨서 평소보다 일찍 눈을 떴다. 언니는 언제 깼는지 휴대폰을 만지작거리고 있었다.
"일요일인데 벌써 일어났어?"
"월급쟁이 십 년차잖아. 출근할 시간 되면 눈은 떠져."
언니는 당장에라도 일어날 듯 요란하게 기지개를 켠 뒤에 반대 방향으로 돌아누웠다. 배가 고프냐고 묻자 한 시간쯤 뒤에 배가 고파질 예정이라는 구체적인 대답이 돌아왔다.

"그런데 집에 먹을 게 아무것도 없어."

언니가 덧붙였다.

냉장고 안에 음료수와 양념류 외에 먹거리나 식재료가 별로 눈에 띄지 않기는 했다. 나는 우선 어제 먹고 남은 방어와 무순을 꺼냈다. 야채박스에는 싹이 난 감자와 밑동 쪽을 약간 쓰고 남은 무가 있었다. 무의 속살은 랩도 비닐봉지로도 감싸지 않은 채 방치되어 쭈글쭈글해져 있었다. 나는 마른 부분을 도려낸 뒤에 무를 도톰하게 썰었다. 언니는 슬쩍 고개를 들어 "그냥 뭐 시켜 먹어도 되는데⋯⋯" 하고 혼잣말처럼 중얼거렸지만 나를 말리지는 않았다.

나는 밑바닥이 두꺼운 냄비 안에 무를 깔고 자박하게 물을 부은 뒤 불을 올렸다. 간장에 간 마늘, 약간의 설탕을 섞어서 끼얹었고 무가 살캉거리게 익을 즈음 방어회를 넣었다. 그리고 남은 양념에 매실주를 첨가해 방어 위에 둘렀다. 두툼한 생선살은 금세 얇은 팥죽색에서 단단해 보이는 회백색으로 익었다.

"냄새 좋다."

언니는 아직 졸음이 묻어 있는 얼굴로 킁킁거리며 가스레인지 앞으로 왔다. 나는 우선 맛이나 보라며 한쪽에 무순을 올린 그릇에 방어 무조림을 덜어주었다.

"넌 안 먹어?"

"이따가. 원래 조림은 한 김 식혀서 먹어야 제대로 맛이 들거든."

휴대폰을 들었는데 걸터앉을 침대가 없으니 헛헛했다. 나는 괜스레 이 층으로 올라가보았다. 아침이라고 해도 조도의 변화가 크지는 않아 어스레했다. 먼지를 피해 한구석에 앉았다가 어차피 내가 돌아가면 언니가 잠옷을 빨아서 입으리라는 생각이 들었으므로 그냥 바닥에 드러누워버렸다.

지난해 함께 푸드트럭을 꾸렸던 동업자 정연에게 카톡 메시지가 와 있었다. 그녀는 다음 주에 상하이로 출발한다는 소식을 보내왔다. 짐을 싸면서도 불안하기 그지없었건만 막상 떠날 날이 오자 어떻게든 되겠지 싶다고 그녀는 적고 있었다.

하긴, 어떻게든 되겠지. 나도 그렇게 생각했다. 평생 놀고먹겠다는 것도 아니고 몇 달쯤, 길어야 1년 정도 논다고 천벌을 받지는 않겠지. 정연을 통해 알바를 소개받기로 했고, 그럭저럭 밥벌이는 할 테니까. 게다가 월세도 줄어들 테고.

급할 건 없다 싶어서 답하기를 미루고 휴대폰을 내려놓았다. 공기 중에는 간장 국물이 졸아든 냄새가 은은하게 섞여 있었다. 그리고 천장은 손을 뻗으면 닿을 것처럼 가까이 느껴졌다. 물론 실제로 천장은 낮았지만, 기분이 그러할 뿐 아무리 힘껏 손을 뻗어도 누워서는 닿지 않을 정도의 높이에 있다. 그런 생각을 하며 한동안 천장을 응시하고 있는데 번쩍, 하고 뇌리를 스치는 바가 있었다. "아!" 하는 소리가 육성으로 나왔고, 그러자 아래층에서 언니가 "왜?" 하고 외쳤다.

"아니, 별거 아니야."

"이거 맛있다, 고등어조림하고는 다르네? 근데 고춧가루 좀 뿌려 먹어도 돼?"

"그럼, 안 될 거 없지."

나는 그렇게 외치고 자리에서 일어났다. 계단을 내려오는데 슬며시 가슴이 두근거렸다.

어느새 비운 그릇에 조림을 새로 덜고 있던 언니가 내 얼굴을 흘긋거리더니 "왜 혼자 실실거리는지 알겠다" 하고 말했다.

"전에 들은 재밌는 얘기 생각났지? 나도 그럴 때 있거든."

"비슷한 거야. 모르는 번호로 온 메시지가 있는데 누가 보냈는지 알 것 같아서."

누군지는 짐작이 갔지만 나는 그의 이름조차 알지 못했다. 오랜만에 마음에 드는 남자를 발견했는데 이름을 묻기도 전에 취해버린 탓이었다. 그렇지만 해명할 기회를 달라니. 그는 대체 무엇을 해명하겠다는 걸까. 달콤함이 섞인 짭조름한 냄새를 맡으며 나는 필사적으로 간밤의 기억을 더듬어보았다.

2

술창고 안쪽 깊은 곳

내 생에 첫 번째 음주 체험은 지금으로부터 십수 년 전, 고등학생이 되던 해로 거슬러 올라간다.

"이건 술이 아니고 약이니까 괜찮아. 한 잔 받아봐."

큰아버지는 그렇게 말하면서 나와 언니에게 술잔을 내밀었다. '술이 아니고 약'이라는 것은 구정 연휴를 맞아 직접 담근 더덕주를 개봉하는 김에 하신 말씀이었으나 그날 이후 나의 삶을 비추는 꽤나 계시적인 한마디이기도 했다.

지금 같으면 없어서 못 마실 삼 년 숙성된 더덕주. 하지만 십대의 나는 그 풍미를 즐기기에 역부족이었다. 한약 같고, 독하고, 썼다. 그런데도 어째서인지 싫다는 생각은 들지 않았다. 애매한 표정이 떠올라 있는 것으로 보아 언니도 나와 같은 눈치였다.

큰아버지는 자기가 권했으면서 내심 우리가 어찌할 바를 몰라 하며 법석을 떠는 상황을 예상했던 모양이었다. 둘 다 덤덤하게 있자니 '요것들 봐라' 하는 얼굴을 하고 잔을 거두어갔다. 그때 본능적으로 섭섭했던 기억이 난다.

"아니 형님, 얘들이 그 맛을 어떻게 알아요. 기왕 술을 가르쳐주려는 거면 좀 순하고 맛난 걸로 줘야지."

막냇삼촌이 그렇게 말하더니 알밤 막걸리 한 병과 전이 담긴 접시를 가져왔다.

"자, 안주 먼저. 동태전 먹고 나서 막걸리 한 잔씩 걸쳐봐."

내가 오후 내내 열심히 밀가루 옷을 입힌 동태전은 부드럽고 촉촉했다. 그러고 나서 큰 기대 없이 곁들였던 알밤 막걸리가 얼마나 부드럽고 달착지근하던지 나는 금세 한 잔을 비우고 입맛을 다셨다. 그러자 큰아버지가 부드럽게 고개를 저었다. 술은 결코 싸우자는 마음으로 급히 마셔서는 안 되며, 예의를 지켜서 절도 있게 마셔야 한다는 것이었다.

그 예의를 배우기 위해서는 처음부터 어른 앞에서 배우는 게 좋다는 게 큰아버지의 변이었다. 그래서 언니가 어렸을 때부터 마음먹기를, 백일주다 뭐다 저들끼리 몰래 술을 배우기 전에 일단 고3이 되면 주도를 가르치기로 했다는 것이었다. 에헴, 하는 감탄사를 섞어도 어색하지 않을 만큼 근엄한 어투였다.

"근데 아빠. 나는 고3이지만 주희한테 벌써 줘도 돼? 얘는 이제 고등학생 되는데."

언니의 말을 듣고 "뭐라고?" 하는 큰아버지의 목소리가 뒤집어졌다.

"늬들이 나이 차이가 그렇게나 난단 말이야?"

나는 잠자코 고개를 끄덕였다.

"아니, 그럼 주희가 우리 우철이랑 동갑이라고?"

"응! 어쩐지 아빠가 우철이는 안 부르고 나랑 주희만 부르나 했네. 아빠 점심 먹으면서 반주하더니 좀 취한 거 아니야?"

술기운 탓인지 민망해서인지 얼굴빛이 불콰해진 큰아버지는 "아무튼 내 말 명심해" 하고 얼버무리더니 남은 더덕주를 급히 들이켰다. 그러는 동안 정말 취해버렸는지 잠시 뒤에는 안방구석에서 천장까지 울리도록 큰 소리로 코를 골며 잠들어버렸다.

나중에 언니가 말하기로는 전후사정을 들은 우리 엄마가 한참이나 잠든 큰아버지를 노려봤는데 그 눈빛이 시댁 식구만 아니면 당장이라도 발길질을 할 것처럼 매서웠다고 한다. 주는 것을 받아 마셨을 뿐이지만 불똥이 튈까봐 나도 언니 방에서 잠든 척하며 만화책을 보았다. 언니는 미리 입을 맞추기라도 한 듯 엄마에게 내가 세상 모르고 잠들어 있노라고 전했다.

한날한시에 음주 세계에 입문한 이후 공교롭게도 같은 해 서울에서 자취 생활을 시작하면서 우리는 만취한 서로를 챙기고 보듬어주었다. 술값과 택시비를 빌려주고 내주었으며, 편도로 한 시간이 넘는 거리까지 데리러 가기도 했다. 좀 더 구체적으로 말하면 언니는 주로 물질적으로 나를 도왔고 (주머니 사정은 항상 나보다 언니가 나았다.) 내 쪽에서는 노력 봉사의 비중이 높았다. (만취했을 때 언니는 종종 어딘가 멀리 떠나고 싶다는 마음이 봉인 해제되곤 했다.)

"언니, 옛날에 언니 어쩌다 택시 타고 바다 앞까지 갔었지?"

"야, 그건 진짜 내 잘못 아니야."

언니가 마스크 위로 코를 긁적이며 대답했다.

"6호선 월곡역 알아? 그때 선배가 자기 아는 사람이 야채곱창집 열었다고 그리로 오라고 했거든. 근데 그때 내가 전작이 있었어. 오랜만에 휴일이 이틀 붙어서 퇴근하자마자 1차에서 엄청 달린 거야. 그러다 택시 타고 완전히 꿀잠을 자버렸네? 한참 있다가 기사님이 깨우는데 일어나면서도 어디서 이렇게 짠내가 나나 했어. 그랬더니 손님, 다 왔어요, 월곶이에요. 그러는 거야. 기사님이 월곡을 월곶으로 들었대."

"갑자기 택시 타고 거기까지 갈 리가 없는데 일부러 잘못 들은 척한 건 아니고?"

"야, 아니야. 기사님 되게 좋은 분이었어. 택시비도 엄청 깎아주고, 자기가 사주 배웠다면서 오는 길에 사주풀이도 해줬어. 그때 다니는 병원은 앞으로 얼마 못 다닌다더니 그 말 딱 맞았잖아."

언니가 어깨를 으쓱거렸다.

나는 쥐고 있던 걸레를 내려놓고 무릎걸음으로 언니 앞으로 갔다.

"아니, 이렇게 긍정, 또 긍정적인 사람이 말이야, 갑자기 술을 끊는다고 하고 그러면 쓰냔 말이지. 아니면 이렇게 설레발치는 이유라도 가르쳐주던가."

언니는 다시 한번 뭔가 사연을 감춘 듯 씁쓸한 표정을 짓더니 "슬슬 끝나가니까 배달이나 시키자" 하고 일 층으로 내려갔다.

고시텔을 거치며 살림을 늘리지 않는 데 최선을 다해온 덕에 이사는 수월하게 진행됐다. 일단 내가 가진 것 중 가구나 가전제품이라고 할 만한 게 별로 없었다. 그래서 계단에서 올라왔을 때 맞은편으로 보이는 안쪽 벽 앞에 공간 박스를 늘어놓고, 그 오른편에는 키가 낮은 행거 두 개를 둠으로써 대강의 수납은 가능했다. 마음의 짐이었던 침대 문제는 메모리폼으로 만들어진 매트리스 토퍼만 깔고 눕는 것으로 절충하여 해결했다. 약간의 부엌살림은 싱크대 안에 적당히 쑤셔넣었다.

한 칸씩 계단을 닦으며 뒷걸음질치며 내려오면서 나는 묘한 기분이 되었다. 그것은 처음으로 술을 마셨을 때, 분명 입에 쓰기는 하지만 싫지 않았던 것과 유사한 감각이었다. 어찌 보아도 납작하고 단출하기 그지없는 나만의 공간이 한편으로는 마음에 들었다. 그곳에서 내려오면 멀쩡한 부엌을 마음껏 쓸 수 있다는 것도 좋았다.

언니는 내게 물을 것도 없다는 듯 짜장면과 짬뽕, 탕수육 세트를 주문했다. 그리고 주문 전화를 끊자마자 현관문에 기본 잠금장치 위로 따로 달아둔 걸쇠를 미리 풀어놓았다.

"여자 혼자 사는 집 현관에 일부러 남자 신발 가져다놓고 하잖아? 그거 다 소용없대. 배달하는 사람은 문 열기 전에 걸쇠 푸는 쇳소리가 탕탕 나면 딱 안대. 여기 여자만 사는 집이구나 하고."

"언니 보기보다 철두철미한데?"

"내가 반지하 살면서 좀도둑한테만 세 번 털렸잖아."

언니가 겪은 세 번의 공포스러운 체험 중에 두 번째 건을 끝까지 복기하기도 전에 중국음식 세트가 도착했다. 탕수육은 지나치게 바삭해서 입천장을 찌르고, 짜장면은 지극히 평범한 맛이었지만 짬뽕 국물만큼은 나무랄 데가 없었다. 정말 개운한 짬뽕 국물을 먹고 있자면 어째서 비가 왔으면 좋겠다는 생각이 드는 걸까, 하는 생각을 하고 있는데 언니가 고량주를 한잔하겠느냐고 물었다. 집에 고량주가 다 있느냐고 물었더니 "있지" 하고 당연하다는 듯한 대답이 돌아왔다.

언니는 싱크대의 맨 왼쪽 칸, 일전에 언니가 전부 마셔도 좋다고 한 술창고의 안쪽 깊은 곳에서 고량주를 꺼냈다. 종류가 두 가지나 되었는데 하나는 짙은 녹색병에 담긴 것, 다른 하나는 요구르트병만 한 잔에 담긴 컵술이었다. 나로 말할 것 같으면 당연히 입맛이 당겼지만 오늘 오후에 큰어머니가 방문한다고 한 일이 마음에 쓰였다.

"그러니까 독주를 마셔야지. 너 맨 정신에 우리 엄마 보면 그 스트레스를 다 어쩌려고 그래?"

큰어머니는 우리 엄마보다 성격도 화통하고 비교적 말도 통했던 것 같은데 아니냐 물었더니 언니는 그게 다 옛날 일이라고 했다.

"요새는 똑같은 말을 천 번씩 해. 우리 엄마."

그럼 한 잔이라도 같이 마시자고 했더니 언니는 단호하게 고개를 저었다. 그리고 내게 컵술을 건네주었다. 짬뽕 국물에 홀짝거리다가 독하다 싶으면 탄산수나 사이다를 부어서 마시라는 것이었다.

"언니, 나도 말이야, 굳이 싫다는 사람한테 술 안 권해, 알잖아. 술만 아깝지 나도 딱 싫어 그런 거. 근데 언니가 이러는 건 진짜 너무 의리 없는 거 아니야?"

"나도 의리 때문에 못 마시는 거야. 그러니까 그냥 좀 봐줘."

"그러니까 무슨 사연인데. 얘기를 해달라고. 내가 납득이라는 걸 해보게."

그러자 언니는 대답을 피하며 탕수육을 찍어 먹을 초간장을 타 온다며 자리를 떴다.

"내가 더럽고 치사해서 올해는 꼭 동네에서 술친구 만들 거야. 여 기 뭐 괜찮은 술집 천진데 그거 못 만들까봐."

언니는 고춧가루를 섞은 초간장을 가져온 뒤에 한동안 짬뽕 국 물에서 오징어를 건져 먹더니 "근데 있었다가도 없어지더라" 하고 말 했다.

"뭐가?"

"술친구. 그런 건 없다가도 생기지만 있다가도 없어지고, 뭐 그렇 다고."

언니는 그렇게 말한 뒤에 심각한 얼굴로 탕수육을 씹었다. 그야 이 넓은 서울, 이사를 오고 가다 보면 당연한 게 아닌가 하는 생각 을 하며 나는 투명한 컵에 든 고량주를 홀짝거렸다.

어떤 술은 목 넘김이 부드러운 게 매력적이라면 독주는 혀에서 목 안쪽으로 넘어가는 순간의 찌릿함이야말로 매력의 원천이다. 나 는 홧홧한 속을 개운한 국물로 달래고 다시금 슬쩍 독한 술 한 모 금을 흘려넣었다. 비록 혼자 마시는 게 아쉽기는 하지만 짧은 이사 의 마무리로 이 이상의 선택은 없을 것 같았다.

이 집의 전세 보증금 2/3를 내어준 (빌려준 것인지 유야무야 언니의 자산으로 흡수될 것인지는 언니도 확신하지 못했다.) 큰어머니는 이 층으 로 오르는 계단의 2/3쯤 되는 지점에서 고개를 쭉 빼고 내 공간을 훑어보더니 밥이나 먹으러 가자며 곧장 현관으로 향했다.

"귀신 나오겠다. 이제 주희도 오고 했으니까 청소 좀 하고 살아."

큰어머니는 신발에 발을 꿰어넣으며 그렇게 말했다. 언니는 입술을 삐죽거리며 청소한다고 했는데, 라는 듯한 표정을 지었고 나는 속으로 웃음을 삼켰다. 양치질에 가글까지 꼼꼼히 해서 술냄새는 지웠지만 낮에 마신 고량주의 기운이 아직 1/3은 남아 있는 터라 자잘한 짜증스러움은 웃어넘길 수 있었다.

고깃집에서 나와 마주 앉은 큰어머니의 표정은 묘했다. 나는 어색함을 감추기 위해 열심히 고기를 굽기 시작했다.

"주희는 앞으로 어찌 보낼 셈이야?"

"제가 졸업하고 해본 일이 거의 요식업 쪽밖에 없어서요. 다른 일을 좀 해보려고요. 쉬엄쉬엄하면서 재충전도 하고요."

아무래도 우철 대신 내가 언니의 집 이 층을 차지한 게 탐탁지 않으신 모양이다 싶어 쭈뼛거리며 말했다. 하지만 큰어머니의 불만으로 가득한 시선이 향한 곳은 내가 아니라 언니였다.

"주희가 오면 온다고 처음부터 말하면 될걸, 같이 지낼 사람이 있네 마네 그래 싸니까 나는 또 네가 남자랑 살림이라도 차렸나 했지. 그리고 주희 핑계 댄다고."

"아휴, 엄마가 갑자기 온다기에 그거 확인하러 오지 싶었어. 남자 없다니까, 있으면 데려간다고."

그러더니 언니는 종지에 든 마늘을 불판 위에 흩뿌렸다.

"없기는 뭐가 없어."

"없어, 정말."

"대학 다니고 할 때 집에 일찍 들어와라 마라 그럴 게 아니었는데.

딸자식이라고 단속하는 게 아니었어. 이날 이때껏 시집 안 가고 버틸 줄 알았으면 나도 아주 너 놓아서 키웠을 거야."

놓아 키우다니 닭도 아니고, 하며 웃음이 샐 뻔했지만 나는 양쪽 어금니, 그리고 고기 집게를 쥔 오른손에 힘을 주며 간신히 참았다.

소고기가 익으며 표면에 자르르한 기름기가 돌면 레드 와인 생각이 나는 게 인지상정이건만. 아쉬움을 달래기 위해 나는 큼지막하게 쌈을 싸서 입에 넣었다. 언니가 화장실에 가자 큰어머니는 다 안다는 듯한 얼굴로 "있지, 없기는 뭐가 없어" 하고 말했다.

"예?"

"우경이 쟤 남자 있어. 내가 알아. 벌써 몇 년이 됐는데 저렇게 잡아떼는 거지, 있어."

"정말요?"

"그렇다니까. 없기는 뭐가 없어. 주희 네가 좀 봐줘. 우경이 쟤는 저 나이 먹도록 숙맥이라 어떤 날탕한테 걸린 건 아닌지. 내가 참, 물어보면 없다고만 하고. 없기는 뭐가 없어. 내가 다 아는데."

소고기를 뒤집으며 큰엄마가 빙빙 돌려 말하는 내용을 참을성 있게 경청한 결과 나는 큰어머니가 언니에게 만나는 남자가 있다고 확신하는 근거를 알 수 있었다. 요약하자면 언젠가 급히 들른 언니의 집에서 침대 옆에 떨어져 있는 '무언가'를 발견한 것이었다. 문맥상 그 무언가는 콘돔인 듯했는데 그게 벌써 3년은 된 일인 모양이었다.

"주희 너는 정말 모르고?"

"네, 전 못 들어봤어요."

"못 들어보긴 뭘, 있어. 확실히 있어. 내가 알아. 안 보여줘서 그렇지."

큰어머니는 언니에게 누군가 '있다'고 확신했고 정체를 궁금해했지만 그 '누군가'가 기대에 못 미치는 남자일 수 있다는 점이 두려운 것 같았다. 그 증거로 언니가 자리에 돌아오자 곧장 화제를 바꾸었다. 하지만 겉으로만 달라졌을 뿐 이야기의 골자는 이어져 있었다.

큰어머니가 꺼낸 화제는 그녀가 수원시 외곽의 모 대학 앞에서 운영하는 원룸에 거주하는 대학생들에 관한 것이었다. 남학생이고 여학생이고 스스럼없이 애인들을 데리고 드나들더라며 큰어머니는 목소리를 줄여 말했다.

"아직 애기들이면서 겁들도 없어 정말."

큰어머니가 혀를 찼다. 피임만 제대로 한다면 겁낼 건 뭔가 싶으면서도 이야기를 듣다 보니 자유롭게 놓아서 키우는 일군의 병아리 무리가 떠올랐다.

평소의 언니 같으면 남한테 신경 끄라고 잔소리를 할 것 같았지만 의외로 언니는 큰어머니의 이야기에 충실히 맞장구를 쳤다. 다만 "아, 그래?", "정말?", "응, 응." 하는 추임새는 상냥하지만 감정이 실리지 않은 모양새가 대기업 고객상담실 직원의 응대를 방불케 했다. 다만 자리에서 일어나기 직전에 "엄마, 우철이랑 나는 서로 멀리, 멀리서 그리워해야 탈이 안 나는 사이야. 엄마 아빠가 뭐래도 그게 최선이라고" 하고 말할 때만큼은 언니도 진지한 얼굴이 되었다.

"알았으니까 청소 좀 하고 살아. 귀신 나오게 하고 살지 말고."

큰어머니 역시 진지한 얼굴을 하고 그렇게 대꾸했다.

이튿날은 1월치고는 더운 편이었다. 겉옷을 벗어 손에 들었음에도 공항철도에서 내려 입국장까지 걷는 동안 이마에 땀이 뱄다.

평일 정오경의 공항은 붐비지 않았다. 삼 층에 위치한 푸드코트로 들어서자마자 지난해 나와 함께 푸드트럭을 운영했던 정연이 활짝 웃는 얼굴로 손을 흔들었다. 식사 중이던 그녀는 곧장 손가방에서 명함을 꺼냈으며 내가 자리에 앉기도 전에 "이것부터 줄게요" 하고 명함을 내밀었다. 동업을 위한 작업이 본격적으로 시작되기 전에는 정연이 이토록 성격이 급한 사람인 줄 미처 눈치채지 못했다. 달리 말하면 그 점에까지 신경이 미치지 않을 만큼 푸드트럭을 연다는 일에 설렜고, 어느 때보다 의욕과 에너지가 넘쳤다. 네 시간밖에 못 자고 일어나서 새벽시장에 가면서도 졸린 줄 몰랐고 자잘하게 베인 상처 따위는 아프지도 않았다. 돌이켜 생각해보니 본격적으로 영업을 시작한 뒤 한동안 시간이 흐를 때까지도 나는 내내 뭔가에 홀린 사람처럼 들떠 있었다.

명함에 적힌 온라인 의류 쇼핑몰은 정연의 친구의 사촌이 운영하는 곳이었다. 그곳에서 앞으로 내가 할 일은 메일과 전화 응대, 재고 정리 및 관리, 포장, 그 외의 각종 잡무라고 했다. 일단은 일주일에 사흘, 추가 근무 없이 8시간, 일당으로 계산한 월급제가 조건이었다. 월급이라기에는 미약한 액수지만 계산해보면 시간당 확실히 최저 시급은 넘는 금액이었다.

요식업 쪽의 파트타임을 구해도 페이는 대개 최저 시급을 맴돌았다. 푸드트럭을 접은 뒤에 정연은 다시 어딘가의 업장으로 돌아가느니 막막해도 전혀 다른 일을 찾겠노라고 이를 갈았다. 그건 나도 고민하는 바였지만 정연이 훨씬 적극적이었다. 그녀는 어디든, 무슨 일이든 요식업 쪽과 관계없는 일로 당장 사람을 구하는 곳이 있으면 소개해달라며 만나는 사람마다 청해놓은 모양이었다. 기껏 그렇게 건너 건너의 지인에게 쇼핑몰 일을 구해놓고는, 상하이에 새로 여는 퓨전 한식 레스토랑에서 일하지 않겠느냐는 제안을 듣자마자 덥석 승낙했다는 것이다. 대답이 너무 쉽게 나와서 자기 자신도 놀랍더라고 정연은 말했다.

"솔직히 다른 건 하고 싶어서 하는 게 아니니까. 그런데 또 망하면 어쩌나 그게 겁났었거든요. 한 번 망하는 거랑 두 번 망하는 건 다르니까. 그러면 진짜 뭘 해도 망할 거 같고."

나는 내가 할 수 있는 가장 단호한 얼굴을 하고 고개를 저었다. 그리고 최근에 읽은 자영업에 관한 기사를 이야기해주었다. 기사의 첫 줄은 이렇게 시작했다.

"하루에 삼천 명이 창업하고 이천 명이 문을 닫는다."

"맞아요, 그때 링크 보내줘서 나도 봤어요. 이천 명도 넘던데?"

나는 고개를 끄덕였다. 정확히는 작년 한 해 동안 매일 이천스물다섯 곳이 폐업했다. 나는 그 숫자 중 푸드트럭도 포함되는지 따로 찾지 않았고, 그 사실을 정연에게 전하지 않았다. 우리만 실패한 게 아니라는 사실은 얄팍한 위안이 돼주었지만 같은 업계에서 매일 그만큼의 좌절이 결정난다는 것은 오싹한 일이기도 한 탓이었다.

타국에서의 새 출발을 통해 정연이 앞으로 그 오싹한 상황을 고려하지 않을 수 있기를 빌며 나는 입국장 앞에 선 정연에게 손을 흔들어주었다. 정연은 마치 잘 알고 있는 사람이 아니라 앞으로 알아가야 할 사이에서 악수를 권하듯이 손을 내밀었다. 그러자 그녀의 오른손에 난 화상 자국이 보였다. 지난해 악전고투의 흔적 중 하나인 새끼손톱만 한 화상 자국은 이제 얼핏 보면 눈에 띄지 않을 만큼 엷어져 있었다.

"거기 가서는 불조심해요."

내가 말했다.

"주희 씨도요."

정연이 대꾸했다.

"심심할수록 남자 조심해요. 남자."

"주희 씨는 술 조심!"

나는 상처를 찔린 듯 윽, 하는 단말마를 내뱉었고 정연은 승리의 미소를 지은 채 가볍게 손을 흔든 후 돌아섰다. 그 순간 나는 공항에서 누군가를 배웅한 일이 처음이라는 사실을 깨달았다. 지켜보고 있던 이의 뒷모습이 어느 순간 자동문 저편으로 사라지는 모습을 보는 것은 예상보다 훨씬 더 마음을 흔들어놓는 일이었다. 긴긴 이별을 확정지은 것만 같은 기분이었다. 실제로는 비행기로 두 시간 거리, 바로 옆 나라로 가는 것이었지만 어쩐지 다시는 만나지 못할 것만 같은 느낌이 울컥 쏟아져왔다.

이래서 공항에서 눈물을 흘리는 사람이 많은 거구나, 절감하며 내 발걸음은 자연스레 다시 푸드코트로 향했다. 유리창 너머로, 제각기 다른 크기의 짐을 밀고 끌며 바삐 걸음을 옮기는 사람들이 내려다보였다. 나는 그 광경을 안주 삼아 생맥주잔을 쥐었다. 묵직한 잔 안에 든 맥주는 거품이 거의 보이지 않다시피 부실했고 차디찼다. 하지만 불만을 표하고 싶지는 않았다. 오히려 지금 이 순간에는 섬세한 맛과 향을 가진 수제 맥주보다 묽은 맛에 차디차기만 한 생맥주가 나을지도 모른다는 생각도 들었다.

나는 잔 속의 맥주를 첫 모금부터 양껏 들이킨 뒤 깊은숨을 몰아쉬었다. 한동안 숨을 들이켜기만 한 듯 커다란 숨이 비어져나왔고, 그러자 좀 살 것 같았다. 세 모금쯤 남아 있는 맥주도 단번에 비웠다. 두 번째 잔은 여유를 가지고 조금씩 마셨는데 그러는 동안 빈속에 차오르는 간질간질한 기분에 취해 몇몇 사람에게 미뤄두었던 연락을 넣었다.

내가 세 번째로 전화를 건 이는 이 선배였다. 그녀는 내 전화를 받자마자 쌍둥이가 함께 열렬히 울고 있다며 전화를 끊었다. 그리고 이십 분 뒤에, 용케도 전화를 주었구나 싶을 만큼 기진맥진한 음성으로 전화를 걸어왔다.

겨우 잠든 아이들이 깰까봐 소근거리는 이 선배의 이야기를 들으면서 나는 예의 '주류 관계 일을 한다는 남자'에 대해 물을지 말지 망설였다. 쌍둥이 육아라는 실존 앞에서 낭만을 찾는 일이 낯부끄러워진 탓이었다. 고민하는 동안 자꾸 입이 말랐다. 맥주 한 잔을 더 주문해둘 걸 그랬다는 후회가 들었다. 그러자 지금 꺼내지 않으면 더 입에 올리기 곤란해질 게 빤하다는 생각이, 다시 말해 언젠가 이 일로 후회할지도 모른다는 생각이 따라왔다. 그런 이유로 창피함을 억누르며 겨우 질문을 던졌을 때, 이 선배에게서 돌아온 대답은 내가 기대하고 있던 것과는 전혀 다른 이야기였다.

3

혼술, 첫 번째

행거 앞에 양반다리를 하고 앉아 옷을 고르고 있자니 어릴 적에 종이 인형 놀이를 하던 기억이 떠올랐다. 그때와 달라진 점이 있다면 곧바로 상의와 하의를 매치시켜보는 게 아니라 옷의 세로면만 보고 머릿속으로 조합한다는 것이었다. 옷을 매치시켜보기 위해 허리를 수그리고 섰다가 쪼그려앉았다 하는 일이 귀찮은데다 전신 거울은 일 층에만 있으니 별수 없는 일이었다.

누가 보면 참선을 하는 사람 같겠지, 하고 생각하며 적절히 두 벌을 골랐다. 그리고 일어나려는 순간, 두 벌이 모두 패딩 안에 받쳐 입는 용이라는 것을 깨닫고 피코트 안에 입을 상의까지 한 벌 더 고른 후에 일 층의 거울 앞에 섰다. 일 층으로 내려오자 창 너머로 공사 소음이 들려왔다. 슈퍼 히어로물 영화에서 빌런이 등장할 때 나오는 효과음을 연상시키는 소리였다. 연초가 지난 탓인지 요새 들어 부쩍 공사 소음이 들리는 일이 잦았다.

피코트, 패딩 점퍼, 니트 스웨터 두 벌과 흰 셔츠, 거기에 청바지 한 벌을 가지고 내려왔다가 최종적으로 선택된 옷을 입고 나머지를 대강 던져둔 뒤에 양말과 가방을 가지러 한 번, 마지막으로 머플러를 가지러 올라갔다 내려오자 출발도 하기 전에 기운이 빠졌다. 게다가 마지막으로 거울에 비친 내 모습을 보았을 때 든 생각은 마치 조문을 하러 가는 사람 같다는 것이었다. 하얀 셔츠는 깃밖에 보이지 않았고 검은 피코트에 검은 슬랙스까지 받쳐 입었기 때문이었다. 하지만 시간이 없었다. 나는 찜찜한 마음을 뒤로하고 일단 집을 나섰다.

건물 현관을 나서자마자 나는 너무 검은 옷들을 입은 게 문제가 아니라 너무 얇게 입은 게 잘못됐다는 사실을 알게 됐다. 바람은 단번에 셔츠 칼라 속까지, 두피 속까지 파고들었다. 바짓단이 끝나는 부분도 시리기는 마찬가지였다. 면접을 마치자마자 일을 시키지는 않을 테니까 다녀오면 사케를 데워서 마셔야지. 나는 굳게 결심했다.

정연의 (두 다리를 걸쳐 아는) 지인이 운영하는 사무실은 성산 중학교 정문 근처에 있는 카페 옆 건물이라고 했다. 16번 마을버스에서 내린 뒤 할리스 옆 골목으로 들어가서 성산 중학교를 찾는 것까지는 쉬웠다. 그러나 학교의 정문 건너편을 아무리 살펴도, 혹시나 해서 후문 맞은편 골목을 돌아봐도 예의 카페는 보이지 않았다. 날이 추워서인지 길가의 인적도 드문 것 같았다. 귀가 떨어져나갈 듯 시린 와중에 면접 시간이 십 분밖에 남지 않았으므로 나는 근처 편의점에 들어가 전화를 걸었다.

"예, 사장님!"

상대는 싹싹한 목소리로 전화를 받았다.

"아, 저는 정연 씨 소개로 오늘 찾아뵙기로 한 신주희라고 합니다. 제가 여기 근처에 왔는데 사무실을 못 찾아서 지금 근처 GS25에 들어와 있거든요."

상대는 "누구시라고요?" 하고 묻자마자 기억이 난 듯 "아……" 하고 묘한 탄식을 뱉더니 내게 메일을 보지 못했느냐고 되물었다.

"메일이요?"

"네. 제가 메일에 다 썼는데?"

존댓말인지 반말인지 모를 묘한 어투에 은근한 짜증이 배어 있었다. 그럼 오늘 사무실은 방문해도 되지 않는 거냐고 묻자 그는 다시 한번 "네. 메일을 보시면 나와요" 하고는 전화를 끊었다.

편의점은 작은 곳이었고 나는 좀 겸연쩍어서 캔에 든 밀크티를 구입한 뒤에 메일함을 확인해보았다. 그가 보낸 이 메일에는,

연말에 한고비 넘기니 사정이 좀 달라졌습니다.

회사 사정이…… 곤란하게 돼었네요…….

이번 건은 없었던 일로 해주세요.

라고 적혀 있었다.

나는 그 와중에도 곤란하게 돼었던 게 아니라 되었겠지, 하는 생각을 했다. 편의점에서 나와 다시 칼바람을 맞으면서는 급작스레 상하이로 떠난 정연이 무모하기는커녕 옳은 선택을 했다는 생각도 했다. 그리고 마을버스를 기다리는 동안에 속으로 쌍욕을 퍼부었다.

메일을 보냈으면 보냈다고 톡이라도 하나 보낼 것이지, 양아치 같은 새끼.

면접도 치르지 못하고 까여보기는 처음이었다. 생활비 걱정만 없다면 그런 사장 아래서 일하지 않게 된 것을 외려 다행으로 여겼을지도 모르겠다. 하지만 생활비 걱정이 없다면 애초에 하겠다고 덤벼들지도 않았을 일이었다.

집 안에 들어오자마자 낮술이라도 한잔하고 돌아올걸, 하는 후회가 드는 동시에 배가 고팠다. 나는 찬장 안의 꽃게 짬뽕면을 끓여 슬라이스 치즈를 두 장이나 얹고 청양고추를 더해서 국물까지 남김 없이 마신 뒤에 이부자리로 기어들어갔다.

그로부터 네 시간 뒤에 나를 잠에서 깨운 것은 툭툭툭툭, 하며 규칙적으로 사람의 살을 건드리는 찰진 소리였다. 일 층으로 내려가 보니 퇴근하고 집에 돌아온 언니가 거울 앞에 슬립 차림으로 앉아 스킨을 얼굴에 공들여 흡수시키고 있었다.

"없기는 뭐가 없어, 내가 아는데. 남자가 없기는 뭐가 없어."

큰어머니를 흉내내며 말하자 언니는 소스라치게 놀라며 두 손의 움직임을 멈췄다.

"너 어떻게 알았어?"

어이쿠? 큰어머니의 예상이 맞는 모양이었다.

"빨리 보여줘. 안 그러면 큰엄마한테 고발할 거야."

"이보세요 검사 양반, 고소 고발도 지은 죄가 있어야 하는 거지. 눈요기에는 죄가 없다 이거야."

평소의 표정으로 돌아온 언니에게 눈요기가 될 만큼 잘생겼느냐고 물으니 두 광대가 사뿐히 올라가며 뿌듯한 표정이 떠올랐다. 언니는 원피스에 팔을 끼우고 지퍼를 올려달라는 듯 뒤로 돌더니 "궁금하면 같이 갈래? 내가 한잔 살게" 하고 말했다.

한잔 사다니, 듣던 중 반가운 말이었다. 나는 잽싸게 옷을 갈아입고 내려왔다. 공들여 마스카라를 바르고 있던 언니는 자신에게 눈요깃거리가 된다는 남자가 일본의 탤런트인 사카구치 켄타로와 닮았다고 말했고, 나는 곧장 이미지를 검색해보았다.

맨 먼저 시선을 끄는 것은 정면에서는 보일 듯 말 듯 엷은 쌍꺼풀과 선해 보이는 눈이었다. 거기에 투명감이 느껴지는 맑은 피부가 강아지과 얼굴의 매력을 배가시키고 있었다. 모델 출신의 연기자답게 늘씬한 키와 낭창낭창한 몸선에 깔끔한 의상을 입은 사진이 많아서 훈남 대학생 같은 느낌도 물씬 났다. 검색된 사진을 한 장 한 장 넘겨볼수록 이거 중증이겠구나, 싶어 나는 머리가 지끈거렸다.

"정말 얘를 닮았다고? 그럴 리가 없는데?"

"느낌이 그렇다고."

"몇 살인데? 어떻게 아는 사인데?"

"내가 전에 얘기한 적 있을걸? 독서 모임에서 만난 사람. 나이는 나보다 두 살 많아."

언니보다 두 살 위, 그렇다면 삼십대 중반의 연예인도 아닌 남자에게서 이런 느낌이 난다는 건 어불성설이었다. 백 번 양보해서 그런 남자가 있다고 쳐도 우리와 술을 마셔줄 리가 없는 것이었다.

그때 문득 스치는 기억이 있었다. 그것은 언젠가 언니와 〈500일의 썸머〉라는 영화를 보았을 때의 일이었다. 언니는 남자 주인공에게 깊이 공감했고 썸머가 하는 몸짓과 행동, 말 한마디마다 트집 잡아 신경질을 부렸다. 그러면서 와인을 물처럼 마시더니 영화가 끝나자 가볍게 눈물까지 보였다. 또 잘 안 풀리는 연애에 빠져 허우적거리고 있나보다 생각은 했지만, 당시에는 그게 누구인지 알 수 없었다. 다만 잔뜩 술에 취한 채 누군가에게 전화를 걸어 따져 물을 게 있다기에 필사적으로 말렸을 뿐이었다. 그때도 언니는 '눈요기'가 어쩌고 하는 얘기를 했었다.

"언니, 전에 나랑 〈500일의 썸머〉 보면서 얘기했던 그 사람이야 혹시?"

"너 촉 장난 아니다."

"어쩐지 죽일 듯이 감정이입 하더라니."

"그러니까 말이야"라고 남의 일처럼 말하며 봉 고데기로 정성스레 머리에 볼륨을 주던 언니는 문득 내 시선을 느꼈는지 고개를 돌렸다.

"화장 좀 뜬 거 같지? 이거 파데랑 립스틱이랑 오늘 처음 개시하는 거라. 컬러는 맘에 드는데 좀, 과한 거 같아?"

"아니, 가부키 공연하러 가는 거면 그 정도는 발라줘야지."

"야!"

언니는 봉 고데기를 무기처럼 휘둘렀지만 방긋방긋 웃고 있었다. 가무잡잡하고 탄력이 넘치는 건강한 피부에 굳이 21호 파운데이션을 끼얹은 피부 화장은 가부키 드립을 듣고도 고칠 생각이 안 드는지 언니는 파운데이션 팩트의 뚜껑을 소리 내 닫았다. 그리고 두 종류의 향수를 하나는 손목 안쪽에, 다른 하나는 겉옷 안감에 뿌린 뒤 드디어 집을 나섰다.

  미스터 썸머가 운영한다는 이자카야는 합정역 뒤편에 있었다. 낮에 간 길을 거슬러서 이자카야에 도착했을 때, 밝은 얼굴로 인사를 건네는 그를 보고 느낀 첫인상은, 이 정도면 언니가 노려볼 만하겠다는 것이었다. 그도 그럴 것이 미스터 썸머는 나를 긴장시켰던 91년생 모델 겸 탤런트와는 하등 닮지 않았기 때문이었다.

  흔히 말해 술톤이라고 표현하는 탁한 피부와 입술 색, 눈빛에서도 맑은 느낌은 찾아볼 수 없었다. 언젠가는 날렵했을 턱선 또한 역사 속에 사라져 둔중해진 모습이었다. 사카구치 켄타로가 소년의 끝과 청년의 시작 지점 사이에 서 있다면, 그는 이미 청년 시절도 막을 내리고 난 뒤 아재의 시작 지점을 저벅저벅 향하고 있는 듯한 비주얼이었던 것이다.

  하지만 잠시 더 관찰한 결과 언니가 어떤 면에서 미스터 썸머에게 사카구치 켄타로의 이미지를 떠올렸는지 짐작이 갔다. 우선 키가 큰 것(확실히 키는 컸다), 그리고 웃으면 입가의 주름이 도드라져서 무표정할 때가 더 낫다 싶은 독특한 미소 때문이 아니었을까? 콩깍지가 쓰인 필터로 보면 그 정도의 유사성만으로도 충분히 닮아 보이는 모양이었다. 심지어 그 유사성이라는 게 누군가의 얼굴에서 유일한 단점인 부분을 닮은 것이라 해도 말이다.

  "가게 열고 술살이 확 올라서 그래. 옛날에는 진짜 그런 느낌 났었어. 그러니까 내가 예뻤했지."

"그럼 닮았다고 할 게 아니라, 닮았'었'다고 해야지."

나는 주의를 주었다.

"그리고 언니, 저 양반을 옛날부터 좋아했다고? 옛날 언제?"

"그게 뭐가 중요해. 아무튼 이 오빠는 내가 정말 꾸준히 좋아했어."

미스터 썸머의 뒷모습을 촉촉한 시선으로 응시하며 언니는 그렇게 대답했다.

이자카야는 직사각형 형태로 이루어져 있었다. 길쭉한 면 중 한쪽에는 예닐곱 개의 사 인용 테이블이, 다른 면에는 긴 L자 모양의 다찌가 있는 스타일이었다. 다찌 구석 자리는 미처 수납 못한 냅킨 등이 두서없이 쌓여 있었고 그 위로는 케이블 티비의 맛집 소개 프로그램의 포스터가 보였다. 홍대나 이태원 주변의 식당과 주점에서 자주 발견할 수 있는 포스터였다. 한산한 가게 내부를 보아하니 방송을 타고 한창 주가를 올리다가 잠잠해진 모양이구나, 하는 짐작이 들었다.

언니는 메뉴판을 볼 것도 없다는 듯 모둠 사시미와 모둠 꼬치구이, 거기에 월계관 한 병을 거침없이 주문했다. 하지만 설마하니 자기가 나를 데려와놓고 사이다만 마시고 가지는 않겠지 싶어 묻자 깜빡 잊었다는 듯 서둘러 사이다를 추가로 주문했다. 이쯤 되자 나도 한번 제대로 짚고 넘어가야겠다는 생각이 들었다.

"언니, 나 오늘 되게 황당하게 까였거든. 면접 보기로 한 데서."

"왜! 네가 뭐가 마음에 안 든대?"

"그냥 면접 자체를 쌩깠어. 기분 되게 더럽더라고. 그러니까, 혹시 나쁜 소식 있으면 한 방에 털어버리게 지금 얘기해."

"무슨 소리야?"

"혹시 건강에 무슨 문제가 있어서 금주 하는 거면 지금 말을 해달라고. 같이 식이요법을 하든 뭘 하든 하게."

언니는 난 또 뭐라고, 하는 표정으로 고개를 저었다. 그런 후에 티슈를 뽑아들고 가운데를 꼬아 리본 모양으로 만들었다. 그리고 그것을 수저받침 삼아 그 위에 내 젓가락 끝을 올려주었다. 그러더니 "서장훈이 말이야, 방송에 나와서 자기가 왜 결벽증 비슷하게 됐는지 얘기하는 거 들은 적 있어?" 하고 뜬금없는 소리를 했다.

내가 고개를 젓자 언니가 서장훈의 사연을 소개해주었다. 그는 선수 시절 중요한 경기를 앞두고 뭔가를 참거나 삼가는 징크스가 생겼는데 그게 점점 개수를 더해가면서 일반적인 시각에서 봤을 때는 청소와 위생에 과도하게 집착하는 지금의 상태에 이르렀다는 것이었다. 언니는 어떤 일을 겪은 후에 미신에 가까운 징크스를 지키기 위해 애썼던 그 마음을 잘 이해할 수 있게 되었다고 이야기했다.

"그러니까 언니도 나름대로 이유도 있고, 계기도 있고 해서 술을 안 마신다고?"

"그렇지, 공양을 올리고 기도하는 마음으로 금주하나보다, 그렇게 생각해줘."

하지만 언니는 어떤 계기가 있었는지, 무엇을 기도하는 것인지는 알려줄 생각이 없는 듯했다.

그때 미스터 썸머가 모둠 사시미를 가지고 우리 자리로 왔다. 그는 한숨 돌렸다며 먼저 내게 술을, 언니에게는 사이다를 따라주었다. 사이다를 주문할 때도, 따를 때도 일언반구 없었던 것을 보면 요새 언니가 술을 마시지 않는다는 것을 원래 알고 있는 모양이었다.

술이 들어가서 그런지는 모르겠지만, 모둠 사시미에 담긴 생선의 종류를 하나하나 설명해주는 붙임성 있는 태도를 보아하니 일순 미스터 썸머가 괜찮은 사람으로 보였다. 눈요기 얘기는 언니가 말한 것일 뿐 평범한 사람을 굳이 탤런트의 얼굴과 비교해서 혼자 황당해했나? 하고 가볍게 반성도 했다.

하지만 그런 생각을 한 지 일 분도 되지 않아 내 판단은 다시 뒤집혔다. 언니에게 왜 이렇게 오랜만에 가게에 들렀느냐고 투정하는 미스터 썸머에게 "두 분은 어떤 사이세요?" 하고 돌직구를 던지자 기가 막힌 대답이 돌아온 것이었다.

"저한테 우경이는…… 글쎄? 조강지처 같은 친구겠네요."

"어머 오빠. 누굴 보고 조강지처래."

나는 그의 대답에 소름이 돋을 지경이었는데 언니는 냉큼 앙탈을 부렸다. 그러자 미스터 썸머는 진지한 투로 조강지처의 어원에 대해 설명하기 시작했다.

"괜한 말이 아니야. 조강지처라는 말이 옛날에 초근목피하던 시절 있잖아. 그 가난한 세월을 쌀겨하고 술지게미 얻어먹으면서 같이 버틴 와이프다, 그런 뜻이거든. 너나 나나 전에 그 회사 같지도 않은 회사들 다닐 때부터 지금까지, 가장 힘들 때 서로 얼마나 보듬어줬게."

"말은 청산유수라니까."

언니는 어느새 두 볼이 은은하게 달아올라 있었다.

"술지게미가 뭔데?"

그가 말을 잇기 전에 내가 먼저 대답했다.

"막걸리 오래 세워두면 아랫부분에 뽀얗게 가라앉는 거 본 적 있어? 그런 걸 술지게미라고 해. 곡식 성분이 많고 진하니까 옛날 사람들은 먹을 게 없을 때 그거 끓여 먹고 그랬대. 술빵 같은 게 그걸로 만든 걸걸?"

미스터 썸머는 내 말을 듣더니 "잘 아시네요. 막걸리에도 조예가 좀 있으신가봐요?" 하고 물었다. 묘하게 위에서 내려다보는 어투였다. 그리고 진천에 있는 양조장에 가면 샴페인 느낌이 나는 고급스러운 막걸리를 마실 수 있다며 함께 가자고 청하는 것이었다.

"다음 주 어때요? 우경이 애 기분 전환도 시켜줄 겸. 운전은 내가 할 테니까."

그가 호언했다.

보나 마나 갈 거면서 언니가 스케줄을 점검하는 시늉을 하는 동안 미스터 썸머는 내게 인사동에 있는 '산골집'이라는 곳에 가본 적이 있느냐고 물었다. 고개를 젓자 그는 자신이 서울에서 최고로 마음에 드는 막걸릿집이 그곳이라며 청하지도 않은 가게 약도를 그려 내게 건네주었다.

한번 발동이 걸리자 미스터 썸머는 쉬지 않고 이야기를 이어갔다. 청어회를 집은 내게 흰 살 생선부터 먹어야 한다며 모둠 사시미 먹는 순서에 대해 읊었고, 언니가 성게 알을 먹으려 하자 홋카이도산과 캘리포니아산 성게 알의 차이점에 대해, 한국 김과 일본 김이 어떻게 다른지 일장 연설을 늘어놓더니 오이와 성게 알을 김으로 감싸 언니 입에 직접 넣어주었다. 그러면서 다른 남자가 주는 건 이렇게 입으로 받아먹지 말라는 농을 치기도 했다. 늘 이렇게 여지를 주지만 그것 말고는 언니에게 아무것도 주지 않겠지, 하고 나는 속으로 한숨을 쉬었다. 진탕 취하고 싶었던 기분도 상온에 식어버린 사케처럼 미지근하게 가라앉아버렸다.

이튿날 나는 일어나자마자 노트북의 전원을 켠 뒤 몇 가지 미루던 일을 몰아서 처리했다. 한동안 더없이 귀찮게 여겼던 일들이 구직 사이트를 뒤져야 한다는 더 큰 압박감 속에 그럭저럭 할 만하게 느껴진 덕이었다. 나는 킬캐니 한 캔을 다 마신 뒤에 그것을 온 힘으로 찌그러트리면서 공인인증서를 갱신했고, 고지서의 주소를 변경했다. 휴대폰 요금제를 바꾸는가 하면 이사 오면서 인터넷 쇼핑으로 구입했으나 한쪽 끝이 우그러진 채 배달된 스툴의 반품 신청도 마쳤다.

두 번째로 가져온 코젤 또한 다 마시고 나자 더 이상은 도망갈 곳이 없었기에 구인구직 사이트에 접속했다. 그러나 관문이 하나 더 남아 있었다. 비밀번호가 기억나지 않았던 것이다. 결국 비번을 새로 설정한 뒤에 드디어 구직란 페이지를 펼쳤다.

오늘의 목표는 도보, 혹은 마을버스만 타고 출근할 수 있는 거리 내의 구인 상황을 전체적으로 살펴보는 것뿐이었다. 그렇게 수월한 목표치를 달성하지 못할 이유는 어디에도 없었다.

야근을 마친 언니가 집으로 돌아온 것은 내가 아주 낮게 잡은 목표를 겨우 달성한 후에 냉장고를 뒤지고 있었을 때였다.

산책 겸 마트에라도 같이 가지 않겠느냐고 물었는데 대답이 없다 싶더니 언니는 전화통화 중이었다. '응', '그럼, 알았어' 하는 대답을 기계적으로 내뱉는 걸 보니 큰어머니와 통화 중인 것 같았다.

"진짜야. 있으면 데려가지. 없다니까, 진짜 없어 진짜로."

나는 대답만 듣고도 큰어머니의 질문 내용을 짐작할 수 있었고, 당장 언니의 휴대폰을 빼앗아 '큰엄마 예상이 맞아요, 있기는 있어요. 제가 봤어요!' 하고 소리쳐주는 게 장기적으로 언니에게 보탬이 되는 일일지 모른다고 생각했다. 물론 집에서 쫓겨날 짓을 할 수는 없으므로 그렇게 생각만 했다.

언니는 귀와 어깨 사이에 휴대폰을 끼운 채 스타킹을 벗으며 내게 식탁 위의 비닐봉지 안을 살펴보라는 듯한 손짓을 했다. 편의점 로고가 박힌 봉지 안에는 여느 때처럼 수입 맥주 네 캔이 보였다. 짬뽕 컵라면과 컵 떡볶이도 있었다. 또 하나의 봉지 속은 로아커 웨하스와 감자칩, 빅슈크림 등 일주일은 너끈히 먹을 주전부리들로 가득 채워져 있었다.

언니는 퇴근길에 곧잘 집 근처의 편의점이나 드럭스토어에 들렀다. 아무래도 편의점으로 향하는 비중이 더 높았는데 일단 한번 편의점 문을 열었다 하면 손에 집히는 대로 군것질거리를 골라 담고 단맛을 중화시켜줄 컵라면 한두 개까지 사오는 버릇이 있었다. 그때마다 항상 캔맥주도 빠뜨리지 않았다. 내가 마시는 것을 보며 대리만족이 된다는 이유로 골라 와서 인심을 쓰는 것이었다. 입이 짧아서 군것질거리도 언니 자신이 먹는 것보다 내게 안겨주는 양이 더 많았다. 스트레스 해소법치고는 놀랍도록 이타적인 방식이 아닌가 하고 나는 그때마다 감탄하지 않을 수 없었다.

　노트북 앞에서 종일 시간을 보내다 보면 소박한 형태의 타임 워프를 겪는 듯한 기분이 들 때가 있다. 구인 구직사이트와 한글창, 인터넷 게시판 한두 곳을 화면에 띄워두고 왔다 갔다 하다 보면 주로 어느 창에서 시간을 보냈는지에 따라 놀랍도록 시간이 느리게 흐를 때가 있고 반대로 한 시간쯤은 순식간에 지나가 있을 때도 있기 때문이다. 그 간극은 실로 놀랍다. 그리고 시간이 느리게 흐르는 때는 평소보다 더욱 견디기 힘들어지므로 자주 공상이 개입하곤 했다.

　공상의 내용은 주로 내가 등장하는 인생극장과 같은 것이었다. 지난해에 조금만 더 운이 따랐다면 어땠을까? 특히 장마철 전후로 조금만 더 장사가 잘되었더라면? 컵밥 같은 평범한 메뉴 말고 좀 더 인기를 끌 만한 메뉴를 택했더라면 달랐을까? 혹은 그와 정반대로 정연에게 푸드트럭을 해보지 않겠느냐고 제의받았을 때 거절했다면 어땠을지 가정해보기도 했다.

　내가 마냥 낙천적인 사람은 아니었으므로 때로는 푸드트럭에 몇 달 더 미련을 가지고 있었더라면 빚을 얼마나 졌을까 떠올려보며 오싹함을 느꼈다. 지금 당장 끼니 걱정을 하는 상황이라면 어땠을까? 하는 생각을 하며 안도의 한숨을 내쉬기도 했다.

　다행히 나의 경제 상황은 최소한 밥을 굶을 걱정까지 치닫지는 않았다. 심지어 부식 걱정도 없었다. 물론 언니가 편의점을 터는 버릇 때문이었다. 허기져도 굶어야 하는 상황이라면 과연 버틸 수 있었을까, 하는 생각을 하는 동안에도 나는 노트북 주변으로 부스러기를 날리며 이탈리아산 다크 초콜릿 맛의 웨하스를 끊임없이 집어 먹고 있었던 것이다. 그 전에는 반쯤 남아 약간 눅눅해진 캐러멜 맛 팝콘을 해치우기도 했다. 따라서 씁쓸한 기분이야 어쨌든 입속은 다 디달았다.

그때 언니에게서 메시지가 도착했다. 회식에 끌려가게 되었다는 내용이었다. 벌써 저녁 먹을 시간이 되었다는 사실을 알게 되자 배가 고팠고, 군것질로 헛배가 부른 속을 따뜻한 국물 요리로 달래고 싶었다. 삼 일간 외식비로 한 푼도 쓰지 않은 것을 핑계 삼아 나는 집 밖으로 나섰다.

미세먼지로 하늘빛은 흐렸지만 포근한 기온이 이제 곧 봄이라는 사실을 실감 나게 하는 날씨였다. 그런데 날이 풀리자 한 가지 불편한 점이 생겼다. 두꺼운 패딩 따위를 언제 입었냐는 듯 얇은 겉옷을 입고 멋을 부리는 사람들 사이에서 혼자만 동네 슈퍼에 가는 차림인 게 부쩍 민망하다는 것이었다.

그 점은 SNS에서 사랑받는 맛집이 많은 동네에 살 때 겪는 단점 중 한 가지였다. (물론 요즘 내게 가장 큰 불편함으로 다가오는 것은 공사 소리 때문에 자주 늦잠을 방해받는 일이었다.)

셀카를 찍기 위해 만반의 준비를 마친 사람들로 북적이는 거리에서 나는 앞으로 좀 더 옷차림에 신경 쓰기로 다짐하며 발걸음을 옮겼다. 솔직히 말하면 그렇게 생각하는 것만으로도 귀찮았다. 하지만 혼술이나 혼밥을 할 만한 가게가 넘치는 곳에 사니까, 하고 생각하면 사소한 단점은 감수할 만한 것이라는 기분이 들었다.

그 순간 번쩍, 머릿속을 스치는 생각이 있었다. 그러고 보니 나는 여태껏 집에서, 혹은 편의점 앞에서 혼자 술잔을 기울인 적은 있었어도 그 외의 장소에서 혼자 술을 마셔본 적은 없었다는 것이었다.

두근거리는 마음을 안고 내가 찾은 곳은 제주 향토 요리를 파는 오라방이었다. 고기국수에 가볍고 산뜻한 연핑크색 라벨의 제주 막걸리를 마시기로 메뉴도 정했다. 그러나 가게 안은 돔베고기와 갈치튀김, 몸국을 안주 삼아 술판을 벌인 사람들로 만석이었다.

아쉬움에 입맛을 다시며 돌아나와 멈춰 섰을 때, 때마침 주머니 안에서 미스터 썸머가 그려준 막걸릿집의 약도가 잡혔다. 약도는 허술했으므로 다시 지도를 검색해보아야 할 것이다. 하지만 이 순간 플랜B가 있는 게 어딘가. 집 밖에서의 인생 첫 혼술을 마실 가게로 허름한 막걸릿집을 택하는 것도 따지고 보면 괜찮은 것 같고. 뭐랄까, 은근히 힙하기까지 하다 싶은 생각에 기대에 찬 발걸음을 옮겼다.

인사동 안쪽에 위치한 산골집은 자그마한 규모였다. 금요일 밤이지만 테이블은 절반 정도만 차 있었으며 손님들은 대략 사십대 이상으로 보였다. 무표정한 얼굴의 점원이 내게 일행이 있느냐 물었고 혼자라고 대답하자 살짝 고개를 끄덕였다. "편한 데 앉으세요" 하고 의욕 없이 읊조리는 모습과는 달리 테이블 위를 치우고 세팅하는 속도만큼은 민첩했다.

곧이어 이곳의 사장님으로 보이는 중년의 아주머니가 메뉴판과 함께 기본 안주로 겉절이와 미역국을 가지고 왔다. 자리를 안내한 이십대의 점원과 달리 싱글싱글 웃음기 어린 얼굴의 사장님은 내가 안주로 감자전을 택하자 곧장 메뉴판을 가져가려 했다.

"저 아직 술 안 골랐는데요!" 내가 메뉴판 한쪽 끝을 잡고 말하자 외려 사장님이 더 놀란 눈치였다.

"우리 집 처음 오셨는가비네?" 하는 질문에는 어떻게 그럴 수 있느냐는 놀라움이 배어 있었다. 그렇다고 말하자 사장님은 오른손을 공중에 휘휘 저으며 "우리 집은 막걸리 한 종류뿐이 없어요. 한번 드셔봐. 그래도 다들 맛있다고 그래요" 하고 말했다.

개운한 칼칼함에 감칠맛이 나는 겉절이의 맛을 보자마자 나는 사장님의 말투에서 은근히 비치는 자신감의 원동력을 알 수 있었다. 물론 겉절이 정도는 나도 얼마든지 만들 수 있다. 하지만 누구나 만들 수 있는 음식을, 예를 들면 겉절이나 깍두기, 계란말이, 콩나물무침 같은 것들을 맛깔나게 만들 수 있다는 것이야말로 특별한 재능을 요한다는 것이 나의 지론이었다.

예의 의욕 없어 보이는 점원에 의해 막걸리가 먼저 서빙되었고 동시에 주방 안쪽에서부터 감자를 가는 소리가 들려왔다. 그 소리만으로도 앞으로 내올 음식에 담길 솜씨와 맛이 그려졌다. 그것은 꽤 신선한 체험이었다. 살면서 어떤 소리를 듣고 이렇게 침을 꼴깍꼴깍 삼키며 앞일을 기대해보기는 처음이었다.

나는 막걸리를 잔에 따라 들이켰다. 조금만 더 차가웠으면 살얼음이 얼었겠다 싶을 정도로 차갑게 식힌 막걸리는 산미가 거의 느껴지지 않으면서도 산뜻한데다 더없이 개운했다. 지금 내가 마시는 막걸리가 어디에서나 볼 수 있는 녹색 병에 든 그 막걸리와 같은 제품이라는 게 놀랍기만 할 지경이었다. 그 순간 나는 미스터 썸머의 안목을 어느 정도는 인정할 수밖에 없었다.

감자가 사각사각 갈리는 소리를 안주 삼아 막걸리를 들이켜며 나는 몇 번이고 아무러면 어때, 하고 되뇌었다. 면접 한 번 까였으면 어떤가. 따지고 보면 간절히 하고 싶은 일도 아니었는데.

이 선배네 집에서 보았던 '주류회사에 다닌다는 남자'도 마찬가지였다. 인천공항에서 정연을 배웅하던 날, 큰맘 먹고 이 선배에게 그의 연락처를 아느냐고 물었을 때 돌아온 대답은 허탈하게도 이 선배 역시 그 남자를 그날 처음 보았다는 말이었다.

"누가 자기 애인이라고 데려온 사람이잖아? 아닌가? 맞을걸? 야, 나 그날 엄청 취해서 듣긴 들었는데 제대로 기억이 안 나. 근데 왜?"

이 선배의 이야기를 들었을 때는 짝이 있는 사람에게 멋대로 설레고 연락처를 물어볼지 말지 고민했던 일이 창피해서 정수리까지 후끈 열이 올랐다. 하지만 다시 생각해보니 그 역시 대수일 것 없는 일이었다. 사람들 앞에서 창피를 당한 것도 아니고 남몰래 착각한 것뿐이니 그만하길 다행이지 않은가.

이윽고 점원이 도톰한 두께감이 느껴지는 감자전을 내왔다. 나는 젓가락을 들기에 앞서 잔에 든 막걸리부터 비웠는데, 그러는 사이에 사장님이 손바닥만 한 김치전을 담은 접시를 가져와 감자전 옆에 내려놓았다.

"우리 집에 처음 오셨다니까 서비스! 맛있게 들어요."

감자전과 김치전은 크기도 빛깔도 달랐지만 갈색빛으로 구워진 테두리가 바삭해 보인다는 점은 똑같았다. 나는 어쩐지 마음이 찡했다. 비록 간절하게 바라지는 않았을지언정 기대감을 가지고 있던 일들이 흔적도 없이 사라진 이번 주에도, 하나쯤은 기분 좋은 일이 일어나는구나 싶어서였다. 나는 큼지막하게 자른 감자전을 입안에 넣으며 눈으로는 사장님을 좇았다. 그리고 그녀와 눈이 마주치자 지체 없이 막걸리를 한 병 더 주문했다.

4

모난 데 없이
온순한 레드와인

내가 거길 왜 따라가느냐며 선을 그어놓은 지 얼마 되지 않아 결국 언니와 미스터 썸머의 야외 데이트에 따라나서게 되었을 때, 나는 구직 사이트를 뒤지는 데 신물이 나서 기분전환이 필요하다는 핑계를 댔다. 실은 산골집을 소개받은 뒤에 술이나 술집과 관련한 미스터 썸머의 안목은 믿을 수 있겠다는 판단도 한몫했지만 그러면 그가 또 얼마나 자기 자랑을 늘어놓을까 싶어서 입도 뻥긋하지 않을 참이었다.

하지만 미스터 썸머를 만나기도 전에 집에서 나서는 순간부터 나는 언니 때문에 정신이 쑥 빠질 지경이었다.

언니는 원래도 집순이 타입이 아니고 나들이할 때 기분이 고조된다는 것도 알고 있었지만 오늘따라 정도가 심했다. 뭐랄까, 마치 목소리의 데시벨과 말의 속도, 활동성의 정도가 전부 두 배씩 향상 되도록 조작된 것만 같은 모습이었다. "이제 오 분 안에 도착한대"라는 일상적인 이야기를 마치 "이제! 우리들의 눈앞에! 꿈과 모험의 세계가 펼쳐진대!"라고 하듯 상기되어 말하는 언니를 보며 나는 웃음이 절로 났다.

"언니 입 한번 벌려봐."

"응? 왜?"

"술냄새 나나 보게. 여태 참다가 오늘 아침에 나 몰래 술 퍼마신 거 아니야?"

"뭐야."

언니는 웃겨 죽겠다는 얼굴로 내 어깨를 두드리더니 노래를 부르듯이 들썩거리며 말했다.

"암튼 신나 보인다 이거지? 좋다 좋아!"

흥이 오를 대로 오른 언니의 모습에 어느새 나는 굴복하고 말았다. 이제 곧 날씨도 풀릴 텐데 주말마다 나들이라도 가야겠다고 말하니 언니는 "한강! 한강도 많이 가자" 하고 대답하며 날뛰었다.

그때 우리 앞에 선 택시에서 클랙슨이 울렸다. 나는 기사님을 향해 택시를 기다리고 있는 게 아니라는 손짓을 했다. 그런데 조수석 창밖으로 미스터 썸머가 고개를 쑥 내밀며 언니를 향해 손을 흔드는 게 아닌가.

"오빠, 차는?"

언니의 물음에 미스터 썸머는 "차야 뭐……" 하며 대답을 흐렸다.

"오빠. 그러다 정말 면허 취소돼!"

언니가 뒷좌석에 오르며 그렇게 말하기에 입 모양으로 음주운전이냐고 물었더니 고개를 끄덕였다. 속으로 에라 인간아, 하는 소리가 절로 나왔는데 나 대신 기사님이 혀를 차주었다.

"사람마다 주량이 다르잖아. 그 손바닥만 한 기계가 그걸 어찌 감히 다 알겠어. 그래도 뭐, 악법도 법이니까."

미스터 썸머는 법치주의를 사수하기 위해 자신의 억울함을 감내한다는 듯한 투로 말했다. "암튼, 그래서 오늘 행선지가 조금 바뀌었어."

원래 가기로 했던 양조장까지 대중교통으로 갈 생각을 하자 골치가 아팠던 미스터 썸머의 머리에 스친 것이 가평 캠핑장의 당일 캠핑 코스라고 했다. 현재 금주 모드이자 원체 야외 바비큐를 좋아하는 언니는 대환영이라며 박수를 쳤다. 나로 말할 것 같으면, 양조장 체험 투어를 놓치는 것은 아까웠으나 오랜만에 기차를 타는 여정은 마음에 들었으니 일장일단이 있는 셈이었다.

용산역에 내렸을 때는 열차 시간까지 오 분여를 앞둔 시점이었다. 오랜만에 기차역에 왔다는 감상에 젖을 겨를도 없이, 우리는 언니가 택시 안에서 갈구하던 호두과자 판매대를 눈앞에 두고서도 살 엄두를 내지 못한 채 뛰어야만 했다.

겨우겨우 기차에 오르자 다리가 후들거리고 목 안쪽 깊은 곳이 따끔거렸다. 언니는 숨을 거칠게 몰아쉬면서도 이렇게 뛰어보는 것도 오랜만이라며 즐거워하는 눈치였다. 미스터 썸머는 좌석의 위치를 확인하더니 음료를 사오겠다며 곧장 카트를 찾아 나섰다.

나는 먼저 창가 쪽 자리에 앉았다. 그러자 언니는 아주 짧은 순간

내 맞은편과 옆자리를 가늠하더니 처음부터 그럴 양이었다는 듯한 얼굴을 하고 내 옆자리에 앉았다.

"내숭 그만 떨고 저리 가시오. 냉큼 가시오."

내가 언젠가의 유행어를 빌려 말하자 언니는 새초롬한 표정으로 손을 저었다.

"눈요기는 원래 맞은편에서 하는 거야."

눈요기를 할 만한 외모라는 데는 결코 동의할 수 없었지만 최소한 오늘의 미스터 썸머는 이자카야에서 보았을 때보다 나아 보였다. 자리에 돌아온 그를 보며 뭐가 바뀐 걸까 했는데 공들여 드라이를 한 듯한 머리 모양이 눈에 들어왔다. 그는 내게 카스가 담긴 파란 캔을, 언니에게는 사이다를 건넸다.

언니의 애인감으로 썩 마음에 들지는 않지만 확실히 센스는 있는 사람 같다고 속으로 중얼거리며 나는 두 손으로 감사히 맥주를 받았다. 차창 밖으로 서울이 빠르게 멀어지고 있었고 냉장고에서 막 꺼낸 맥주는 경쾌한 기포를 무수히 터뜨리며 내 몸속으로 침투했다. 언니가 본격적으로 출발하기도 전에 이미 오늘의 나들이에 만족한 눈치였다면 나는 본격적 출발과 동시에 맥주를 받아들인 지금 이 순간, 행복했다.

"두 분이 편하게 보내실 수 있는 자리에 제가 괜히 낀 건 아닌지 모르겠어요."

내가 예의상 그렇게 말하자 미스터 썸머가 고개를 저었다.

"그런 걱정은 하지 마시고요. 저희는 전에도 셋이서 만나는 일이 더 많았어요."

"셋이요? 언니 나 모르게 숨겨둔 딸이라도 있는 건 아니지?"

언니는 찰싹 소리가 나게 내 무릎을 때렸다. 그러자 미스터 썸머가 말머리를 돌리려는 듯 내게 산골집이 어땠느냐고 물어왔다.

"어땠냐면요, 거기서 한 일 년 파묻혀서 사장님 솜씨를 배우고 나면 뭐가 되도 될 것 같다, 그런 필이었어요. 진짜 그러기야 힘들겠지만요."

"배우면 되죠."

미스터 썸머는 뭐가 문제냐는 투였다.

"요새 주희 씨 쉰다고 하지 않았나? 거기 주말 알바는 항상 구하니까 트라이 한번 해봐요."

산골집의 단골이라는 미스터 썸머는 내가 보았던 그 무기력한 서버가 사장님의 외동딸이라고 설명했다. 그녀는 명목상 재수생이지만 공부에는 소질이 없고, 장사를 배우는 데도 뜻이 없는데다 어머니의 솜씨도 이어받지 못했다. 그렇다고 다른 방면에 재주가 있거나 절실하게 하고 싶은 게 있는 것도 아니라서 주말 알바생을 구하지 못할 때만 가게 일을 돕고 있는데, 언제든 주말 알바생만 뽑으면 기다렸다는 듯 가게에서 도망간다는 것이었다. 어찌 그리 자세히 아냐고 물었더니 사장님이 딸의 과외 선생 구할 일을 막막해하며 묻기에 자신의 대학 후배를 소개시켜준 것을 계기로 전해들었다고 했다.

자기 학벌이 좀 된다는 은근한 자랑인가? 하고 듣고 있는데 언니가 "하고 싶은 일은 나도 없는데……"라고 중얼거리며 창밖을 응시했다. 언니는 아직 푸른 기운이 돌기 전의 마른 들판을 보면서 그저 이렇게 여행을 떠나고, 먹고, 마시며 노는 것, 진심으로 하고 싶은 것은 그뿐이라고 했다.

"요새 나처럼?"

내가 물었다.

"근데 이 짓도 일이 넌이지. 평생 이렇게 살라고 해도 못할 것 같애."

"넌 네가 하고 싶은 게 있으니까 그래. 나처럼 꿈도 뭣도 없는 사람은 괜찮아."

언니가 단호하게 말했다. 언니 말대로 내게는 하고 싶은 일이 있었다. '오너 셰프'라는 말을 떠올리면 지금도 가슴이 두근거린다. 괜찮은 밥집이나 술집에서 삼십대 전후로 보이는 오너 셰프를 발견하면 부럽다 못해 눈앞이 캄캄해지곤 했다.

지난해 푸드트럭을 운영하면서 간편식에 가까운 한식을 팔았지만 앞으로는 본격적인 한식을 연마하고 싶었다. 하지만 그 길에 도움이 된다고 해서 중장년층 손님 위주의 허름한 막걸릿집에서 선뜻 일을 배우는 것까지 마다하지 않겠다는 패기는 없었다. 그럼 대체 어쩌면 좋단 말이야, 하고 스스로에게 투덜거릴 즈음 열차 칸으로 카트를 미는 아주머니가 등장했다. 방금 전까지만 해도 쓸쓸한 어투로 꿈이 있네, 없네 하던 언니가 삶은 계란을 먹겠다며 튀어오르듯 일어나기에 나도 맥주를 더 사기 위해 따라 일어났다.

가평의 글램핑장에 들어섰을 때부터 미스터 썸머는 지금도 괜찮기야 하지만 한 달만 더 지나서 왔다면 더할 나위 없이 좋았으리라는 말을 반복했다. 지금도 충분히 좋다는 언니의 말에도 흔들림 없이, 과장을 조금 보태자면 십 분에 한 번씩 똑같은 소리를 해대는 것이었다. 결국 내가 한 번만 더 그 얘기를 하면 엉덩이를 차주겠다고 말했는데 그렇다고 직접 찰 수는 없어서 결국 언니가 대신 나서주었다.

"오빠 이리 와서 빨리 엉덩이 대!"

말이 그렇지 호감이 있는 대상이니만큼 살살 봐주리라고 예상했다. 그러나 한껏 들뜬 언니는 제대로 각을 잡고 체중을 실어서 화끈한 발길질을 선보였다. 예상치 못한 강도에 미스터 썸머가 균형을 잃고 앞으로 고꾸라졌지만 언니 역시 웃느라 무릎이 꺾여서 일으켜주지도 않고 있었다.

"약간 눈물이 고인 것처럼 보이는 건 제 기분 탓이죠?"

나는 미스터 썸머를 놀려주었다.

"제가 눈물을 흘려서 두 분이 행복할 수만 있다면!"

미스터 썸머가 눈물 닦는 시늉을 했다. "그래도 정말 한 번만 생각해봐요. 지금도 좋지만 꽃필 때 오면 진짜 죽여준다니까요? 저게 다 벚나무라고요. 안 그래요 주희 씨?"

"알았어요, 그래."

선심 쓰듯 말했지만 나는 내심 그의 말에 수긍하고 있었다.

탁 트인 글램핑장 앞쪽은 완만한 경사 아래 가느다란 개천이 흘렀고 그 너머로는 능선이 이어져 있었다. 미스터 썸머의 말대로 한 달쯤 지난 시점이면 눈앞에 초록빛이 쏟아질 광경이었다. 그보다 조금 더 지나면 물에 발을 담그고 신선놀음도 할 수 있을 것이다.

대신 우리 앞에는 숯불에 익어가는 돼지고기와 소시지, 새우, 그리고 술이 있었다. 게다가, 인정하기는 싫지만 미스터 썸머는 고기

굽는 솜씨도 상당했다.

나는 기본적으로 요리하는 것을 좋아하지만 사실 그중에서 단순 작업은 귀찮아서 무리 중에 믿고 맡길 수 있는 사람만 있다면 고기 굽는 일에는 잘 나서지 않는 편이다. 미스터 썸머는 충분히 고기 집게를 건넬 만한 자격이 되었다. 성급히 뒤집지 않았고 숯불의 화력에도 불구하고 과하게 태우지 않으면서 목살과 삼겹살, 소시지와 대하까지 각각의 재료마다 최적의 굽기를 유지했던 것이다.

꼭짓점이 뾰족한 인디언 텐트 아래로 노란색과 연둣빛 모티프가 번갈아가며 이어지는 가랜다가 바람에 흔들렸다. 내게 주어진 일은 잘 익은 바비큐를 안주 삼아 맥주를 해치우는 것뿐이었다. 잠시 뒤 고개를 기울여 잔 안에 담긴 맥주를 한 방울도 남김없이 마시고 났을 때 감탄한 듯한 미스터 썸머와 눈이 마주쳤다.

"술을 참 맛있게 마신다고요? 알아요. 많이 들었어요."

내가 호기롭게 말하자 미스터 썸머는 "무슨 맥주 광고 보는 줄 알았네"라며 잔을 채워주었다. 이어서 언니도 껍질을 벗긴 새우를 내 입에 넣어주었다. 그리고 어떤 안주가 제일 맛있느냐고 묻기에 나는 한껏 배를 내밀고 "공기. 이 맑은 공기가 제일 맛있지" 하고 깊이 숨을 들이마셨다. 그러자 언니가 내 손에서 먹음직스럽게 그슬린 소시지를 빼앗아가며 뒷걸음질쳤다. 소시지는 마침 미스터 썸머가 끓이던 라면 안으로 투하되었는데 숯불에 팔팔 끓는 라면 국물의 냄새 역시 일품이었다.

오후 두 시부터 아홉 시까지 딱 일곱 시간의 당일치기 캠핑이 언니에게 끼친 여파는 상당했다.

안 그래도 자주 오던 택배가 거의 매일, 어느 날은 두 개씩 배달되었던 것이다. 택배는 주로 내가 받았기 때문에 나는 어느새 이 건물을 담당하는 대한통운 택배 기사님과 엘리베이터에서 마주치면 인사를 나누는 지경에 이르렀다.

언니가 맨 먼저 구입한 것은 노랑, 빨강, 초록 등 원색의 역삼각형 모양이 배열된 가렌다였다. 하나 가지고는 성에 차지 않았는지 언니는 손뜨개로 만든 파스텔톤의 원형 모티프가 늘어선 가렌다도 샀다. 다음으로는 원터치 텐트, 인디언 핑크와 보라색이 섞인 캠핑용 의자, 그것과 같은 색상과 패턴이 프린트 된 방수 매트, 법랑 컵, 플라스틱 소재의 와인 잔, 잔을 올려놓을 접이식 테이블이 차례로 배달되었다. 그리고 며칠 잠잠한가 싶더니 이번에는 알전구와 에스닉 패턴의 해먹이 등장했다. 포장을 뜯어서 확인한 해먹을 대강 접어 발치에 던져놓은 채 언니는 또 인터넷 쇼핑몰을 뒤지고 있었다.

"이거 사고 싶은데 너무 튀려나? 그냥 베이지색 살까? 봄에 바람막이 위에 입을 건데 어때?"

언니가 눈여겨보고 있는 것은 보송보송해 보이는 질감의 후리스 베스트였다. 하나는 짙은 살구색과 크림색이 섞여 있었고 다른 하나는 베이지색에 작은 겨자색 주머니로 포인트를 준 것이었다. 솔직히 말하면 나는 언니에게 캠핑용품 때문에 파산할 셈이냐고 말하고 싶었다. 그러나 돈을 벌고 있지도 않으면서 돈을 벌고 있는 사람에게, 그것도 얹혀살다시피 낮은 방세를 내고 사는 사람이 내뱉기에는 부적합한 말이라는 판단이 섰다. 그냥 이러다 말겠지, 하는 기대를 품고서 언니의 주문대로 색상 톤만 살폈다.

"살구색이 진하긴 하지만 어울리겠는데 왜. 기왕 사는 거면 사고 싶은 거 사야지."

"그럴까?"

언니는 신나서 장바구니에 10만9천 원짜리 베스트를 추가했다. 장바구니에는 정가 4만8천 원짜리 민트색 아이스박스도 담겨 있었다.

"걸어서 갈 수 있는 캠핑장이 있다는 게 진짜 대박인 거 같아. 어쩐지 그렇게 망원동에서 살고 싶더라니. 우리 아이스박스 오면 이번 주말에 난지 캠핑장 가자."

"걸어서 갈 수 있다고 해도 그렇지. 이 짐들을 무슨 수로 거기까지 가져가려고?"

언니는 그제야 아! 하고 허를 찔렸다는 표정을 지었지만 이내 캠핑용 왜건을 검색하기 시작했다. 그리고 내가 들어가서 다리를 뻗고 앉을 수도 있을 만한 너비의 왜건을 고른 뒤에야 흐뭇한 미소를 지었다.

그 주 일요일에는 비가 왔고 다음 주말에는 황사에 미세먼지까지 겹쳤다. 그리고 하늘을 희부옇게 메우고 있던 먼지들이 어느 정도 걷히고 나자 계절은 불쑥, 봄이었다.

뉴스에서는 올해의 벚꽃 개화 예상 날짜를 알렸으며 시장에는 딸기와 쑥이 보였다. 언니가 그토록 고대하며 개시한 왜건을 끌고 난지 캠핑장까지 가는 길에는 개나리가 피어 있었다.

언니는 점점이 흐드러진 개나리 앞에 서서 노란 바탕을 배경 삼아 셀카를 찍었다. 먼저, 조신한 훈녀 느낌으로 다섯 장을 찍어 두 장을 건진 뒤 익살스러운 표정을 지었다. 그리고 다시 발걸음을 서두르려는 차에 언니는 돌연 끌고 가던 왜건을 내팽개치고는 우리보다 몇 걸음 앞서 걷고 있던 사람을 향해 뛰어가더니 어깨에 손을 짚고 돌려세웠다.

"예정아!"

뒤돌아선 사람은 한쪽 귀에서 이어폰을 빼며 영문을 모르겠다는 표정으로 미간을 찌푸렸다. 그러자 언니는 아는 사람과 착각한 것 같다고 연신 사과했다. 언니의 얼굴은 쑥스럽기보다는 실망스러워 보였다.

"언니가 야외만 나오면 날뛰는 건 아는데 좀 침착해. 응? 침착하게 이것도 다시 끌고."

나는 터덜터덜 걷고 있는 언니의 손에 왜건 손잡이를 다시 쥐여 주었다.

캠핑장에 도착하자마자 언니가 한 일은 블루투스 스피커를 찾기 위해 왜건 속을 뒤진 것이었다. 스피커는 내가 챙겼건만, 잠깐 화장실에 다녀온 사이 왜건 속을 많이도 헤집어놨다 싶었다.

"거참, 침착하라니까. 정 침착하게 있기가 힘들면 술이라도 한잔 마시던가."

나는 한껏 으스댄 뒤에 가방 안에서 와인과 스피커를 꺼냈다.

"그래. 음악이라도 침착한 걸 좀 들어봐야겠다."

언니는 나른한 선율의 하와이안 뮤직을 재생시켰다. 캠핑장에 도착한 시점부터 배가 고파왔지만 나 역시 플라스틱 와인 잔에 와인부터 따랐다.

와인을 한 모금 입에 머금고 있는데 우리 사이트 옆으로 두 명의 꼬마가 지나갔다. 양 갈래로 묶은 머리에 나란히 무릎까지 오는 샛노란 원피스를 입고 있는 아이들이었다. 어찌나 펄쩍펄쩍 뛰어가는지 캥거루 같다는 생각을 하는 찰나, 내가 사온 와인의 라벨에도 캥거루가 그려져 있는 게 보여서 웃음이 났다. 그 얘기를 했더니 언니는 "옐로 테일 병에 그려진 건 캥거루가 아니라 왈라비래"라고 정정해주었다. 하지만 언니는 막상 왈라비가 어떤 동물인지 자세히 알지는 못했다. 미스터 썸머의 말을 귀동냥한 것에 불과했기 때문이었다.

검색해보니, 캥거루 안에서도 수십 종류가 나누어지는데 왈라비는 그중 25kg 이상으로는 크지 않는, 작은 몸집을 가진 종에 속했다. 왈라비는 온순하고 평화로운 성향을 띤다고 한다. 또한 먹이를 주는 이를 쉽게 잘 따르는 모양이었다. 그렇다면 저렴하고 편의점에서도 쉽게 구할 수 있는데다 너무 달거나 시거나 떫지 않아 친숙하게 즐길 수 있는 와인의 성향과 딱 맞아떨어지는구나 싶어 감탄스러웠다.

빈속에 두 잔의 와인을 마시니 나 또한 한 마리의 왈라비처럼 온순하고 평화로운 기분이 들었다. 와인에 곁들일 고기를 주는 이가 있다면 앞발을 들고 달려가 얌전히 따를 마음의 준비도 되어 있었다.

초식 동물의 심정으로 육식을 기다리는 모순 앞에 언니의 전화벨 소리가 들렸다. 화면에 뜬 번호는 070으로 시작하는 것이었다.

"그냥 구워. 광고 전화야."

하지만 언니는 휴대폰을 달라며 손을 뻗었다. 물물교환을 하듯 나는 언니에게 휴대폰을 넘기고 고기 집게를 건네받았다. 한가운데를 피해 소고기를 올렸지만 금세 불길이 올라왔으므로 나는 등심의 양쪽 표면에 골고루 불맛을 입힌다는 느낌으로 살짝만 익혀서 접시 위에 놓았다. 그러자 통신사 광고 전화를 끊은 언니가 고기를 잘라 내 입에 넣어주었다.

언제나 유혹적이고, 말만 들어도 섹시한 소고기의 육즙이 입속을 감쌌다. 나는 그 위로 곧장 모난 데 없이 온순한 맛의 레드 와인을 흘려넣었다. 누군가 내게 삶이란 살 만한 가치가 있느냐는 질문을 던져 긍정적인 대답을 듣고 싶다면 이 순간을 놓치지 말아야 할 터였다.

"소고기로 시작하다니 정말 훌륭한 선택이십니다."

머리를 조아리며 공손히 감상을 전하자 언니는 언제 주워놨는지 개나리꽃의 가지를 들고 흔들어댔다.

"그런데 070전화는 안 받으셔도 돼요. 백퍼 광고 전화기 때문이죠."

"그러다 기다리는 전화를 못 받을지도 모르잖소."

언니는 나보다 더 진지한 투로 대답했다. 누구 전화를 기다리기에 그러냐고 물을 필요도 없었으므로 나는 대꾸하기를 포기하고 고기 굽기에 집중했다. 그것은 즉 와인을 마시는 속도에도 탄력이 붙는다는 의미였다. 맛있는 고기와 술 뒤에는 그만큼이나 맛있는 낮잠이 기다리고 있었다.

얼마나 잤을까. 으스스한 한기가 돌아서 잠에서 깼을 때 언니의 말소리가 들렸다. 말을 한다기보다는 주기적으로 장단을 맞춰 대답하는 것으로 보아 큰어머니와 통화 중인 것 같았다. 언니는 내 옆에 모로 누워서 휴대폰을 귀 위에 올려놓고 통화를 하고 있었다. 살짝 액정을 들어 화면을 보니 통화 시간이 칠 분을 넘어가고 있었다. 그럼 슬슬 '청소 좀 하고 살아라, 귀신 나오겠다'라는 대사가 나올 타이밍이라고 생각했는데, 마침 큰어머니 입에서 그 말이 나와 웃음을 삼켰다.

언니는 "네. 알았어요" 하고 얌전히 대답한 뒤에 기지개를 켰다. 그리고 덮을 것을 찾는 내게 무릎 담요를 건네주었다.

"나는 허구헌 날 그렇게 통화하려면 건당 삼만 원은 받아야 될 것 같은데, 효녀네."

"엄마한테 목돈 빌려서 깨끗한 집에 사니까 공짜는 아니지. 우철이 들이라고 끝까지 우기지 않은 것도 감사하고."

하긴, 그러면 공짜는 아닐 수도 있겠다. 게다가 그 혜택은 나도 받고 있었다. 나는 텐트 밖으로 나가서 남은 와인과 잔을 가져왔다. 언니는 집 얘기를 꺼낸 것 때문에 신경이 쓰였는지 슬쩍 내 얼굴을 살폈다. 그리고 얼마 전에 동료 간호사에게 아주 쓸모 있는 이야기를 들었다고 말했다.

"교육학자? 뭐 그런 사람이 한 얘기라는데 들어봐. 한국에서는 부모랑 말이 안 통하는 게 당연하대. 왜냐면 보통 부모랑 이삼십 년쯤 차이가 나는 게 정상인데 우리는 세상이 변하는 속도가 너무 빨라서 생각하는 게 오십 년쯤, 어떤 부모랑은 백 년쯤 차이가 난다는 거야. 그러니까 엄마가 아니라 할머니랑 얘기하는 거랑 마찬가지라는 거지."

"그러니까 엄마가 아니라 할머니 얘기를 들어준다고 생각하고 넘긴다는 거야?"

"응."

"지혜롭네. 우리 언니 조강지처감이야. 아닌가? 현모양처감이라고 해야 되나?"

"그거야말로 할머니들이나 할 소리고."

그러더니 언니는 노파처럼 끙끙거리며 자세를 바꾸어 엎드렸다. 그리고 휴대폰 사진 폴더를 뒤지더니 몇 해 전 사진을 보여주었다. 공원의 잔디밭을 배경으로, 남녀가 섞인 열 명쯤의 인원이 손에 책 한 권씩을 들고 찍은 단체 사진이었다. 계절은 여름으로 반소매 원피스를 입은 언니는 왼쪽 끄트머리에 서서 어색하게 웃고 있었다. 언니는 사진 속 언니와 한 사람 건너 서 있는 남자를 가리켰는데 그가 미스터 썸머라는 사실을 깨닫는 데는 약간의 시간이 필요했다.

이자카야를 오픈하기 전의 미스터 썸머는 잘 벼린 칼로 지금 모습에서 한 겹을 깎아낸 듯 날렵해 보였다. 그 덕에 하얀 셔츠를 입은 핏이 산뜻해서 꽤 훈남처럼 보이기도 했다.

언니는 기지개를 켜고 일어나 앉더니 처음 독서 모임에 나갔던 날 가장 먼저 눈에 들어온 사람이 미스터 썸머라고 말했다. 모임 초창기 멤버 중 한 명이었던 그는 낯가림 때문에 쭈뼛거리고 있는 언니에게 먼저 말을 걸어주고, 대화를 하다가 언니가 모를 만한 이야기가 나오면 묻기도 전에 부연설명을 해주었다고 한다. 당시 모임의 뒤풀이 자리에는 그 달에 생일이 있는 사람의 생일파티를 겸했는데 모임에 나간지 몇 번 되지 않아 모임 지기도 놓치고 있었던 언니의 생일을 기억하고 챙겨준 사람 또한 그였다.

"근데 이 양반 책 읽는 데 관심이 있기는 있어? 없지 않아? 그냥 여초니까 여자 꼬시려고 나왔던 거지?"

"당연하지."

언니가 시원스레 인정해서 나는 마시던 와인을 뿜을 뻔했다. 언니는 내게 물티슈를 건네주며 "책은 무슨. 일 년에 한 권도 안 읽을걸" 하고 덧붙였다.

"그러고는 뒤풀이만 2차 3차 박차를 가하고?"

"아이 그럼. 책 얘기할 때는 조용하다가, 술자리만 가면 아주 그렇게 분위기를 휘어잡을 수가 없었어."

"그런 사람이 어디가 좋다고 정말!"

나는 결국 참지 못하고 언니의 어깨를 찰싹 때렸다. 그러자 언니는 "눈요기한다니까"라며 그대로 뒤로 쓰러지듯 누웠다.

"적당히 생겨서 눈요기도 되고 그럭저럭 착한데, 적당히 닳고 닳은 구석도 있고. 그러니까 좋잖아. 너무 착하기만 한 사람은 까딱하면 정말 큰일 치니까, 불안해. 내가 또 겪어봤잖니."

"언니 전 남친?"

언니는 입술을 삐죽거리더니 굳이 따지자면 전 남친이 아니라 전전 남친이라고 바로잡았다. 작년만 해도 그 당시에 데이트하던 남자와 사귀는 게 아니라고 선을 긋더니, 시간이 좀 더 지나고 나자 사귀었던 사람으로 카운팅 해줄 마음이 든 모양이었다.

나는 이제 몇 모금 남지 않은 와인을 마시면서 언니가 문제의 전전 남친과 헤어진 게 벌써 몇 년 전 일인가 가늠해보았다. 대략 생각해보아도 삼사 년은 지난 일 같았다.

"그때 언니가 얼마나 쇼크 먹었는지는 아는데, 그래도 이제……."

"됐어, 심각할 거 없어. 이제 걔 얼굴도 잘 기억 안 나."

언니는 그렇게 말하더니 허리가 불편한 듯 다시 자세를 바꾸고 독서 모임에 대한 얘기로 돌아갔다. 모임은 결국 그 사진을 찍은 이듬해, 삼각관계 때문에 한바탕 소동을 거치면서 와해되다시피 했다고 한다. 삼각의 한 꼭짓점을 차지한 것은 다름 아닌 미스터 썸머였다. 내 입에서 "그러니까 언니도 취향을……" 하는 소리가 나오자 언니는 스마트폰을 들고 여행용 목쿠션을 주문해야겠다며 딴청을 부렸다. 나가서 산책을 하자고 잡아끌었지만 자리를 지킬 사람이 없으니 안 된다는 핑계를 대며 언니는 텐트 바닥에 찰싹 붙은 채 대자로 누웠다.

텐트 밖으로 나오자 먼 하늘에 조금 일찍 떠오른 반달이 보였다. 오후까지만 해도 비어 있던 캠핑 사이트에도 어느새 사람들이 들어차 있었다. 그중에는 우리처럼 단둘이 온 듯한 사람도 보였고 가족 단위도 있었지만, 이십대 초중반의 또래들이 무리를 지어 있는 경우가 더 많았다. 그들 사이에서는 곧잘 웃음소리가 터져나왔다.

활력이 넘치는 웃음소리를 들을 때마다 나는 그들이 함께 웃는 시간의 유효기간에 대해 몽상했다. 몇 해 뒤에는, 혹은 고작 일이 년이 지난 뒤에는 지금 한자리에 모여서 웃고 있는 사람들의 관계가 소원해져 있을지도 모른다. 그럼에도 불구하고 지금 이 순간이 그들의 인생에서 오래도록 기억하게 될 추억으로 남을지도 모르리라는 생각도 들었다. 그렇다면 나는 지금 누군가의 인생에서 가장 즐거운 한때를 스치고 있는 것일 수도 있다.

아, 나는 속으로 탄식했다. 취기가 말끔히 사그라들었다는 사실이 못내 아쉬웠다.

이끌리듯 매점에 가는 내 발걸음을 멈춰 세운 것은 언니의 전화였다. 언니는 이미 정리를 끝내고 돌아갈 준비를 마쳤다고 했다. 더 있기에는 날이 추워서 갑자기 치우기 시작했다고 핑계를 댔지만, 미스터 썸머에게 연락을 받고 달려나가는 것이라는 확신이 들었다.

아니나 다를까 집에 가자마자 헐레벌떡 화장을 고치는 언니를 뒤로하고 나는 다시 집을 나섰다. 막 해가 져가고 있었고 나는 구체적인 목적지를 정하지 않은 채 걸음을 내디뎠다. 딱 한 잔만 더 마시고 싶었다. 그러기 위해서는 아무렇게나 고른 한 잔이 아니라 후회를 남기지 않을 한 잔을 선택해야 했다. 그때 떠오른 것이 왈라비가 새겨진 옐로 테일의 라벨이었다. 라벨을 보고 고르면 어떨까. 입가심으로 맥주가 당기기도 했다. 나는 발걸음도 가볍게 망원시장 근처에 위치한 보틀숍 위트위트로 향했다.

보틀숍을 방문할 때마다 벽 한쪽 면을 빼곡하게 채우고 있는 색색의 맥주병을 바라보면서 가슴이 뭉클해지는 사람이 분명 나뿐만은 아닐 거라는 생각을 하곤 한다. 위트위트는 보틀숍 중에서도 벽면 구성이 유달리 마음에 드는 곳이었다. 입구에서 오른쪽 벽면이 맥주로 가득차 있으면서도 잘 정리된 책장과 같은 정갈한 느낌을 주었기 때문이다.

그 벽은 책장 크기의 장 네 개로 구분되어 있었고 장의 내부 공간은 다시 맥주 별로 칸칸이 나뉘어 있었다. 각 칸마다 맥주가 가진 특성을 홉과 몰트, 이스트, 바디감의 정도로 구분하여 표기해둔 점도 보기 좋았다.

나는 맨 아래 칸의 맥주부터 살피며 위 칸으로 시선을 옮기다가 '불월불화불수불목불금불토'라고 적힌 문구를 보고 키득거렸다. 그러자 등 뒤에서 "뭐 재밌는 거 있어요?"라고 묻는 다정한 목소리가 들렸다.

뒤로 돌아서자, 또래로 보이는 여자가 꾸벅 고개를 숙이며 여기서 이렇게 만나다니 신기하다고 말했다. 나는 얼떨떨한 기분으로 일단 목례를 하며 빠르게 머릿속을 뒤적여보았다. 하지만 은은한 레몬옐로빛 후드 티셔츠를 입고 나를 보며 환하게 웃는 그녀는 아무리 생각해봐도 내가 아는 사람 같지 않았다. 날 누군가와 착각한 게 아닐까, 생각하고 있는데 그녀가 방긋 웃으며 말했다.

"그럼 이제 제 입속을 보여드리면 되겠네요!"

5
재회의 하이볼

그로부터 십여 분 뒤에 나는 그녀와 도쿠로야라는 이자카야에 마주 앉아 있었다. 그곳은 너무 밝지도, 지나치게 어둡지도 않았다. 굳이 따지자면 아주 적당한 만큼만 어두운 느낌이 들었다.

"맞아요. 기분 좋게 취하기에는 이 정도가 딱 좋죠. 입속을 보여드리기에 좋은 불빛은 아니지만, 그래도 보일 거예요. 금으로 씌워서 반짝거리거든요. 보세요 얼른. 아—"

"알았어요, 언니. 일단 메뉴부터 고르고요."

내게 적극적으로 자신의 치과 치료 결과를 보여주려고 하는 그녀는 지난해 연말 이 선배의 집에서 열린 술자리에 함께 있었던 배미영 씨로, 나이는 나보다 한 살 많았다. 반수 후 우리 학교에 다시 입학한 터라 학번은 나와 같았지만, 대학 재학 중에 같이 수업을 듣던 사이도 아니었으니 내 입에서는 자연히 '언니'라는 말이 나왔다. 하지만 한두 살 차이로 언니, 동생 같은 호칭에 구애받을 거 없다며 그녀는 고개를 저었다.

"아우 진짜 뭐예요, 배짱이라고 잘만 부르고 말도 놨는데."

주문을 마친 배짱의 설명에 따르면 그날 나는 초면에 언니라는 호칭 없이 별명을 부르는 데 조금 머뭇거렸다고 한다. 하지만 그녀가 술은 좋아하지만 참이슬에 호되게 당한 뒤 트라우마가 생겨서 참이슬은 마시지 못한다는 이야기를 하자, 나 역시 참이슬의 뒷맛이 싫다며 격하게 공감을 표한 것을 시작으로 많은 이야기를 나눈 모양이었다.

학과실에서 근로했던 시기가 엇갈려 뒤늦게 만난 것이 아쉬울 만큼 대화가 잘 통한다는 게 그날 나를 본 배짱의 소감이었다. 나 역시 바로 이런 술친구를 지금까지 기다려왔다고 환호하며 어찌나 소리 높여 웃었던지 이 선배로부터 세 번이나 주의를 들었다는 것이었다.

소상히 듣다 보니 어렴풋이 "너 진짜 계속 그러면 입에 청테이프 붙여버린다"라며 째려보던 이 선배의 표정이 떠오르기는 했지만 그 외에는 기억나는 게 거의 없었다. 그러나 배짱에게는 증거가 있었다. 그녀의 휴대폰에 나와 그녀가 얼굴을 맞대고 촬영한 사진이 남아 있었던 것이다.

눈이 풀린 채로, 어째서인지 혼자 양손을 턱 아래 괴고 꽃받침 포즈를 하고 있는 내 모습은 흉하기 짝이 없었다. 볼뿐만 아니라 목 아래까지 불쾌해진 낯빛 또한 가관이었는데 안 그래도 살결이 뽀얀 배짱의 얼굴과 맞닿아 있어서 극명한 홍백의 대비가 돋보였다.

한편 배짱은 등허리까지 내려오던 긴 생머리를 귀를 살짝 덮는 길이의 단발로 자르고, 코코아처럼 따뜻한 갈색으로 염색한 터라 해를 넘기면서 외려 한두 살 앳되진 것만 같았다.

"같이 웃고 떠들고, 셀카 찍고, 번호도 받고, 그러면서 배짱이라고도 불렀으니까 앞으로도 그렇게 부르면 돼요."

그녀는 대학 시절에 얻은 별명을 나 못지않게 마음에 들어 했다. '배짱'이라고 불릴수록 '한 번 사는 인생 생긴 대로 살자!' 하는 배짱이 충전되는 것 같다는 이유에서였다.

우리는 잔을 가볍게 부딪치고 생맥주가 든 잔을 입으로 가져갔다. 배짱은 잔의 절반을 기세 좋게 비운 뒤에 크게 숨을 내쉬었다. 그리고 우리가 둘 다 술잔으로 건배를 하는 건 지금이 처음이라고 말했다. 그건 지난 연말에 어금니 두 곳의 충치를 치료하느라 송년회에서 술을 한 방울도 마실 수 없었던 배짱 탓이었다.

"연말에는 당연히 달려야 되는데 술 좋아한다는 사람이 왜 하필 연말에 치과 치료를 하느냐고, 정신을 어디에 두고 사는 거냐고 그러셔서 저도 얼마나 반성을 했게요."

배짱은 싱글벙글 웃으며 요리연구가 이혜정의 말투를 따라 했다.

"설마 치료받으신다는데 제가 억지로 술을 막 권하고 그러지는 않았죠? 술 강요하는 건 정말 극혐하는 짓이거든요."

"그럼요. 다만 왜 하필 지금 치료하느냐고 구박을 하다가……."

"하다가요?"

"나중에 이 선배가 무알코올 맥주 있는 게 지금 생각났다면서 저한테 한 캔 줬거든요. 술주희님은 그때 저랑 멀리 있었어요. 그래서 멀찍이서 캔만 보고는 맥주 마시는 거냐고, 여태껏 자기한테 거짓말한 거냐고, 그러면서 뭐랄까 좀……"

"나댔군요!"

"나댄 건 아니고, 좀, 날뛰셨죠."

나는 육성으로 으악! 소리를 내뱉으며 테이블 위에 엎드렸다. 배짱은 동요치 않고 평화로운 음성으로 "그래서 캔에 쓰인 '논 알코올'이라는 글자랑, 충치 치료한다고 싹 다 긁어낸 입속이랑 아주 눈앞에서 보여드려야지, 그러고 화장실에 다녀오니까 이미 가셨더라고요. 그러고 나서 문자까지 씹혀서 나 좀 서운했어요. 술자리에서 으쌰으쌰 친해지는 거 다 부질없는 일인가보다 싶고 그래서요."

맨 정신으로 모든 것을 똑똑히 기억하는 배짱 앞에서 혼자만 취했던 내가 벌인 일들을 듣노라니 아찔한 창피함에 목덜미부터 귀까지 뜨거워졌다. 배짱이야 모르는 일이지만 내가 창피한 이유 중 하나는 그날 '해명할 기회는 주셔야죠'라는 문자를 보낸 상대를 멋대로 착각하고 있었던 데 대한 부끄러움 때문이기도 했다.

"아니 그런데 오늘은 이거 딱 한 잔만 하고 가신다고요? 저는 조금 더 마셨으면 싶은데."

패를 던지는 듯한 어투로 묻는 배짱의 말에 나는 여부가 있겠느냐며 굽실거리고 서버를 향해 메뉴판을 요청했다.

메뉴판을 들고 온 서버는 스킨헤드였다. 그는 유니폼으로 뒷면에 해골이 그려진 새까만 티셔츠를 입고 있었는데 티셔츠 밖으로 드러나는 팔과 뒷목에 현란한 타투가 보였다. 가만 보니 매장 내의 스텝 전원이 엇비슷한 모습이었다. 카운터 안쪽에서는 다부진 인상의 스텝이 보일 듯 말 듯한 미소를 짓고서 고갯짓으로 리듬을 타며 꼬치에 고기를 꿰고 있었다.

배짱은 그 모습에 시선을 주더니 이곳의 오너가 밴드의 멤버라며, 그 밴드의 이름이 앞으로 우리의 관계에 시사하는 바가 클 것이라고 말했다.

새로 주문한 하이볼과 명란 야끼소바, 우엉 튀김이 나오는 동안 나는 반가운 사실을 하나 더 알게 되었다. 그것은 배짱이 사는 자취집의 위치가 다름 아닌 성산 초등학교 근처라는 사실이었다.

"그럼 같은 망원동 주민이네요!"

"행정구역상으로는 합정동이지만, 뭐 저도 합정역 홈플러스보다는 망원시장이 더 가까우니까 그렇다고 봐도 되겠죠?"

배짱이 싱긋 웃었다. 따져보면 우리는 걸어서 십 분밖에 걸리지 않는 거리에 살고 있는 셈이었다. 배짱은 오늘이 아니어도 언젠가 한 번쯤은 동네에서 부딪쳤을 거라며 연이어 '대박'을 외쳤다. 그리고 자신은 망원동이 뜨기 전부터 살기 시작해서 대략 삼 년 반 넘게 이 동네를 지키고 있다고 덧붙였다.

어쩐지. 위트위트에서 마주친 직후에 어디로 마시러 갈까 하는 얘기가 나왔을 때 내가 "글쎄요, 지금은 이자카야 느낌인데요" 하고 한마디 던지자마자 배짱은 마치 그 순간만을 기다려온 사람처럼 정보를 쏟아냈더랬다.

"이자카야 좋죠. 혹시 일본 라멘 중에 돈코츠 말고 재첩 들어간 개운한 거 드셔보셨어요?"

배짱이 되물었다.

"이 근처에서 저녁 겸 한잔하려면 마츠에죠우가 괜찮거든요. 재첩이 들어간 라멘에 식사 종류도 많아서요. 회랑 스키다시에 부어라 마셔라 할 거면 이자카야 섬도 좋고요. 플레이팅에 신경쓴 안주로 천천히 마시려면 노을이 있겠네요" 하고 말했다.

나는 속으로 이 사람은 망원동 상가 번영 위원회에서 나온 사람이라도 되나 하고 생각했다. 아무 데나 좋다고 답했더니 그녀는 내게 유수지 방향으로 가자고 했다. 하지만 세 걸음쯤 걷다가 "아 그러지 말고 도쿠로야에 갈까봐요. 거기가 여기서 더 가까워요. 분위기도 진짜 현지 선술집 같고, 특색 있어요"라고 말하며 콧노래를 불렀다.

배짱의 안내로 온 도쿠로야에서 알딸딸하게 술을 들이켜고 있자니 새삼 신기했다. 망원동의 술집에 대한 정보력까지 갖춘 동네친구 겸 술친구가 하늘에서 뚝 떨어지다니. 올해 쓸 행운을 오늘 다 쓴 게 아닐까 하는 생각마저 들었다.

"참, 아까 물어보려다 타이밍을 놓쳤는데 여기 사장님이 하시는 밴드 이름이 뭐예요?"

내가 묻자 배짱은 "밴드가 '혈맹'이래요. 기가 막히죠?"라고 말하며 새로 나온 하이볼 잔을 들었다. 때마침 매장 안에 흐르던 음악이 느슨한 리듬의 J팝에서 그로울링으로 꽉 찬 헤비메탈 곡으로 바뀌었다.

"끝내주네요!" 하고 나는 대답했다. 우리는 앞으로 함께할 무수히 많은 술자리를 약속하듯 각자 지을 수 있는 가장 비장한 표정을 짓고 술잔을 부딪쳤다.

배짱은 술이라면 주종을 가리지 않고 반기는 애주가였지만 한국 소주는 마시지 못했다. 게다가 그녀는 나처럼 참이슬의 알코올 맛만 싫어하는 게 아니라 상표 불문, 소주는 냄새도 맡지 못했다.

그와 같은 상태가 된 계기를 제공한 일명 '참이슬 폭파 사건'이 일어난 곳은 배짱이 첫 번째로 입학한 대학교 앞의 허름한 호프집이었다.

때는 바야흐로 5월의 셋째 주 월요일, 성년의 날이었다.

그날 배짱은 아침부터 기분이 가라앉아 있었고 오전 내내 수업에 빠진 채 학교 안을 어슬렁거렸다. 사실 집을 나설 때부터 오늘은 '자체 휴강'이 될 것임을 확신했다. 한동안 그런 날들이 이어지고 있었다.

배짱은 대학 생활을 시작한 지 한 달도 되지 않았을 때부터 학교를 그만두고 재수를 해야겠다고 마음먹고 있었다. 엉망진창으로 치른 중간고사 이후부터는, 부모님의 회유에 못 이겨 어학 계열 대신 회계학과에 진학한 것부터가 잘못이었다고 뼈아프게 후회하는 날들이 이어졌다.

그녀는 회계학과 관련된 모든 것에 조금도 흥미가 동하지 않았다. 물론 고등학생 때도 영어와 사회 과목들 외에는 공부가 재미있지 않았지만 지금과는 전혀 다른 문제였다. 그때는 대학 진학이라는 목표가 존재했고, 수능 때까지라는 정해진 시한도 있어서 어느 정도 견딜 만했기 때문이었다.

반면 대학 수업은 배짱에게 괴로움 그 자체였다. 수업을 들으면 들을수록 자신은 숫자와 관련해서는 거리가 먼 타입의 사람이라는 확신이 들었다. 맨 뒷자리에 앉아서 창밖의 하늘을 쳐다보노라면 어느새 자기도 모르게 눈물이 고일 지경이었다. 필사적인 날개짓으로 겨우 날아오른 뒤 엉뚱한 곳에 불시착한 기분이 그녀를 잠식하고 있었다.

하지만 배짱의 부모님은 자퇴를 결사반대했다. 전공은 어디까지나 전공일 뿐, 대학은 학교 간판이 더 중요하다는 이유에서였다. 게다가 지금의 간판은 배짱의 성적으로 내걸 수 있는 최고의 것이라는 게 부모님의 일치단결 된 의견이었다.

"너는 생각이라는 걸 좀 하고 살아라. 복수전공 같은 거 있잖아. 그럼 됐지, 어림없는 소리 말아."

부모님은 강경했지만 배짱 역시 학교를 그만두고 싶다는 주장을 굽히지 않았다.

같은 사안으로 언쟁을 반복하면서 집안 분위기는 점점 험악해졌다. 그 때문에 학교를 그만두기는커녕 수업을 빠지면서도 그 시간에 자기 방에서 편히 있지 못하는 자신의 처지가 한심하고 서글펐다. 성년의 날이 다 뭔가, 진짜 성인이라면 전공이나 공부할 환경 정도는 스스로 정할 수 있을 터였다. 배짱은 오늘을 기점으로 성인이 된다는 생각은 조금도 들지 않았다.

그날 저녁에 배짱이 과대의 연락을 받고 학교 앞 호프집으로 향한 것은 단지 집에 일찍 들어가고 싶지 않은 울적한 기분 때문이었다. 이름도 모르는 복학생 선배와 처음 보는 졸업생들까지 몰려와 술을 강권하는 자리인 줄 알았더라면 근처에도 가지 않았을 것이다. 그러나 뭔가 심상치 않은 분위기라는 것을 눈치챘을 무렵에는 이미 3인 1조로 나뉜 신입생들 앞에 참이슬이 한 병씩 놓인 뒤였다.

"너희는 이제 더 이상 소녀가 아니에요. 이제 더 이상 망설이지 말라는 얘기야. 그렇다고 우리가 사발식 같은 건 안 시켜. 양아치냐? 무식하게 사발에 다 섞고 그러게"라고 말한 졸업생은 소주병을 들어 팔꿈치로 아랫면을 툭툭 두드렸다. 지난해 굴지의 건설회사에 입사했다는 그는 윤기가 차르르 도는 은빛 정장을 입고 있었다.

은갈치 주제에 어지간히도 폼을 잡는다고 배짱은 생각했다. 내가 그만큼 번다면 후배들 술자리에 와서는 그냥 돈이나 내주고 갈 텐데, 하며 소리 없이 혀를 차기도 했다. 그 사이 다른 선배들이 종이컵이 든 봉투를 꺼냈다. 은갈치는 종이컵 석 잔이면 정확히 참이슬 한 병이 담긴다고 말하며 세 개의 컵에 소주를 가득 따랐다.

신입생을 대상으로 하는 과의 전통은 간단했다. 먼저 세 명씩 팀을 이룬다. 그리고 종이컵 석 잔에 가득 담긴 소주를 한 팀을 이룬 세 명의 신입생이 합심하여 비우는 것이었다. 은갈치 옆에 선 4학년 과대는 보다시피 무식하게 많은 양이 아니다, 서로 배려한다면 각자 종이컵 한 잔 분량씩만 마시면 끝나는 게임이다, 라고 강조했다. 아무리 술을 못 마셔도 소주 한 컵에 죽는 사람은 없다는 말도 덧붙였다.

"단! 맨 마지막까지 남은 팀한테는 한 병 더 돌아간다."

배짱은 그때까지 한 번도 술을 마셔본 적이 없었다. 귓속말로 자신의 양옆에 선 동기에게 물으니 한 명은 체질상 술을 한 잔만 마셔도 속에 것을 전부 토한다고 했다. 다른 한 명은 이런 자리인 줄 몰랐다며 얼굴이 하얗게 질려 있었다.

이윽고 은갈치가 슈트 자락을 펄럭이며 시작을 알리자 누군가는 호기로운 얼굴로, 누군가는 잔뜩 인상을 찌푸린 채 소주를 들이켜기 시작했다. 배짱은 팀에서 두 번째 주자였고 첫 번째 주자인 동기는 소주잔을 잡은 채 한숨만 내쉬고 있었다. 배짱은 사실 별로 겁나지 않았다. 성인이 되었다는 것을 실감하기 위해서 하는 일이 고작 소주를 퍼마시는 것뿐이라는 게 한심할 따름이었다.

배짱이 속으로 이럴 때나 어른이지, 하고 생각하는 동안 술만 마시면 먹은 것을 모두 토해낸다는 1번 주자가 겨우 한 모금의 소주를 마셨다. 그러고 나서 연신 기침을 했지만 남은 소주를 해치워야 하는 배짱과 3번 주자에 대한 미안함에 종이컵을 테이블에 내려놓지도 못하고 있었다.

"야! 배려 없이. 너는 야, 딱 봐도 말술 마시게 생겨가지고."

그러면서 선배는 1번 주자의 팔 안쪽 살을 슬쩍 꼬집었고, 동기는 눈물을 쏟을 듯한 얼굴로 고개를 숙였다. 비록 선배의 말은 배짱에게 향한 것이 아니었지만, 그 순간 배짱은 눈앞이 아득해질 만큼 화가 나서 동기의 손에 들려 있던 종이컵을 빼앗아 단번에 비웠다. "역시 말술 팀!" 하는 선배의 목소리를 듣는 동안 더더욱 화가 치솟아 남은 두 잔도 전부 마셔버렸다.

"쟤 괜찮아?", "저러다 애 잡겠어" 같은 목소리들이 들려왔다. 목소리는 부옇고 흐릿했다. 그 와중에도 은갈치는 말술 팀이 가장 늦게 마셨다며 새 소주병을 따고 있었다.

머리카락과 옷, 구두에까지 엉망으로 토사물을 묻힌 배짱이 집에 들어간 것은 그날 새벽이었다. 배짱의 아버지는 택시 기사님에게 세타번을 건넨 뒤 한동안 끊었던 담배를 피워 물었다. 어머니는 현관문 앞에서 주저앉았으며 연년생 동생은 배짱의 어깨를 흔들며 목 놓아 울었다.

"누가 언니 술에 약 탔지? 응? 누구야! 말해. 내가 죽여버릴 거야!"

아닌데, 그냥 내가 열 받아서 들이부었는데, 라는 말은 제대로 하지도 못한 채 배짱은 욕실로 기어갔다. 이튿날 아침 눈을 떴을 때 배짱은 자신이 언제 어떤 식으로 말끔히 씻기고 잠옷까지 입혀져 누워 있는지 떠올려보려 했지만, 그 정도의 두뇌 활동을 하는 것만으로도 속이 울렁거렸다.

그날 이후에도 부모님은 배짱이 재수에 올인하는 것은 찬성하지 않았다. 그러나 반수 정도는 받아들이겠다고 한발 물러났다. 부모님은 참이슬 폭파 사건을 배짱의 의도적인 시위로 받아들였던 것이다. 그건 사실하고 좀 다른데, 싶었지만 배짱은 잠자코 있었다. 처음으로 술을 마신 주제에 참이슬 두 병을 순식간에 비워내고 나서 꼬박 이틀간 겪었던 지옥 같은 숙취를 생각하면 부모님의 오해를 공짜로 얻어낸 것도 아니었다. 그래서 그다지 찔리지 않았다.

"그런데 왜 참이슬 폭파 사건이야? 폭파가 어디에 나오는데?"

언니가 물었다. 다가올 여름휴가를 대비하여 이번 주부터 퇴근 후 집에 돌아오면 삼십 분씩 요가를 하겠다고 큰소리치던 언니는 삼 분도 채 지나지 않아 요가 매트에 누워 뒹굴거리며 내 이야기를 듣고 있었다.

'폭파'라는 말을 붙인 사람은 사건 당일 배짱과 한 조를 이뤘던 동기라고 했다. 그녀가 말하길 당시 배짱의 눈빛이 어찌나 서슬 퍼렇

던지 마치 첩보 영화에서 보았던, 폭파 임무를 맡고 남파된 북한 공작원 같았다는 것이다.

"암튼 배짱 그 학교 일 년밖에 안 다녀서 지금은 그 친구하고밖에 연락 안 한대. 근데 우리 학교로 와서는 학교 생활을 엄청 신나게 했나보더라고. 근데 그때는 나랑 알바 시간이 달라서 서로 존재도 모르다가 이제 와서 친해진 거야. 인연이라는 게 진짜 모를 일이야. 그치 언니?"

"난 또. 폭발적으로 토가 나와서 폭파가 붙었나 했네."

언니가 실없이 웃었다.

"너 근데 뭐야. 무슨 술친구가 이렇게 애절해? 사랑이야 뭐야. 입만 열면 배짱 얘기야 요새."

"언니가 심심하다고 아무 얘기나 해달라며."

언니는 하긴 그렇다고 순순히 인정하더니 텔레비전을 켜 채널을 마구 돌리기 시작했다.

나는 사랑에 빠졌느냐는 말을 다 들었다고 배짱에게 톡을 보냈다. 그러자 배짱은 과외 수업 중이라면서도,

사랑합니다.
이미 사랑합니다.

라고 이모티콘 하나 없이 온점을 찍어 답신을 주었다. 그 아래에는 라이언이 형광봉을 흔들어대며 울부짖는 이모티콘이 따라붙어 있었다.

배짱은 지난해 겨울 처음으로 초벌 번역 작업을 맡았을 때 자신이 책상 앞에서 집중할 수 있는 시간이 부쩍 짧아졌음을 느꼈다고 했다. 그리하여 과감히 텔레비전을 팔아버렸으며, 휴대폰에서 카카오톡까지 삭제한 전력이 있었다. 하지만 나와 자주 연락을 주고받으면서(특히 다음에 만나면 함께 갈 술집과 맛집의 링크와 정보를 주고받기 위해서) 카톡을 다시 설치했다고 한다. 그러니 내가 사랑받고 있다는 사실은 부정할 수 없을 것이다. 그녀의 열정에 질세라 나는 내가 더 사랑한다고 답신을 보냈다.

장난이라도 누군가와 사랑한다는 말을 나눈 것은 이 년여 만의 일이었다. 푸드트럭을 열기 직전에 당시 남자친구와 헤어진 뒤로는 그 흔한 '썸' 한 번 없었다. 하지만 되짚어보면 이삼 일에 한 번씩 배짱과 시간을 보낸 올봄은 연애 상대가 있던 때보다도 다양한 메뉴로 외식을 즐겼다. 뿐만 아니라 끊임없는 술집 순례로 심신의 안정을 꾀할 수 있었다.

망원동은 현재 진행형으로, 핫하기도 힙하기도 한 동네여서 가보고 싶은 밥집과 술집, 카페가 차고 넘쳤다. 차고 넘치는데도 돌아서면 또 새로운 가게들이 오픈하는 탓에 구체적인 메뉴와 인테리어를 확인하고픈 곳의 목록도 늘어만 갔다. 다만 인스타용 맛집이라는 의구심이 드는 곳은 목록의 후순위에 두었다. 그 점에 있어서도 배짱과 나는 의견이 잘 맞았다.

"전에는 누가 우리 동네 놀러오면 저한테 이 동네 맛집 추천해달라고 했었거든요. 그런데 요새는 오기 전에 벌써, 밥은 태양식당에서 먹고 그다음에 비엔나 커피랑 모카자바 마시자, 하고 정하고 와요. 블로그나 인스타에서 본 데 가보자고요. 비엔나 커피가 맛있기야 하지만 그렇게 갈 데 다 정하고 가면 김새더라고요."

배짱은 종종 그렇게 말했다. 그뿐만 아니라 그녀는 망원동에서 자주 볼 수 있는 카페의 경향도 그다지 마음에 들지 않는다고 했다. 등받이가 없는 간이 의자나 벤치형 의자, 테이블을 대신하여 무릎 높이로 얼기설기 쌓아올린 시멘트 블록 같은 이미지를 조합한 카페가 골목마다 반복되고 있기 때문이었다.

그런 느낌의 인테리어는 '망원동내커피'가 생겼을 때만 해도 신선한 편이었으나 이후 비슷한 카페가 우후죽순 번졌다고 배짱은 기억했다. 이러다 카페에서 구부정하게 앉아 있는 게 망원동의 정체성 중 하나가 될 것 같다며 쓴웃음을 지었다.

또한 배짱은 합정역에서 16번 버스를 타고 귀가하는 밤마다 묘한 기분을 느낀다고 했다. '망리단길'이라 불리는 길의 한쪽 끝에는 두세 글자의 단순한 상호가 커다랗게 적힌 간판에, 짙은 선팅으로 내부를 가리고 있는 소위 '방석집'이 아직까지도 몇 군데 남아 있었기 때문이었다.

세련된 와인바나 루프탑 카페의 지척에 존재하는 그런 업소들을 볼 때마다 배짱은 생각했다. 이제는 임대료도 부쩍 올랐으련만 아직 남아 있는 것을 보면 상당한 수의 손님이 여전히 드나들고 있다는 뜻 아닐까. 남은 수가 이 정도라면 전에는 얼마나 더 당연한 듯 많이 존재했다는 것일까, 하고 말이다. 한편 그간 없어진 곳에서 일하던 이들은 어딘가 도시의 더욱 외진 곳으로 스며들게 되었으리라는 의구심도 이어졌다. 그래서 무척 복잡한 심경이 된다고 자주 이야기했다.

97

배짱은 그럼에도 불구하고 살 수만 있다면 망원동의 지박령이 되고 싶다고 말할 만큼 동네에 대한 애정이 넘쳤다. 망원동은 그녀가 처음으로 독립하여 살게 된 곳이었으며 하루가 다르게 거리의 풍경이 바뀌어가는 과정을 목격한 곳이기도 했다. 무엇보다 마음에 드는 술집에 끊임없이 불려나갈 수 있는 동네였다.

"자리 옮겨서 진짜 딱 한 잔만 더 할까요" 하고 한마디 던지면 배짱은 마치 나와 다시 만났던 날 이자카야 이름을 술술 댔던 것처럼 이 동네에 있는 술집 이름을 줄줄 읊었다. 그 덕에 나는 칵테일이 마시고 싶을 때는 '아루감'을, 아늑하고 차분한 분위기에서 위스키 샷이나 와인을 마시고 싶으면 바 '사뭇'을, '딱 한 잔만'이라고 말했지만 사실 여러 잔의 칵테일을 부담 없이 들이켜고 싶을 땐 바 'URI HOME'을 고를 수 있었다.

내 주머니 사정이야 빤했으니 따라서 술집 순례를 할 때 결코 큰 돈을 쓰는 것은 아니었다. 그럼에도 이렇게 놀러 다니다가 큰일이 나는 건 아닐까, 하고 덜컥 겁이 나는 순간도 있었다. 그럴 때면 배짱은 항상 도리질을 친 다음에 '티끌 모아 티끌'이라는 명언이 적힌 자신의 휴대폰 바탕화면을 내보이며 포근한 미소를 지어주었다.

"거기서 그렇게 속없이 웃고 있지 말고 일루 와봐 주희야"

여전히 요가 매트에서 늘어져 있던 언니가 나른한 음성으로 나를 불렀다.

"왜 또, 외로움이 밀려와?"

언니는 고개를 끄덕이며 텔레비전 화면을 가리켰다. 언니가 시청

하고 있는 것은 제목을 알 수 없는 드라마였는데 여자 주인공으로 보이는 이가 남자 주인공의 품에 안겨 잠들어 있었다.

내가 요가 매트에 반듯하게 눕자 언니는 화면 속 여자 주인공처럼 모로 누워 내 어깨에 고개를 묻었다. 언니에게 그 자세는 일종의 의식과 같았다.

다정한 연인이나 부부를 그리는 장면을 보고 쓸쓸해졌을 때, 그래서 말 그대로 '아무나'라도 만나서 결혼을 해버릴까보다 하고 초조한 기분에 휩싸일 때면 언니는 눈앞에 있는 '누군가'의 어깨를 (요새는 물론 거의 내가 되었다) 빌렸다. 뽀얗게 보정된 화면 속에서 남자 품에 꼭 안겨 잠이 든 여자 주인공처럼, 옆에 누워 있는 상대에게 몸을 찰싹 붙인 채 고개를 묻고 눈을 감아보는 것이었다.

그러면 대개 삼 분 안에 목이 아프고 오 분도 지나지 않아 팔이 저려온다고 언니는 말했다. 그렇게 뻣뻣하고 저릿저릿한 불편함을 생생하게 느낄 때 비로소 마음의 평화를 찾을 수 있다고 했다. 보기에만 그럴싸하고 정작 당사자는 불편하기 짝이 없는 것. 결혼이란 자칫하면 그렇게 되기 십상이라는 것을 언니는 이미 수차례 봐왔다.

"주변에 그렇게 이상한 결혼을 한 사람이 많아?"

"많냐고?"

언니가 요가복을 입은 다리로 내 하반신을 휘감으며 되물었다.

"널렸지. 우리 병원에도 하나 있잖아. 일 잘하고 싹싹하고 완전 골드미스였는데 서른넷쯤 됐을 때 뭐에 씌인 사람처럼 결정사에 가입해서 후딱 해치우더라고. 요새는 독박 육아에 쩔어서 입만 열면 남편을 저주해,"

다음 순간 언니는 내 어깨를 베고 있던 고개를 들고 똑바로 눕더니 불쑥 "그건 그렇고 넌 요새 어때? 심심하지 않아?"라고 물었다. 갑자기 왜 대화가 그렇게 튀나 싶었는데 "아니, 아니. 그냥 물어본 거야, 그냥" 하며 과장스럽게 손사래 치는 언니를 보자 진짜 묻고 싶은 얘기가 무엇인지 감이 왔다.

쫓기고 있었다. 언제부터, 누구에게 쫓기고 있는지는 알 수 없었지만 쫓기고 있다는 것만은 분명했다. 그러나 낡은 트럭의 조수석에 앉은 나는 어쩐지 초조하지도, 두렵지도 않았다. 솔직히 말하면 나를 추격하고 있는 대상보다는 차창 너머 탁하고 뿌연 하늘빛에 더 신경이 쓰였다. 꿈속의 나는 쫓기는 와중에도 미세먼지에 뒤덮인 대기 사정을 걱정하고 있었던 것이다.

잠에서 깨어나자 묘하게 목 안쪽이 꺼끌꺼끌했다. 나는 꿈에서처럼 대기 상태가 나쁜지 궁금해하며 잠옷도 갈아입지 않은 채 일 층으로 내려가보았다. 그리고 내려가자마자 창문을 활짝 열었다. 언제나처럼 어딘가에서 공사 소음이 들려왔다. 그러나 꿈과는 반대로 하늘은 맑았고, 그 덕에 서울타워가 또렷하게 보였다.

언니의 침대 옆으로 난 창에서는 맑은 날씨의 햇살 아래에서만 서울타워가 보인다. 보인다고 해도 고작해야 새끼손가락만 한 크기로 시야의 끄트머리에 걸리는 것에 불과하지만 대기 상태를 가늠하는 척도로는 그만이다. 미세먼지로 인해 블러 처리를 한 화면처럼 대기가 탁한 날에는 서울타워도 흐릿한 형상만 보이고, 그보다 심한 날은 타워가 시야에서 사라져버리곤 했다. 그럴 때면 굽거나 볶는 요리를 한 직후가 아니면 환기를 아예 포기했다.

나는 활짝 언 창문을 등지고 이번에는 냉장고 문을 열어보았다.

어제 시장에서 사둔 두릅이 보였고 그 아래에는 언니가 인터넷에서 주문한 주꾸미가 있었다. 나는 주꾸미에 밀가루를 흩뿌려 빨판 사이사이를 씻어내며 며칠 전에 언니에게 들은 심심하지 않으냐는 질문을 떠올렸다.

언니는 대학병원에서 화장실에 갈 시간도 없이 바빴던 탓에 몇 번이나 방광염을 앓으며 근무했다. 그리고 그곳에서 퇴사한 뒤 삼 주가 채 지나지 않아 지금 다니는 개인 병원에 출근하기 시작했다. 그런 언니에게는 몇 달째 직장을 구하지 않고서도 태평한 내가 신기하게 보이는 것도 당연한 일일 것이다. 게다가 언니가 퇴근했을 때 집에 있는 날이 더 많으니 종일 무엇을 할지 궁금하기도 할 터였다.

확실하게 말할 수 있는 점은 심심하고 좀이 쑤신다는 생각을 할 겨를이 없을 정도로 시간이 잘 간다는 것이었다.

요즈음의 내 생활로 말할 것 같으면 우선 여덟 시간을 꽉 채워 자고 개운한 컨디션으로 일어난다. (그럼에도 컨디션이 개운하지 않은 날은 엎드려 책을 보거나 언니에게 눈대중으로 배운 요가 동작을 따라 한다.) 이삼 일에 한 번씩 시장을 기웃거리고, 냉이나 바지락처럼 제철을 맞은 식재료와 두부와 콩나물처럼 값이 싼 식재료를 섞어 사온다.

주문 받아서 만드는 요리가 아니므로 느긋하게 음악을 들으며 재료를 손질하고 요리한다. 그리고 허기진 속을 채우기 위해 쓸어담아 넣듯 바쁘게 식사했던 날들을 보상하듯 재료 하나하나의 맛을 음미하며 여유로운 식사를 즐긴다. 해본 사람이라면 알겠지만 이렇게

하루에 한두 끼만 지어 먹어도 반나절, 때로는 한나절이 금세 지나
간다.

휴일을 제대로 챙기지도 못하고 일하느라 밀렸던 드라마와 영화,
책과 웹툰을 골라 보고, 문득 외로운 기분이 들 때면 〈독일 언니들〉
이나 〈비밀보장〉처럼 활력 넘치는 팟캐스트 방송을 들으며 한바탕
웃는다. 날이 맑은 날에는 산책을 갔다가, 돌아오는 길에 도서관이
나 서점에 들른다. 그러다 배꼽이 부르면 냉큼 달려나가기도 한다.

언니가 일찍 귀가한 날은 주꾸미 볶음이나 두릅 튀김처럼 손이
많이 가는 요리를 대접하고 수다를 떤다. 언니가 매번 같은 레퍼토
리로 반복하는, 근무지에 대한 불평에도 매번 성의 있게 맞장구를
쳐주는데, 그럴 때면 곳간에서 인심 난다는 말은 시간적 여유에도
들어맞는다는 사실을 실감하기도 한다.

잠이 오지 않는 밤이면 내가 만든 요리 사진들을 SNS에 올리고,
바쁘던 시절 소홀했던 지인들에게 슬그머니 연락을 넣어보기도 한
다. 짧게 안부만 전하는 경우도 있지만 반가이 대화가 이어질 때가
더 많다. 더러는 만날 약속까지 잡게 되는 경우도 있다.

비록 낮은 천장을 오래 쳐다보고 누워 있으면 답답함이 밀려오지
만 그럴 일을 그다지 걱정하지 않아도 될 만큼 잠도 잘 오는 편이다.
하루를 마무리하면서는 이런 시간이 내게 꼭 필요했었다는 사실을
절감한다. 그러니 심심하기는커녕 시간이 너무 잘 가는 게 아쉬울
정도였다.

물론 언니가 단지 시간의 활용에 국한한 게 아닌, 나의 구직 상황
전반을 염려하는 의도를 가지고 질문을 던졌다는 것을 모르는 바가

아니었다. 하지만 그러한 궁금증은 요식업의 특징에 대한 이해만 있으면 간단히 해결할 수 있다.

불경기가 지속되고 있다 하더라도 요식업 쪽의 경력자가 일자리를 찾는 것은 그다지 어려운 일이 아니다. 마음만 먹으면 일이 주 안에 새 직장을 구할 자신도 있다. 까다롭게 고르지 않고 주 육 일 근무도 받아들인다면, 열 시간 넘게 서서 일하는 스케줄을 거뜬히 버틸 준비만 되어 있다면 말이다.

바로 그 심신의 준비가 문제였다. 솔직히 다시 풀타임을 뛸 생각만으로도 벌써 무릎이 쑤시는 듯했다. 한숨이 나왔다. 그리고 내가 한숨을 내쉰 것에 맞춰 단속적으로 이어지던 공사 소음이 육중한 건설 장비로 땅을 다지는 듯한 소음으로 바뀌며 커졌다. 나는 창문을 닫고 와서 우선 눈앞의 새빨간 주꾸미 볶음에 집중하기로 하고 수저를 들었다.

딱 잘라 말할 수는 없지만 어딘지 모르게 부족한 맛이었다. 감칠맛과 매운맛이 조화를 이루지 않아서 싱거운 한편 과하게 자극적인 느낌도 있었다. 고춧가루와 청양고추의 비율이 잘못된 것 같았다. 오랜만의 요리 실패에 맥이 빠진 나는 배짱에게 혹시 심심하지 않으냐고, 아니면 오늘 저녁에 심심할 계획이 없느냐고 메시지를 보냈다. 그러자 곧장 만나자는 답장이 왔다.

"대현이가 또 수업 쨌어요?"

내가 묻자 배짱이 고개를 끄덕이며 "네, 그 쌍놈의 새끼"라며 미간을 찌푸리더니 "따지고 보면 걔네 어머님은 되게 점잖은 양반이니까 맞는 말은 아니지만요" 하고 미안한 듯 덧붙였다.

영문학 석사과정을 밟으며 종종 번역 작업을 맡고 호구지책으로 입시 과외를 하는 그녀가 가르치는 아이들 중에는 단발로 자르니 얼굴이 커 보인다는 등 외모 지적을 하는데다 툭하면 약속된 시간 직전에 수업을 미루는 대현이라는 학생이 있었다. 게다가 오늘은 대현이 이후에 잡힌 수업도 학생의 장염으로 인해 주말로 미뤄져서 저녁 시간이 완전히 비었다고 했다. 그러니 배짱은 이런 날은 달려야 한다고 들떠 있었다.

내가 "아이 뭐 이런 날만 달리는 사람처럼"이라고 놀리자 배짱은 "계륵 장군에 갈까요 발리인 망원에 갈까요" 하며 딴청을 피웠다.

어디든 좋다고 대답했더니 배짱은 산미구엘 생맥주가 있다는 이유를 들어 발리인 망원을 골랐다. 하지만 막상 메뉴판을 받아들자 미고랭과 함께 빅웨이브 병맥주를 주문했다.

나는 산미구엘 생맥주를 곁들여 나시고랭을 먹으면서 선망의 눈길로 실내 인테리어를 살펴보았다. 전반적으로 목재와 왕골 재질의 소품이 많은 게 눈에 띄었다. 그러면서도 다양한 크기의 깔끔한 화분과 조명을 곳곳에 배치하여 일종의 리듬감을 주고자 한 점이 돋보였다. 카운터와 이어지는 벽면에는 파도를 가르는 서퍼의 영상이 흘러나왔고 그 앞에는 깃털처럼 하얀 드림캐처가 매달려 있었다. 테이블 매트 하나, 식기와 촛대 하나까지 참으로 이국적인 멋을 지닌 것들로만 모여 있는 곳이었다. 발리에 가본 적은 없지만, 현지 식당에 가도 이곳보다 딱히 더 이국적일 수도 없겠다 싶은 기분이 들었다. 그래서 좀 기가 죽었다.

"이럴 때 왜 심란한지 모르겠어요. 당장 내 가게를 차릴 수 있는 상황도 아닌데 말이에요."

"그쵸. 그거 무슨 기분인지 알아요."

배짱이 달래는 듯한 어투로 말하고는 젓가락을 내려놓았다.

"나도 그랬거든요. 통번역대학원 떨어진 다음에는 무슨 책을 보든 역자 소개를 읽기가 겁나더라고요. 또 얼마나 스펙이 화려할까 싶어서."

배짱은 통번역대학원에서 낙방한 뒤에 한동안 잊고 있었던 감정이 되살아나 마음을 추스르는 데 애를 먹었다고 했다. 그것은 단기 어학연수조차 가보지 못한 국내파인 자신의 실력을 교포나 장기유학파들과 비교했을 때 느껴지는 차이에 대한 감정이었다. 시각에 따라 절대적으로도 볼 수 있고, 상대적으로도 볼 수 있는 어떠한 갭이 분명히 존재한다는 것이었다. 배짱은 스스로 느끼기에도 어떤 날은 노력으로 따라잡을 수 있을 것처럼 느껴지는 그 차이가 결정적인 순간에 벽처럼 눈앞을 가로막는 것 같다고 말했다.

"그래도 어쨌든, 지금은 영어 가르쳐서 밥도 먹고 술도 사먹으니까 괜찮아요."

배짱이 돌연 싱긋 웃더니 빅웨이브 병을 들었다. 병 안에는 맥주가 절반 정도 남아 있었고 그녀는 몇 번이나 여기까지가 한계라는 듯 힘든 표정을 지었지만 결국 남은 맥주 전부를 쾌속으로 비운 뒤에 큰 숨을 몰아쉬었다. 배짱의 얼굴이 성취감으로 빛났으므로 나는 "나이스 원샷!" 하고 말하며 박수를 쳐주었다.

가게 입구에 줄을 서서 기다리는 사람들이 있어서 우리는 식사를 마치자마자 바로 자리에서 일어났다. 식사 중에 칙칙한 얘기를 꺼낸 것을 후회하며 본격적으로 달릴 오늘의 주종에 대해 묻자 배짱은 "밥은 먹었지만 속이 헛헛하니까 막걸리? 막걸리 어때요?" 하고 되물었다.

우리는 마치 소믈리에가 그러하듯이 안주나 취향에 맞는 막걸리를 사장님이 직접 페어링해준다는 복덕방으로 향했다. 하지만 앞서 기다리는 팀이 이미 다섯 팀이나 있었다. 그 옆의 '미자카야' 또한 언제나처럼 웨이팅이 있었다. 그때 내 머릿속을 스친 것이 산골집이었다. 꼭 한번 배워보고 싶은 손맛을 간직한 집이라고 말하자 배짱은 더 들을 것도 없다는 듯 "가시죠!"라고 호쾌하게 외쳤다.

산골집에서 우리가 선택한 안주는 돼지갈비찜이었다. 양옆 테이블에서 모두 갈비찜을 먹고 있었으므로 고민의 여지가 없었다. 미스터 썸머가 이곳 사장님의 딸이라고 얘기했던 무기력한 점원은 예의 부루퉁한 얼굴로 갈비찜이 떨어졌다고 말해 우리를 낙담시켰다. 그러나 30초쯤 뒤에 다시 돌아와 마지막 한 그릇이 남아 있다고 말했다.

갈비찜은 젓가락으로 들어올림과 동시에 뼈와 살이 분리될 만큼 부드러운 육질을 자랑했다. 캐러멜 빛을 띠는 걸로 보아 달달한 간장 양념인 줄 알았는데 막상 입안에 넣자 부드러운 매운맛이 숨어 있었다. 되직한 양념은 감칠맛이 그만이었으며 지나치게 짜지도 달지도 않은 소스는 살코기 안에 속속들이 배어 있었다. 배짱도 한 조각을 먹더니 엄지를 치켜들었다. 그러나 배짱이 안주 이상으로 마음에 들어 한 것은 사장님에게 배운 막걸리 음용법이었다.

사장님은 우리 옆 테이블의 손님들에게 막걸리를 삼 단계로 드셔 보시라며 우선 막걸리 두 병을 준비하라고 했다. 그리고 한 병은 흔들지 않은 채 조심히 따라서 가라앉은 술지게미가 섞이지 않은 맑은 윗물만 마시고, 투명한 윗물을 병의 절반 이상 마시면 두 번째 병으로 넘어가서 병을 잘 흔들어 평소와 같이 마시라고 하셨다. 두 번째 병도 비운 뒤에는 다시 첫 번째 병의 남은 반으로 돌아와서 가볍게 섞고 걸쭉한 막걸리를 마시면 된다.

"맑은 거는 그야말로 깔끔하고, 진한 거는 유산균이랑 영양이 많으니까 어떤 게 가장 잘 맞는지 한번 드셔보세요."

고개를 쭉 내밀고 함께 듣던 배짱은 손뼉까지 치며 상기된 음성으로 우리 테이블도 막걸리를 두 병 달라고 말했다. 그리고 농도 차가 있는 삼단 음용법에 심취하여 평소의 갑절은 되는 속도로 잔을 비우더니 얼큰하게 취하고 말았다.

평소에도 그런 편이지만 배짱은 취하면 공감하는 리액션과 칭찬을 쉴 새 없이 쏟아낸다. 마치 SNS의 '좋아요' 버튼이 사람으로 태어나 내 앞에서 방글방글 웃고 있는 것만 같다고나 할까. 배짱은 너무 싸고, 맛이 있고, 옛날 생각나는 인테리어도 정감이 간다고 칭찬을 연발했다.

그러나 운치 있는 멋으로 옛날 생각이 난다면 좋겠지만, 그저 시간이 흐르면서 축적된 세월의 더께가 그대로 노출돼 있는 듯한 모습이라는 점이 나는 안타까웠다. 화분 하나만 하더라도 그랬다. 벽 한구석에 매달려 있는 반구형의 하얀 화분에서 뻗어나온 아이비 잎은 카운터 근처까지 늘어져 있어 신산스러워 보였다. 그리고 아이비 잎 옆에는 '주말 알바 구함'이라고 적힌 종이가 붙어 있었다.

매장 내에서 중장년층에 해당하지 않는 손님은 우리 외에 딱 한 테이블밖에 없었다. 한 테이블이라고 해도 그 자리를 차지하고 있는 것은 홀로 와서 소주를 마시고 있는 이십대 초반의 여성이었다. 예의 재수생 따님은 그 테이블 옆에 붙어 서서 침울한 얼굴로 그녀에게 말을 걸고 있었다.

가게 일은 나 몰라라 하는 그녀를 핑계 삼아 나는 빈 깍두기 그릇을 들고 직접 주방 쪽으로 향했다.

"사장님, 저희 깍두기 조금만 더 주시면……."

빠르게 살펴본 주방 내부는 예상 이상으로 청결했고 싱크대의 높이도 적당했다. 그렇지만 정말로 내가 이곳에서 일할 수 있을까? 내 마음을 나도 알 수 없었다.

"그런 건 고민할 필요가 없어요."

슬쩍 고민을 털어놓자 배짱이 말했다. 그녀는 일어나지 않은 일을 미리 걱정하지 말자는 주의라고 했다.

"생각해봐요. 일하겠다고 해도 까일 수 있어요. 그럼 한다고 해볼까 말까 괜히 고민한 거잖아요. 그러니까 그런 일은 그냥 저지르면 돼요. 하다못해 연락처라도 드리고 가봐요."

배짱의 말에도 일리가 있었다. 하지만 막상 계산을 치른 뒤에 이름과 연락처를 적은 메모지를 건네려 하니 입이 떨어지지 않았다. 그때 배짱이 다시 한번 나서더니 나 대신 메모지를 사장님에게 건네고 잘 부탁드린다며 허리를 직각으로 굽혀가면서 인사했다.

사장님은 반기는 기색이 없었지만 떨떠름하지도 않은 얼굴로 메모지를 주머니에 넣었다. 저래서는 그냥 잃어버리지 싶어서 조금 위축되는 기분이었다. 하지만 배짱이 걱정하지 말라며 못해도 열흘 안에는 연락이 올 거라고 말했다.

"배짱, 칭찬봇인 줄은 알았는데 앞일도 보나봐요?"

"글쎄 기다려보시라니까요."

그리고 배짱은 콧노래를 흥얼거렸다. 놀랍게도 그로부터 아흐레째 되던 밤에 정말 사장님에게서 연락이 왔다.

6

난간 밖 교외 언덕엔
보리가 이미 익었네

낮은 천장 아래 고인 공기가 어딘지 모르게 무겁게 느껴졌다. 비가 내리는 모양이었다. 천둥 번개가 요란하게 치지 않는 한 이 층에서 확인할 도리가 없지만 느낌이 그랬다.

비 오는 날씨는 게으름을 피우기 좋은 핑계가 된다. 휴일이라는 것 또한 마찬가지다. 비록 산골집에서 주말 알바를 시작하고 나서 금요일과 토요일 이틀은 열두 시간 가까이 풀타임으로 일한다 하더라도, 오 일 일하고 이틀 쉬는 사람들과 반대로 이틀 일하고 오 일 쉬지만, 어쨌거나 휴일은 휴일이니까.

나는 그렇게 합리화하고 선풍기 바람을 맞으며 배를 깔고 누워서 수박주 만드는 방법을 살펴보고 있었다.

대학교 일 학년 때였던가, 지금은 과목명도 기억이 까마득한 교양 수업 중에 처음 들었던 수박주는 만드는 방식이 픽 와일드 했다. 와

이셔츠 소맷자락을 팔꿈치까지 걷어올린 젊은 강사는 우선 잘 익은 수박과 보드카를 준비하라고 일렀다. 그리고 보드카 병의 입구만큼의 크기로 깊숙이 수박을 도려낸 뒤 보드카를 병째로 그 틈에 꽂으면 된다는 것이었다. 수박의 조직 사이로 보드카가 완전히 스미고 하루쯤 숙성시킨 뒤에 수박을 갈라서 떠먹어보라고, 한 번쯤 해볼 만한 일이라고 그는 열성적으로 말했다.

보드카와 하나가 된, 아삭거리는 붉은 과육이라니. 듣는 순간부터 반드시 해보리라 마음먹었지만 미리 준비한 뒤에 사람들을 불러모아야 하는 일이라 고시텔에 거주할 때는 엄두를 못 냈다. 실은 더부살이를 하는 지금도 사정은 크게 변하지 않았다.

인터넷을 뒤져보았더니 드물지만 일반적인 과실주를 담그듯이 만드는 레시피도 있기는 있었다. 소독한 병에 잘게 썬 수박과 소주를 넣어서 담그되 사흘 후에 수박을 건져내고 마시는 방식이었다. 혼자서도 간단히 수박주를 마실 수 있는 방법은 땡모반처럼 수박주스를 만든 뒤에 진이나 보드카를 살짝 섞는 방식인 것 같았다. 그보다 더 간단하게 소주를 커다란 맥주잔에 따르고 수박바를 넣어 녹여가며 마시는 방법도 있었다. 그건 너무 장난 같지 않은가 하면서도 군침이 도는 게 나라는 인간이었다.

생각해보니 아이스크림을 소주에 담가 먹는 방법이라면 스크류바로 해본 적이 있구나 싶어 기억을 더듬고 있는 와중에 카톡 메시지가 왔다. 상하이로 떠난 과거의 동업자, 정연이었다.

주희 씨 여기 한번 안 놀러 올래요?

111

심심해요 요새 진짜 너무 심심해요.

이모티콘 하나 없이 온점을 찍어 보낸 메시지에 그럴 돈도 없고 가서 할 일도 잘 생각이 안 난다고 적었더니 곧장 전화가 걸려왔다.

"할 거 많아요 여기. 만두도 먹고, 상해 임시정부도 한번 둘러보고요. 아예 하루 잡아서 디즈니랜드에 가도 되죠. 페리 타고 야경 봐두 좋구. 보이차도 좀 사고요. 아, 주소 좀 알려줘봐요. 내가 이 담에 차 좀 보낼게요."

나는 그녀의 말을 들으며 일 층으로 내려왔다. 예상대로 창밖에는 비가 내리고 있었다. 빗발이 꽤 거셌다.

"그렇게 할 게 많고 볼 게 많은데 왜 심심해요? 간 지 얼마나 됐다구?"

놀리듯 묻자 정연은 그런 게 있다며 우물쭈물거렸다. 나는 잠깐 뜸을 들이다가 그녀가 심심한 이유를 대신 읊어주었다.

"보나 마나지 뭐. 정연 씨 이제 거기에서 웬만큼 적응할 거 하고, 일도 배울 만큼 배웠나보네요."

그러자 수화기 저편에서 '헉'인지 '헐'인지 모호한 감탄사가 터져 나왔다.

"뭐야, 주희 씨 앉아서 천 리를 보는 사람이었어."

그 말을 하는 정연의 두 볼은 붉게 물들어 있을 것이다. 그 역시 보지 않고도 알 수 있었지만 굳이 거기까지는 전하지 않았다.

정연은 지난해 나와 함께 일하면서도 곧잘 맥이 탁 풀린 듯한 어투로 "아, 심심해" 하고 중얼거렸다. 그야 옆자리의 큐브 스테이크 쪽으로 길게 난 줄을 보면서 손님을 하염없이 기다리고 있을 때 심심하다고 하는 말은 나도 그럭저럭 공감이 갔다. 그러나 컵밥의 토핑 재료가 될 고기와 야채를 볶으며 영업할 준비를 할 때도, 장사가 반짝 잘된 날 녹초가 된 몸으로 마무리하면서도, 이튿날 끊임없이 하품을 하며 하루를 시작할 때도 심심하다고 하는 모습은 그저 신기할 따름이었다.

긴긴 장마를 맞아 본격적으로 손을 놀리는 시간이 늘어나면서 나는 정연의 독특한 어법을 어느 정도 이해할 수 있게 되었다.

말하자면 이런 것이다. 가령 사람의 마음이 저울과 같은 것이라면 특별히 즐거운 일이 넘치지도 않고 따분할 것도 없는 일반적인 날들이 0으로 설정되어 있을 것이다. 여기에 즐거운 자극이 있으면 +방향으로 가산되고, 반대로 고된 자극에는 -를 향하는 식이 아닐까. 단, 모든 이들이 가진 저울의 눈금이 0으로 평형이 맞추어져 있지는 않은 것이다. 그 역시 저마다 제각각인 것 같다.

그중에는 배짱처럼 기본적으로 평형의 눈금이 +쪽으로 치우친 이도 있다. 마음이 가산의 셈법을 가졌다고나 할까. 그녀는 엉망진창인 하루를 보낸 뒤에도 시원한 맥주 한 잔이면 미소를 되찾았으며 언짢은 일을 겪어도 마음에 오랫동안 담아두는 일 없이 금세 잊곤 했다.

또, 언니처럼 일할 때는 저울이 급격히 -쪽으로 치우치다가 놀러 나가면 +방향으로 치닫는, 저울의 눈금이 널을 뛰는 사람도 있을 것이다.

반면 정연이 가진 저울의 눈금은 평소에도 -쪽으로 맞추어져 있었다. 새로운 일, 그로 인한 긴장과 설렘, 연애의 시작, 여행 같은 자극이 더해지면 가까스로 눈금이 0을 향하게 된다. 하지만 머지않아 자극이 시들해지면 금세 −방향으로 되돌아온다. 그런 순간마다 정연은 절실히 심심하다고 되뇌는 것이었다.

"근데 아무리 생각해도 그건 심심한 거랑은 좀 다른 거 같아요. 시시하다고 하면 모를까. 그것도 아니면 좀 허무하다? 고갈됐다? 아닌가? 그건 말이 너무 센가요?"

어느 날 내가 그렇게 물었을 때 정연은 "뭐든 상관없긴 한데, 입버릇이 돼서 안 고쳐져요"라고 말했다. 그때도 안면 홍조가 올라와 얼굴이 붉어졌으므로 나는 더 따져 묻지 않았다.

사실 정연은 이십대 초중반을 거치는 동안 말버릇보다 성격 자체를 바꾸어보고자 노력했다고 한다. 긍정적인 마음가짐을 강조하는 자기계발서를 탐독했으며 말 그대로 사랑의 에너지로 충만한 작은 개척 교회에도 나가보았다가, 일부러 코미디쇼를 챙겨 보며 매일 이십 분씩 웃는 시간을 따로 가져보기도 했다. 하지만 그런 노력으로 자기 마음의 근본적인 어떤 지점들이 변했는가를 묻는다면 단호히 고개를 저을 수 있다는 게 정연의 주장이었다. 그래서 좀 더 떠돌아다니고 남들보다 한참 더 돌아서 갈지라도 그냥 생긴 대로 살아야겠다는 것을 받아들였다고 했다.

"주희 씨는 요새 어떻게 지내요? 안 심심해요? 사장님은 어때요? 손맛이 그렇게 좋으면 좀 까다롭고 깐깐하고 그래요? 아니면 엄마처럼 푸근한 스타일?"

마이너스의 세계에서 질문이 쏟아졌다.

굳이 분류하자면 사장님은 은근한 플러스의 세계에 사는 사람 같
나는 게 지금까지의 관찰 결과였다.

"난 그저, 산골마을 들어가서 술이나 빚고 살았으면 좋겠어" 하는
말을 입에 달고 사니 신나서 장사를 한다고 말할 수는 없겠으나 "사
장님 갈비찜 먹으려고 한 시간씩 걸려서 이 동네 와서 술 마시는 거
야. 알죠?"라는 손님의 한마디면 얼굴에서 자부심과 뿌듯함이 가득
한 미소를 지었다. 그럴 때 떠오르는 미소는 쉽게 사라지지 않고 얼
굴에 한참이나 머물러 있었다.

손맛의 비법을 물으면 "아유 뭐 별날 게 있가니. 그냥 팍팍 넣을
것은 팍팍 넣고, 같이 넣을 건 같이 넣고, 안 넣을 건 안 넣고 그러
는 거지" 하고 넘겼지만 아주 바쁠 때가 아니면 사장님이 요리하는
모습을 보며 내가 옆에서 레시피를 적거나 사진을 찍는 일도 흔쾌
히 받아들여주었다. 그럴 때도 곧잘 얼굴에 미소가 떠오르곤 했다.

그 주 금요일에는 역대급으로 많은 양의 푸성귀를 상대해야 했다.
토요일 낮에 식사를 예약한 단체 손님이 있는데다 다음 주부터 본
격적인 장마가 예고된 탓이었다. 점심 장사가 시작되기 전에 나는 먼
저 알배추와 깻잎을, 다음에는 열무와 실파를 씻고 다듬었다. 이렇
게 며칠만 일하면 손끝부터 파랗게 물들어도 이상하지 않겠다 싶었
는데 그다음으로는 양파와 씨름할 차례였다.

막걸리가 맛있다는 소개를 받고 알게 된 곳이지만 막상 일해보니
이곳 산골집은 실상 점심 영업에서 주로 매출을 내는 곳이었다. 주
말이 아니면 저녁에는 테이블이 반 정도만 들어차고, 회전이 느린데

반해 낮에는 메인 메뉴와 함께 일곱 가지의 찬이 나가는 정식을 찾는 손님으로 대개 만석이었던 것이다. 가벼운 모임을 갖는 단체 손님의 예약도 심심치 않게 들어왔다. 그리하여 출근해서 두 시까지가 가장 바빴다. 점심 손님이 빠지면 나도 사장님과 함께 식사를 한다. 점심을 먹고 나면 삼십 분 가량 쉬는 시간도 가진다.

여느 때보다 조금 늦어진, 오후 세 시쯤에 받아든 점심식사는 유달리 꿀맛이었다. 평소보다 허기졌던 시간이 길었던 것도 이유겠지만 그보다는 싱싱한 깻잎지를 맛볼 수 있기 때문이었다. 나는 평소에도 사장님의 깻잎 장아찌는 최고라고 생각해왔다. 장아찌가 맞나 의심스러울 만큼 짠맛이 도드라지지 않는 연한 간에 향기로운 깻잎향이 잘 살아 있어서 어떤 고기나 생선 종류와 싸서 먹어도 궁합이 잘 맞았다.

그런데 숙성시키지 않고 깻잎 사이사이에 양념을 채워넣고 바로 먹는 깻잎지는 장아찌와는 전혀 다른 차원의 별미였다. 물기 어린 녹색만큼이나 깻잎의 향도 맑고 또렷하게 살아 있었다. 노른자를 거의 익히지 않은 계란 프라이와 가볍게 비빈 밥에 깻잎지를 얹자 끝도 없이 들어갈 듯한 궁합이었다. 통으로 넣은 들깨가 톡톡 씹히는 겉절이의 맛도 그만이었다.

나는 너무 많이 먹으면 졸리고, 남은 시간을 버티기 고될 것이라고 스스로를 달래며 아쉬운 마음으로 수저를 내려놓았다. 그러는 동안 나보다 먼저 한 그릇을 비워낸 사장님이 흡족한 표정으로 싱긋 웃더니 소화제를 삼켰다. 사장님은 식사 속도가 누구보다도 빨랐는데 '오지게 장사가 잘 되던' 한식당의 주방에서 일하는 동안 생

긴 버릇 탓에 아무리 노력해도 밥을 빨리 먹는 버릇은 좀처럼 고쳐
지지 않는다고 했다.

"졸릴 걱정만 없으면 진짜 몇 그릇이라도 먹고 싶어요."

"정 그러면 구석자리 가서 잠깐 눈 붙이는 거지."

사장님이 대수롭지 않다는 듯 말하며 천천히 물을 마셨다.

"그럼 그것 좀 싸줄 테니까 이따가 가지고 가."

"진짜요? 감사합니다!"

예의상 한 번 거절할 겨를도 없이 대답이 나왔다. 그러자 사장님
이 벙긋 웃으며 "한번은 큰스님이 말이야" 하고 말을 이었다. 그녀는
대개 기분이 좋고 시간 여유가 나면 이십대 시절 몇 해간 산골짜기
절에서 비구니 스님들과 함께 지냈던 때의 이야기를 꺼냈다.

"큰스님이 뭐 볼일이 있다고 날 읍내에 데려갔는데, 돼지 갈빗집이
아주 큰 데가 있었거든. 거기를 지나는데 냄새가 기가 막혀. 오랜만
에 얼마나 육고기가 먹고 싶던지 침이 꼴딱꼴딱 넘어가는 거야. 그
래도 어디 먹고 싶다고 할 수가 있나니. 내가 사정사정해서 거기서
지내는 건데. 그래서 이렇게 간판만 기웃거렸더니 큰스님이 갈비 좀
뜯고 갈까? 그러시는 거야."

"사주셨어요?"

"언감생심. 그냥 하신 말씀이지."

사장님은 옛 기억을 떠올리듯이 눈을 가느다랗게 떴다.

"진짜요? 그럼 먹는다고 하나 안 하나 떠보신 거예요?"

"에헤이. 떠보기는. 원체 농담하는 걸 좋아하는 양반이었어. 사람
을 살살 골려주다가도 품어주는 분이셨거든. 솜씨는 좀 좋았게. 다

큰스님한테 배웠지 나도."

그 얘기는 지금까지 여러 번 들었다. 면접을 치르던 날에도 사장님은 시간 대부분을 당시에 배운 요리의 기본과 원칙을 전하는 데 할애했다. 그에 반해 내게 다짐을 받은 것은 딱 한 가지, 올해 연말까지는 무슨 일이 있어도 중도 포기하지 않고 일해야 한다는 것뿐이었다.

사장님은 무척 피부가 좋았고 조금 통통하다 싶은 덩치를 가졌는데 듣기로 큰스님은 피부가 열 살 아이처럼 빛이 났고 타고난 덩치가 커서 웬만한 장정 못지않았던 분이라고 했다. 나는 나른한 기분으로 말갛고 커다란 덩치의, 장난을 즐기는 비구니 스님을 떠올려 보았다.

사장님이 점심상을 치우기 시작하기에 나도 얼른 일어나 도왔다. 그리고 또래라고는 한 명도 없는 산속에서 심심하지 않으셨냐고 넌지시 물어보았다.

"암만, 심심하지."

"그건 어떻게 달래셨어요?"

"못 달래. 그래서 도로 나왔잖아."

"나와서는요?"

"로맨스지, 로맨스."

장난기도 없이 사장님 입에서 나온 로맨스라는 말에 나는 웃음이 나왔다. 로맨스의 상대는 사장님이 절에서 나와 처음으로 일했던 음식점에서 만난, 그곳의 단골임을 자처하던 두 살 위의 동네 오빠였다고 했다. 목청이 어찌나 좋던지, 노래는 또 얼마나 잘했던지, 하면서 사장님은 피식 웃었다. 그러고는 "그뿐이지 뭐. 너도 알다시피지 입으로 단골입네 빼기는 사람 치고 살림에 보탬 되는 사람 있가니" 하고 덧붙였다. 한숨을 쉴 것 같은 얼굴이었지만 그 대신 사장님은 행주 한 장을 들어 탁탁 털었다.

"주희는 너는 로맨스 없어?"

"술이 제 애인이고 로맨스예요."

나는 당당히 뽐내듯 말했다. 그러자 그날 퇴근길에 사장님은 깻잎지와 더불어 직접 담은 막걸리 한 병을 주셨다. 대부분은 수제 식초를 만드는 데 쓰이고 그중 몇 병만 오랜 단골 손님에게 맛 보이는 귀한 술이었다. 사장님은 장마철이 오면 금세 신맛이 도니 그 전에 치우라고 신신당부했는데 그 점에서는 물론 자신이 있었다.

장마가 시작되었을 즈음 언니는 독박육아에 시달리던 동료 간호사가 결국 사직한 탓에 매일 녹초가 되어 집으로 왔다. 기가 허해지는 계절인 만큼 병원에는 수액을 맞으러 와서 잠시나마 누웠다가돌아가는 직장인들이 부쩍 늘었다고 했다. 언니도 손 하나 까딱할기운이 남지 않았다기에 설거지도 빨래도 내가 도맡았는데, 집안일을 하다 돌아보면 언니는 누워서 인터넷 쇼핑을 하는 데 여념이 없었다. 손가락 한둘쯤 까딱할 기운은 남아 있는 모양이었다.

"시원한 맥주 한 잔만 딱 마시면 좋겠다!"

나는 그렇게 끙끙 앓는 언니를 위해 밑면은 바삭하고 윗부분은 촉촉한 교자 스타일로 만두를 구워 맥주와 함께 대령해보았다. 야식이라도 챙겨주고자 하는 마음과 이래도 안 마실까 하는 마음이 반반이었다. 언니의 의지는 대단했다. 울기라도 할 듯이 슬픈 얼굴을 하고서는 탄산수에 레몬청을 타가지고 온 것이다.

"언니 진짜 너무 재미없어졌다."

"야! 재미없기는 내가 제일 재미없어. 내가!" 하고 절규하더니 언니는 만두를 힘껏 베어 물고 입천장이 데였다며 호들갑이었다. 분명 내가 반을 가른 만두 위로 펄펄 김이 오르고 있었건만, 시선이 온통 내 손에 든 맥주에만 팔려 있었던 탓이다. 그러면서도 한사코 술은 안 마신다고 하고, 건강상의 문제도 아니라면서 다른 이유가 무엇인지도 알려주지 않으니 어쩌란 말이냐 싶어 나는 맥주 한 캔을 금방 비우고 다음 캔을 가지고 왔다.

"다 지겨운데 나도 확 결혼이나 해버릴까. 안 그래도 요새 오빠가 자꾸 자기한테 시집오라고 하던데. 그럼 편해질까?"

언니가 말하는 오빠란 물론 미스터 썸머를 칭하는 것이었다. 만두를 우물거리며 그렇게 말하는 모습을 기가 막혀 바라보았더니 언니는 "안 해, 말이 그렇다는 거지"라며 입술을 삐죽거렸다.

그 즈음에는 배짱도 바빴다. 그녀는 내게 먼저 연락을 해오기는커녕 내 연락에 연이어 거절의사를 밝혔다. 과외 수업도 여름 방학 중 한 주 정도는 방학 기간을 갖는데 다음 주가 바로 그 방학이라서 미리 보충 수업을 하느라 바쁘다는 것이었다. 게다가 간단한 번역 일도 있다고 했다. 내가 못내 섭섭해하자 그녀는 대신 다음 주에 만나면 위스키를 한 병 개시하겠다며 기대감을 심어주었다.

그리하여 나는 장마가 이어지는 동안 사장님의 한식 스타일을 본격적으로 연마하고 레시피도 정리하는 시간을 보내기로 했다. 그러기 위해 우선 양념류와 제철 채소부터 잔뜩 사왔다.

사장님의 지론 중 하나는 어떤 채소든 제철에, 제대로 먹으면 향긋하지 않은 게 없다는 것이다. 따라서 결코 간을 세게 하지 않았다. 단맛, 짠맛, 매운맛, 신맛 어느 것 하나도 툭 튀지 않고 조화로운 양념이 되도록 하는 방법을 나는 산골집에서 일하면서 새로 배우게 되었다.

그러기 위해서 중요한 것이 양념에 각별한 신경을 쓰는 것이었다. 사장님은 5년 이상 묵은 된장을 비롯한 장류는 본가에서 직접 만든 것을 받아서 썼다. 이때 전통 장류 특유의 강한 짠맛이 도드라지는 것을 경계하기 위해 가급적 소량만 쓰는 것을 원칙으로 했다. 그리고 재료에 맞게 참기름이나 들기름, 참깨와 들깨, 매실청, 그리고 예의 직접 담근 막걸리를 숙성시켜서 만든 식초를 배합하여 사용했다. 특히 막걸리 식초의 부드러운 산미와 당도는 자극적이지 않으면서 쉬이 질리지도 않는 사장님 손맛의 개성을 드러내주는 일등공신이었다.

그런가 하면 육류를 요리할 때는 일반적인 레시피보다 많은 양의 양파를 사용하는 게 핵심이었다. 육질을 부드럽게 하고, 잡내를 잡고, 건강까지 챙기는 일석삼조의 이유에서였다. 갈비찜만 하더라도 갈비 한 근마다 큰 사이즈의 양파가 두 개씩 들어갔으니 말이다.

나는 사장님의 레시피를 따라 양파와 대파, 마늘, 청양고추를 블렌더로 곱게 간 것에 간을 더하고, 그 양념에 갈비를 숙성시켜 압력솥에 쪄냈다.

완성된 갈비찜을 혼자서 비장하게 시식해보니 처음 한 것치고는 나쁘지 않은 맛이었지만 아직 누군가에게 자신 있게 대접할 맛은 아니라는 결론이 났다. 곁들여 먹기 위해 만든 참나물 무침도 마찬 가지였다. 만들면서 머릿속으로 디자인했던 맛보다는 싱거웠고 소금 과 참기름을 더하자 참기름 맛밖에 나지 않았다.

두 가지 요리가 다 마음에 차지 않아서 신경질이 난 나는 개수대 에 쌓인 설거짓거리를 뒤로한 채 에코백에 돗자리를 말아넣고 집 밖 으로 나왔다. 갈비를 안칠 때까지만 해도 내리던 비는 어느새 그쳐 있었다. 나는 연트럴파크까지 걸어가기로 했다.

요 근래 오후에 혼자 산책하러 나가면 집에서 더 가까운 한강보 다 연트럴파크를 찾게 되는 일이 잦았다. 우선 연트럴파크 가까이에 보틀숍과 다양한 펍이 있다는 점이 마음에 들었다. 그뿐만 아니라 평일 한낮의 한강변은 자칫하면 탁 트인 공터에 혼자만 있게 될 염 려가 있는 반면, 너비가 좁고 세로로 길쭉한 연트럴파크는 늘 반경 몇 미터 안에 누군가 돗자리를 펴고 있어서 안심이 됐다. 그것은 맘 편히 낮잠을 잘 수 있는 조건이 갖추어졌다는 것을 의미하기 때문 이었다.

보틀숍에서 케이오틱 더블 IPA 한 병을 집고 레드락 생맥주도 한 잔 받아 자리를 잡았다. 레드락 생맥주가 든 플라스틱 잔은 돗자리 를 펴는 동안 이미 말끔히 비운 상태였다.

나무 그늘 아래에서는 물기 어린 풀냄새가 났다. 나는 두 다리를 쭉 뻗고 앉아서 천천히 심호흡했다. 그리고 파우치 안에 항상 넣고 다니는 병따개로 맥주병을 땄다. 더블 IPA라는 이름처럼 9.7도의 도 수를 가진 맥주는 과일향이 나는 한편 목 넘김이 묵직했다. 또한 맥주를 삼킨 뒤에도 입안에 한동안 쌉싸름한 맛이 남았는데 그게 싫지 않았다. 이따금 불어오는 바람에는 참새 소리가 섞여들어 있었다. 하늘에는 새털구름이 떠 있었고 수직으로 뻗은 은행나무 잎은 완두콩처럼 짙은 연둣빛을 띤 채 때때로 한들거렸다.

나른한 기운 속에 나는 주인과 함께 산책을 나온 자그마한 시바견 한 마리를 바라보았다. 녀석은 누룽지처럼 따뜻한 빛깔에 맹한 듯 느긋한 표정을 짓고 있었다. 속절없이 짧은 다리로 사뿐사뿐 지면을 내딛으며 멀어져가는 모습을 보고 있노라니 머릿속을 떠도는 잡념이 사르륵 녹아 없어지는 기분이 들었다. 덤으로 식곤증도 몰려왔다.

나는 에코백을 평평히 정리한 뒤 베개 삼아 베고 돗자리 위에 누웠다. 몽롱한 시야로 등에서 엉덩이까지 윤기가 흐르는 검은 빛깔에 다리와 꼬리 끝만 새하얀 비글이 들어왔다. 녀석은 스쳐 지나는 모든 이들과 산책로의 풀 한 포기까지 관심이 가는지 코끝과 주둥이를 바삐 움직이며 종종거리고 있었다. 그러다 맞은편에서 다가온 시츄와 서로의 코끝을 비비고 냄새를 맡기도 했다. 한가로이 그 모습을 바라보며 빈둥거릴 수 있는 오후. 나는 달리 다른 말로 표현할 수 없는 작은 행복을 맛보며 낮잠을 청했다.

얼마나 잤을까. 자연스럽게 눈이 떠졌을 때 문득 떠오른 것은 지난해 이맘때의 일이었다. 고시텔에 귀가하자마자 잠시 침대에 누웠다가 그대로 잠이 든 나는 몇 시간 뒤 깜짝 놀라 눈을 뜬 뒤에 안도의 한숨을 내쉬었다. 하지만 다행이라는 생각도 잠시, 땀에 흠뻑 젖어 끈적거리는 내 몸에서 풍기는 땀냄새를 맡으며 창피한 기분이 들었다. 누군가 내 옆에 있었다면 어땠을까 생각하는 것만으로도 소름이 끼쳤다. 그럼에도 손 하나 까딱할 기운이 없어서 그 상태로 시계에 시선을 둔 채 삼십 분 동안 더 누워 있었다.

고작 일 년 전의 일인데도 아득히 먼 과거를 회상하는 것만 같았다. 하루하루 전전긍긍하며 돈과 시간에 쫓겼던 그 사람이 내가 맞기는 한 것일까. 그러던 내가 어떻게 이 시간에 이곳에 누워 있을까 싶어서 신기하기도 했다. 풀밭 위에 모로 누운 내 앞으로 더위를 피해 몸통의 털을 짧게 정리한 또 한 마리의 강아지가 꼬리를 살랑거리며 스쳐 지나갔다.

지난해에는 한참 이어져서 속을 태웠던 장마가 올해는 가벼이 넘어가려는 모양이었다. 이틀 연속 비가 내리지 않기에 나도 연이어 연트럴파크에서 여유를 부렸다. 한 시간 가까이 낮잠을 잔 뒤에 한바탕 걷고 싶은 기분이 들어서 집까지 걸어가기로 했다. 다행히 발이 편한 샌들을 신고 있었고 양산도 챙겨 온 참이었다.

월드컵 시장 입구까지 걸어왔을 즈음 배짱에게서 연락이 왔다. 배짱은 오늘 수업을 일찍 마쳤고 이제부터 한 주간 방학이라며 당장 만나달라고 성화였다. 그녀는 한강 껍데기에 가서 삼겹살을 먹고 싶지만 너랑나랑 호프의 갓김치 생각도 나고, 한강 앞에 퍼질러 앉아 하염없이 맥주를 마시고 싶기도 하다며 숨넘어갈 듯 말했다.

"알았어요, 알았어. 어딘데요? 저는 시장 근처예요."

"망원역에 이제 내렸어요."

배짱은 대답했다.

"그럼 대충 하나로 마트 앞에서 볼까요? 어디 갈지는 만나서 정해요."

"그래요. 가는 동안 어디가 땡기는지 생각해볼게요."

나는 십 분쯤 지나 약속장소에 도착했다. 나를 발견하고 손을 흔드는 배짱은 몇 미터나 떨어진 곳에서부터 지친 기색이 보였다. 가까이에서 보니 그녀의 두 눈이 불그스름하게 충혈돼 있었다. 오늘은 일찍 들어가 쉬어야 하는 것 아니냐고 묻자 배짱은 고개를 저었다. 어차피 집에 가도 쉬지 못하고 번역 일을 마무리해야 한다는 것이었다.

"응? 그럼 지금 노는 것도 안 괜찮은 거잖아요."

그러자 배짱은 손에 들고 있던 커피를 쭉 빨아들이고 한숨을 쉬더니 "안 괜찮죠. 그런데 알 게 뭐예요. 몰라요, 지금은" 하고 말했다. 이따금 그녀의 눈꺼풀이 미세하게 떨렸다.

"오늘도 대현이가 속을 뒤집어놨어요?"

배짱은 찌푸린 얼굴로 고개를 끄덕였다.

"그래도 앞으로 일주일은 그 얼굴 안 봐도 되니까요!"

그러더니 배짱은 달려들 듯한 어투로 물었다.

"사장님한테 받은 수제 막걸리는 어땠어요? 수제 맥주는 마셔봤어도 막걸리는 못 마셔봐서 진짜 궁금했는데!"

사장님표 막걸리 맛은 단순했으나 막상 그 맛을 말로 설명하기란 그리 간단한 일이 아니었다. 단맛, 산미, 목 넘김, 그리고 탄산까지 무엇 하나 도드라지는 면이 없어서였다. 농도는 다소 진한 편이었지만 텁텁한 느낌을 주지는 않았다. 참으로 플레인한 느낌, 조화로운 담백함이 매력이라고나 할까. 아끼는 술잔에 따라 마시며, 인생의 근경이 아닌 원경에 대한 생각에 잠겨 즐길 법한 그런 맛이었다.

"아, 나 무슨 말인지 알 것 같아요. 송명섭 막걸리 그쪽 계열 아니에요? 거기서 신맛이 좀 빠지면 비슷한 느낌일 것 같은데요."

일리가 있는 말이었다. 입맛을 다시는 배짱은 그새 어느 정도 평소의 얼굴로 돌아와 있었다.

"그런데 우리 어디 가는 거예요?"

나는 배짱에게 물었다. 그러자 그녀는 오히려 본인이 더 놀란 듯한 표정을 지으며 자기야말로 나를 따라 걷던 중이었다고 이야기했다.

발걸음이 닿는 대로 걷던 우리는 유수지 근처에 나란히 붙어 있는 두 개의 국숫집을 지나 그 안쪽 골목으로 들어왔다. 붉은색 벽돌로 지어진 낡은 빌라와 다세대 주택, 단독 주택들이 동네 구석구석을 채우고 있었다. 망원동 한쪽에는 아직도 이런 풍경이 남아 있다는 사실이 신기했다. 내가 아는 망원동은 거의 매주 새로운 밥집과 술집이 생기고 후미진 골목 깊숙한 곳에도 작은 카페 하나쯤은 자리잡고 있는 동네이기 때문이었다.

배짱 역시 나와 같은 감상이었는지 신기하다는 말을 거듭하며 주위를 둘러보았다. 그리고 우측에 뭔가 문화재 같은 건축물이 보인다며 손으로 가리키더니 함께 가보자며 그쪽 방향으로 걸음을 옮겼다.

그녀가 발견한 것은 '망원정'이라는 정자였다. 입구의 안내문에는 이곳을 지은 이가 효령대군이며 세종대왕이 봄가을마다 방문하여 농사일을 살핀 곳이라는 설명이 적혀 있었다.

농사일이라는 말에 논밭이 떠오르고 수박이 연상된 나는 수박주 만드는 방법을 얘기하기 시작했지만 배짱은 건성으로 고개를 끄덕일 뿐 알림판에 적힌 내용을 꼼꼼히 읽었다. 역사에 관심이 많은 모양이다 싶어 나는 우물쭈물 이야기를 마쳤다. 배짱은 망원정의 다른 입구 쪽에 늘어서 있는 더 상세하게 적힌 알림판도 발견했는데 그곳에는 망원정과 관련된 역사 속 인물들, 옛 지도 속에 표기된 망원정 등의 내용이 세세히 소개되어 있었다. 솔직히 말하면 나는 그 내용에서 흥미로운 부분을 발견하지는 못했다.

다만 눈길을 끄는 것은 '이직'이라는 관리가 망원정을 칭송하며 지었다는 한 편의 시였다. 시 전체의 흐름은 교과서에서 흔히 접했던 연군지정의 틀을 따르고 있었으나 시작 부분만큼은 그윽한 운치가 있었다.

새로 지은 정자는 산봉우리에 의지해 있고
난간 밖의 교외 언덕엔 보리가 이미 익었네

막상 정자 위에 올랐을 때 시야의 절반을 차지하는 것은 팔 차선 도로였다. 한강은 그 너머로 보였을 뿐이다. 하지만 나는 시를 먼저 읽은 덕에 수백 년 전의 모습을 상상해볼 수 있었다.

아마 지금은 국회의사당이 보이는 한강 너머에는 짙푸른 빛깔의 산봉우리들이 이어졌을 것이다. 그리고 팔 차선 도로였던 곳은 황금빛 보리밭이 펼쳐졌을 터였다. 바람결에 넘실거리는 황금 물결을 연상하자 얇고 긴 잔에 가득 담긴 맥주와 커다란 얼음을 품은 채 엉뚱하게 빛나는 위스키의 빛깔이 떠올라서 침을 꼴깍 삼켰다.

"위스키! 맞아요, 우리 이번 주에 위스키 마셔요. 같이 마시려고 아껴둔 거 있어요."

커피 속에 든 얼음을 소리 나게 씹어 먹던 배짱이 말했다.

"그러게, 배짱 전에 연락했을 때도 위스키 얘기했었어요."

"그랬어요? 그럼 사자마자 했나보다. 허니 버번인데 위스키지만 가볍게 마시기에 좋대요."

"그럼 우리 다음 주에 캠핑 갈래요? 가까이에 캠핑장 있잖아요. 아이스박스는 내가 가져갈 테니까 얼음 채워가지고 탁 트인 데서 위스키, 어때요?"

그러자 배짱은 당장에라도 캠핑장으로 향할 기세로 "가시죠!"라고 외쳤다.

산책을 즐기는 것 정도를 가지고 운동하고 있는 양 착각하면 안 되겠다는 사실을 배짱의 집으로 올라가면서 깨달았다. 배짱의 집은 연립의 옥상에 위치한 옥탑방이었는데 엘리베이터가 없었던 것이다. 한쪽 어깨에는 언니에게 빌려 온 아이스박스를, 다른 손에는 편의점에서 산 돌얼음과 탄산수를 들고 오 층까지 계단을 걸어 올라간 것만으로 나는 거친 숨을 몰아쉬어야 했다.

옥탑방이라는 말을 듣고 떠올린 이미지와 달리 배짱의 방은 일반적인 원룸보다 널찍했다. 배짱이 직접 페인트를 새로 칠했다는 현관문은 차분한 살굿빛이었다. 안으로 들어서자 같은 색으로 통일된 욕실 문과 싱크대가 보였다. 그녀는 자신이 고른 색상의 정식 명칭이 '로코코 피치'라고 알려주며 열과 성의, 그리고 '돌려받지도 못할 생돈과 피 같은 시간'을 들여야 했던 페인트칠에 대해 이야기했다.

방 안에서는 은은한 빵 냄새가 났다. 그리고 아일랜드 전통 음악이 흐르고 있었다. 음악 사이로 창밖의 빗소리가 어우러졌다. 그 덕에 장마도 다 끝났건만 왜 하필 캠핑을 가기로 한 오늘 비가 오는가싶어 짜증스러웠던 마음이 한결 누그러들었다.

"배짱, 평소에 이런 음악 들어요?"

배짱은 빙긋 웃으며 고개를 저었다.

"특별 선곡이죠. 오늘은 위스키의 날이니까." 그러면서 짐 빔 허니병을 들어 보였다.

위스키의 날 첫 번째 일정은 우선 가볍게 속을 달래는 것이었다. 배짱은 콧노래를 부르며 닭죽을 내왔다. 푸르스름한 기운이 도는 것이라 녹두닭죽이냐고 물었더니 아마 그럴 거라는 애매한 대답이 돌아왔다. 직접 만든 게 아니라 어머니가 만들어놓고 가신 것을 소분하여 얼려둔 것이라고 했다.

닭죽은 간이 심심한 듯하면서도 맛이 좋았다. 배짱도 내 말에 동의했다. 하지만 자신은 청소와 인테리어 재배치는 즐기지만 요리라고는 라면과 냉동만두밖에 할 줄 아는 게 없으며 앞으로도 바뀔 것같지 않다고 했다.

"요리랑 청소 다 잘하는 사람은 진짜 살림해야 된다고 봐요. 저는요리는 좋아하는데 대신 청소가 귀찮거든요."

나는 그렇게 말했다. 실은 설거지도 마찬가지였지만 닭죽을 먹은그릇의 설거지를 곧바로 해치우기 위해 일부러 말하지 않았다.

아랫배도 띠 끈채졌고 빗발도 조금 잦아들었으므로 우리는 옥상으로 나갔다. 배짱이 비 맞을 걱정은 하지 말라고 단언한 것도 무리가 아니었구나 싶을 만큼, 옥상 한가운데 놓인 파라솔은 상당한 크기를 자랑했다. 하얀 파라솔 아래로 이 인용 플라스틱 테이블과 두 개의 의자가 보였다. 옥상 한쪽 구석에는 같은 크기의 의자 두 개가 겹쳐져 있었다.

"작년 생일 때 친구가 이걸 선물이라고 가져왔을 때는 어디서 새것도 아닌 걸 얻어와서 퉁치냐고 뭐라 그랬어요. 근데 막상 있으니까 너무 좋아요. 여기서 술 한 잔씩 하는 맛이 좋아서 재계약하고 싶다니까요. 아마 돈 때문에 안 되겠지만."

생일이라, 그러고 보니 언니 생일이 이맘때였던 것 같은데 싶은 생각이 스쳤다. 하지만 날짜가 언제인지는 떠오르지 않았다.

배짱은 나무 트레이에 위스키 병과 잔, 약간의 견과류와 블루투스 스피커를 담아 테이블 위로 날랐다. 그리고 다시 빗발이 세질 것을 대비해 미리 입어두자며 비닐 우비를 건넸다. 나는 아이스박스 안에 얼음을 가득 채워 가져왔다. 그것으로 빗속에서 치르는 위스키의 날에 대한 준비는 모두 끝났다.

늘 첫잔은 맥주!를 외치는 배짱도 오늘만큼은 곧장 위스키병에 손을 뻗었다. 그녀는 먼저 온더록스 잔에 얼음을 담고 얼음 표면을 훑어내리듯 천천히 위스키를 따랐다.

배짱이 잔을 쥐고 가벼이 두어 번 흔든 뒤 내게 건넸다. 그녀는 방긋 웃고 자기 몫의 위스키는 스트레이트 잔에 따르더니 향을 깊이 들이마신 뒤 꿀꺽, 꿀꺽하고 두 모금 만에 해치워버렸다. 그러고는 두 볼이 은은하게 발그레해져서 다시 짐 빔 허니 병을 들었다. 벌집이 그려진 라벨 위에 흘려 쓴 듯한 필치로 커다랗게 'Honey'라고 쓰인 라벨의 아래쪽에는 자그맣게 'BOURBON LIQUEUR'라고 적혀 있었다.

이따금 굵은 빗방울이 뒷목이나 어깨 위로 툭, 하고 떨어졌다. 그럴 때마다 비닐 우비 너머로 물방울의 무게가 느껴졌다.

"근데 배짱, '버번'을 많이 들어보긴 했는데 무슨 뜻인지 알아요? 이것도 위스키 종류겠죠?"

그러자 배짱은 의자에 비스듬히 앉아서 다리를 엑스자로 꼬더니 고개를 까딱거렸다. 그녀는 내게 위스키는 제조 국가와 원료, 만드는 방법 등으로 나눌 수 있다고 설명해주었다. 그리고 위스키 제조 국가는 맨 처음 위스키가 만들어진 아일랜드, 스카치 위스키의 스코틀랜드, 미국, 캐나다, 일본 정도라고 말을 이었다.

오, 나는 감탄이 절로 나왔다.

"배짱 유식이 솟구치는데요? 언제부터 알았어요?"

"오늘부터요."

한껏 폼을 잡고 늘어져 앉아 있던 배짱이 앞으로 고꾸라지듯 상체를 숙이며 웃었다.

"아까 나도 주희 씨처럼 버번이 뭔지 궁금해서 기사 찾아봤거든요. 거기까지 읽었을 때 주희 씨가 와가지고 그 다음은 몰라요."

배짱은 그렇게 밝힌 뒤 내 잔에 짐 빔 허니를 따라 주었다. 밝은 황금 빛깔의 술에서는 차지고 묵직한 꿀 향이 났다. 술잔을 기울여 혀끝을 적시자 달콤한 기운이 입안 가득 퍼졌다. 일반적인 위스키보디 도수가 10두 가량 낮아서 목 넘김도 부드러웠다.

배짱은 작은 각얼음 하나를 입에 넣고 이리저리 굴리면서 아까 보았다는 기사의 나머지 부분을 읽어내려갔다. 그러자 조금 전에 그녀가 내게 전했던 정보가 잘못된 것이었음이 드러났다. 위스키 생산국이 세계적으로 5개국뿐이었던 시절은 이미 과거의 일로, 독일과 프랑스 등의 유럽 각국에서도 위스키를 생산하고 있다는 내용이 이어졌기 때문이었다. 게다가 지난 십여 년 동안 대만에서 출시된 위스키가 안정적인 인기를 얻게 됐고, 인도에서도 싱글 몰트 위스키가 생산된다는 것이었다.

나는 싱글 몰트라는 말이 나온 김에 그 뜻을 제대로 알고 싶다고 주문했다. 배짱은 우선 몰트의 뜻을 찾았다. 그녀는 보리에 싹을 틔운 뒤에 말린 것, 우리말로는 엿기름이 몰트라고 설명해주었다.

"몰트 위스키라는 건 몰트, 그러니까 보리에다가 효모하고 물만 재료로 써서 단식 증류기로 만들어야 된대요. 다른 위스키는 밀이나 옥수수 같은 걸로도 만드나봐요."

"맥주도 밀 맥주가 있는 것처럼요?"

"맞아요. 그리고 그런 몰트 위스키 중에서도 한 증류소에서 생산된 원액만 쓴 게 싱글 몰트 위스키, 여러 증류소에서 만든 원액을 블렌딩 한 게 블렌디드 위스키래요. 아무래도 싱글 몰트 쪽이 증류소 원액의 개성이랑 특징을 잘 드러내나봐요. 다른 값싼 곡물로 만든 원액이랑 섞일 일도 없고."

"그래서 고급이구나."

"그렇죠. 심지어 스카치 위스키 중에서도 싱글 몰트 위스키는 5% 밖에 안 된대요. 세계 판매량 빅3는 더 맥켈란, 글렌피딕, 더 글렌리

벳. 이렇대요."

"이름만 들어도 독하고 고급지다. 그럼 버번은요?"

"잠깐만요."

배짱은 손끝으로 스크롤을 내리며 말했다.

"버번은 미국에서 만든 거네요. 미국 위스키 대표 브랜드는 잭 다니엘, 짐 빔, 메이커스 마크 같은 게 있대요. 어우, 다 내가 좋아하는 거네요."

거기까지 알려준 배짱은 직접 보라며 휴대폰을 건네주었다. 기사에 따르면 버번은 버번 카운티라는 지명에서 유래했으나 현재는 다른 지역에서도 원료 중 옥수수가 51% 이상, 연속식 증류기로 만든 뒤 내부를 그슬린 새 오크통에 담아 이 년 이상 숙성한 위스키라면 버번으로 인정해준다고 적혀 있었다.

"잠깐만. 그럼 우리는 버번 마시니까 아일랜드 음악을 들을 필요가 없네요?"

배짱은 "아니 뭐 분위기죠, 분위기"라고 말하며 흔들리는 눈빛을 감췄다. 그리고 비장의 카드는 사실 아직 공개하지 않았다며 방 안으로 들어갔다.

몇 분 뒤에 배짱은 멜론 반 통과 스푼 두 개를 가지고 돌아왔다. 멜론 과육에는 격자무늬로 칼집이 나 있었다.

배짱이 준비한 것은 단순한 과일 안주가 아니었다. 그녀는 잘 익은 멜론 위로 짐 빔 허니를 듬뿍 끼얹었다. 그리고 스푼으로 과육과 위스키를 함께 떠먹자는 것이었다.

"그때 수박주 얘기했잖아요. 수박 사러 갔더니 마땅한 게 없는데 멜론이 있더라고요. 이렇게 마시는 거도 수박주 못지않은 별미일 걸요? 저도 처음 해보는 건데 멜론이 많이 나는 데서는 이렇게 먹는대요.

흘려듣는 줄 알았건만 일부러 수박을 사러 가기까지 했다니. 나는 '우리 오래도록 친하게 지냅시다' 하는 마음을 눈빛에 눌러 담아 마구 쏴준 뒤에 스푼을 들었다. 혀끝에서 위스키가 느껴지기 무섭게 달콤한 과즙이 입안을 적셨다. 과육을 삼키면 입안에는 다시금 위스키의 향이 남았다. 향긋한 과육과 함께 위스키를 푹푹 떠먹는 것은 무척 호사스러운 기분을 선사했다.

어느새 비는 거의 그쳐 있었다. 그러자 섬 그늘에 굴 따러 간 엄마를 혼자 남아 기다리는 아이의 마음을 노래하기라도 하는 양 맑고 구슬픈 아일랜드 전통 음악의 곡조가 좀 더 크고 또렷하게 들렸다.

"나는 술이랑 배짱만 있으면 남자도 다 필요 없어요. 일단 외롭지가 않으니까."

내가 불쑥 말하자 배짱은 가만히 내 얼굴을 들여다보더니 코끝을 긁적이며 "좋겠다. 난 외롭기는 외로운데" 하고 말했다.

"배신자."

나는 투정을 부렸다.

"배신 안 해요. 말했잖아요, 난 올해 무조건 연애 안식년으로 보낼 거라니까요. 어차피 눈에 들어오는 사람도 없고."

"그쵸? 도대체가 나도 한 일 년 넘게 눈에 들어오는 사람이······"

까지 말했을 때 문득 지난해 연말에 가졌던 술자리가 떠올랐다. 잠시 동안 나 혼자 착각하고 설렘을 느꼈던 베이지색 니트의 남자는 이제 얼굴도 제대로 기억나지 않았다. 단지 베이지색 니트가 잘 어울리는 호리호리한 느낌만이 아련하게 남아 있을 뿐이었다.

"누구 기억났죠? 빨리 불어봐요."

배짱이 관심을 보였다.

"느낌이 좋긴 했는데. 뭐 어차피 나가리라서."

"누구요? 누구?"

"배짱도 봤을 거예요. 우리 처음 만났던 그날 온 사람인데 어디 주류회사 다닌다 그랬던……."

"주류회사? 어우 괜찮다."

배짱이 내 팔을 덥석 잡았다.

"그런 사람이 있었어요?"

"베이지색 니트 입고 온 사람요."

"베이지색? 그거 말고는 다른 특징 없고요?"

"우리랑 가까이 앉았었는데. 배짱이랑 같이 나 말리고 물 마시라고 그러고."

"으잉? 승훈이요?"

배짱 입에서 불쑥 이름이 나와 얼떨떨한 가운데 배짱은 그날 그가 눈이 좀 붓지 않았었느냐, 웃을 때 앞 광대가 동그랗게 올라오지 않았느냐, 내 맞은편에 앉아 있지 않았느냐, 등의 질문을 쏟아냈다. 다른 건 모르겠지만 내 맞은편에 앉았던 것만은 확실했다. 그리고 배짱이 그와 어떻게 아는 사이일지 몇 가지의 추측이 빛의 속도로 뻗어나가며 양팔에 소름이 돋았다.

"걔가 주류회사 다니지는 않는데. 하긴 브루어리에서 일 배우니까 비슷하겠네요. 그리고 걔네집이 세계 주류 전문점. 그거 해요. 주희 씨 취해서 회사로 들었나보다."

덤덤하게 다시 숟가락을 드는 태도로 보건대 배짱은 그와 비교적 담백한 관계인 모양이었다. 나는 두근거리는 마음으로 살그머니 "배짱, 그분이랑 친해요?" 하고 물었다.

"친하죠. 워낙 어릴 때부터 본 사이니까. 그날 거기도 제가 데려갔고, 이 파라솔도 술도 다 걔네 집에서 온 거예요."

나는 도무지 말이 나오지 않아 얼음만 남은 위스키 잔만 만지작거렸다.

"주희 씨 진작 얘기를 하지. 승훈이 애 괜찮아요. 안 그래도 걔 여친 없이 삼 년이 다 되어가는데. 아, 시간 되면 퇴근하고 이리 오라고 할까요?"

배짱이 장난스럽게 웃으며 휴대폰을 들었고 나는 반년도 지난 인연 이제 와서 그럴 필요 없다며 온몸으로 그녀를 막았다. 배짱은 짓궂은 타입이 아닌지라 몸싸움을 할 필요까지는 없었다. 다만 그녀는 위스키를 머금은 멜론을 떠먹으면서 인간상열지사 쪽 눈치 파악이라면 나름 긍지를 가지고 있는 자신이 왜 그날 알아채지 못했는지 모르겠다며 고개를 갸웃거렸다. 그야 내가 호감을 표출하기에 앞서 너무 일찍 취해버린 탓이겠지만 그냥 잠자코 있었다.

하지만 내가 얌전히 스스로를 다스린 시간은 그로부터 한 시간도 지속되지 않았다. 우리는 비가 그치고 먼 하늘에 하얀 구름이 떠오른 것을 기점으로 멜론을 더 가져왔고 꿀맛이 나는 위스키와 과육을 부지런히 떠먹으며 거나하게 취했다.

　그러자 배짱은 승훈이라는 남자의 장점을 열거하며 내게 함께 만나자고 자꾸 부추겼다. 기분 좋게 술기운이 오른 나는 꽤 오랫동안 지녀온 그에 대한 궁금증에, 또한 배짱의 안목은 믿을 수 있다는 확신에 점령당했다. 배짱은 내가 오케이 사인을 내리자마자 전화기를 들었다. 일주일 뒤에 승훈이라는 남자와 만날 약속이 정해진 것은 그야말로 순식간의 일이었다.

7

긴 밤의
롱아일랜드 아이스티

지난주에 이어 2주 연속 일요일 출근을 부탁하는 게 미안했는지 사장님은 연거푸 따님 흉을 보았다. 일요일만큼은 꼬박꼬박 나와서 가게 일을 돕겠다던 약속을 안 지키려고 오만 가지 핑계를 다 댄다는 것이었다. 그러나 "지 애비 닮아 헛바람만 들어서 앞날이 깜깜해"라는 말로 시작된 이야기는 대개 "그래도 지 딴에는 요새 뮤지컬인지 뭔지 푹 빠져서 나름 한다고 하는 것 같은데…….' 하고 말끝을 흐리며 끝났다. 그것은 외동딸에 대한 애정 때문이기도 하겠지만 기본적으로 사장님이 모질고 차가운 성정이 아니어서 그럴 것이다.

사장님은 보통 누구에게나 냉정하게 무 자르듯 말하는 법이 없었다. 칠천 원짜리 백반을 먹고 김치를 싸달라며 당연한 듯 요구하는 손님이나 반찬 그릇 하나까지 싹싹 다 비우고서는 맛이 예전만 못하다고 어깃장을 놓는 손님에게도 늘 웃는 낯으로 대했다. 다행인 것은 나에게까지 같은 친절을 강요하지는 않는다는 점이었다.

한 번은 이런 일이 있었다. 고작 사십대 초반 정도로 보이는 손님이 나뿐 아니라 사장님에게까지 반말을 쓰고 "야!" 하고 불렀다. 내가 그의 눈도 마주치지 않고 퉁명스럽게 대했더니, 손님은 사장님에게 노발대발 따지고 들었다. 그때도 사장님은 손님에게는 머리 숙여 사과했지만 나를 나무라지 않았다. 사실 속으로 통쾌했다면서 나중에는 칭찬까지 해주셨다.

그 덕에 나는 취해서, 혹은 맨정신에 정도를 넘곤 하는 진상 손님들을 쌀쌀맞게 응대하는 것에 대한 심적 부담이 없었다. 하지만 진상으로는 분류할 수 없어도 괜한 데 신경을 쓰이게 하고 에너지를 앗아가는 손님들도 늘 있기 마련이었다.

권 교수라는 단골손님이 그런 유형이었다. 그가 어느 학교에서 무엇을 가르치는 사람인지는 알 수 없었으나 함께 오는 사람들이 언제나 떠받들 듯한 태도로 교수님이라고 칭하니 교수가 맞기는 한 모양이었다.

권 교수는 나를 처음 보았을 때 나더러 사장님의 숨겨놓은 딸이 한 명 더 있었느냐고 물었다. 그저 일을 배우는 사람이라고 했더니 젊은 사람이 제대로 된 집을 보는 눈이 있다며 어깨를 팡팡 두드렸다. 그때부터 내가 아는 사람으로 분류됐는지 혹은 그저 참견하기를 좋아하는 것인지 그는 방문할 때마다 나의 신상에 대해서 반드시 한마디씩은 의견을 남겼다.

어느 날은 내 앞머리를 가리키면서 한쪽으로 넘기거나 아예 길러서 없애면 더 좋을 거라고 했다. 그래야 남자친구 신수가 좋아지고 덩달아 나도 팔자가 편다는 것이었다. 거기다 대고 남자친구가 없다고 밝히며 신상 정보를 더해주는 것은 아마추어 같은 짓이다. 나는 권교수를 놀려볼까 싶어서 한껏 어두운 표정을 짓고는 "저 어릴 때 이마에 큰 상처가 난 게 있어서……." 하고 말을 흐렸다.

권교수는 딱하다는 표정을 짓더니 할 말이 없는 양 괜히 젓가락을 들고 쩝쩝거렸다. 그래놓고 일주일 뒤에 와서는 입가의 점은 괜찮지만 눈가에 난 점은 눈물점이라며 빼야 한다고 진지하게 충고했다. 그로부터 한동안은 마치 당연한 수순인 양 언제 뺄 거냐, 빨리 빼라 하며 참견이었다. 이거야 원 귀찮게 됐다고 생각하며 물잔을 내려놓는데 하필 그때 옆으로 몸을 트는 권교수의 어깨가 내 팔을 쳤다. 손에 있던 컵이 떨어졌지만 다행히 빈 컵인데다 바닥이 아닌 테이블 위로 떨어졌다.

"아이고 놀래라, 아가씨 조심해. 아가씨처럼 귀가 작은 사람들이 조심성이 없어요. 이런 사람들은 위에서 사람을 부리는 건 안 맞아. 그보다는 남 아래에서 조심조심하면서 일을 해야지."

본인이 내 팔을 친 줄도 모르는 것 같아서 나는 울며 겨자 먹기로 사과를 하고 반찬을 깔기 시작했다. 마지막으로 갈비찜을 상에 올리자 권 교수는 우렁찬 목소리로 일행에게 밥 같은 밥을 내는 곳이 전에는 더 많았는데 요즘은 젊은 애들이 다들 이탈리안이니 프렌치니 그런 것만 고급인 줄 안다며 한심하다고 말했다.

"암만 그래도 먹어보면 알 텐데 왜들 안 올까?"

그야 잘못 걸리면 아저씨가 이렇게 떠드는 걸 들어가며 밥을 먹어야 하니까! 나는 속으로 절규했다. 문득 지난달에 언니가 식당과 레스토랑의 차이를 물었던 일이 떠올랐다. 나는 음식의 종류나 가격 대를 불문하고 에피타이저와 메인요리, 후식과 음료를 다양하게 갖춘 쪽이 레스토랑, 메인요리 위주로 단출하게 구비한 곳이 식당 아니냐고 대답했고, 언니의 대답은 간단했다.

"난 분위기라고 봐. 먹은 거 먹은 만큼만 돈 내는 데가 식당, 좀 더 내도 어느 정도는 분위기 값이구나, 하고 넘어갈 수 있는 데가 레스토랑."

비스트로나 퀴진 같은 말들이 계속 들어오고 개발되지만 그게 결국은 식당이나 주점 같은 공간과 레스토랑 풍의 공간에 구분을 두고자 하는 것 아니겠느냐는 거였다. 그 말을 들을 때는 그렇게 '구분'을 잘하는 사람이 난데없이 인형뽑기에 흠씬 빠져서 술만 취하면 삼사만 원씩 탕진하는 것을 취미생활이라고 우기는 게 말도 안 된다 싶어 혀를 찼다. 하지만 내놓는 음식과 술에 아무리 자신이 있어도 특정한 '분위기'가 조성되지 않으면 단순히 식당이나 주점으로 비칠 수밖에 없다는 말에는 일리가 있었다.

나름의 분위기가 갖추어졌다면, 오늘 저녁에 배짱이 이곳 산골집에서 승훈과 셋이 만나면 어떻겠냐고 물었을 때 단칼에 거절하지 않았을지도 모르겠다. 분명 나의 일터는 배우는 것도 많고, 사장님도 좋은 분이시니 창피할 것은 없다. 그러나 창피함에 준하는 불편함이 여러 가지 형태를 띠고 도처에 굴러다닌다.

'분위기 값'을 받을 수 없는 곳과 분위기만으로 인기를 끄는 곳. 그 차이를 어떻게 메울 수 있을까, 혹은 메울 수 없을까? 나는 앞으로도 이런 곳에서 일할 것인가? 하는 생각을 하며 가게를 나서는데 배짱에게 연락이 와 있었다. 첫 줄이 정말 미안하다는 말로 시작하는 것을 보니 뒤는 안 읽어도 어떤 내용인지 빤했다.

배짱은 아루감의 옥상층에서 나를 기다리고 있었다. 내가 옥상층에 들어서자 "미안해요, 주희 씨" 하고 달려오던 배짱이 자기 발에 걸려 넘어졌다. 그녀는 고꾸라진 자세 그대로 내게 "내가 암튼 그놈의 자식 다음에 만나면 목을 졸라줄게요. 바쁘기는. 안 바쁜 사람이 어딨다고" 하며 사과에 사과를 거듭했다.

바른대로 말하자면 나는 바쁜 사람이 아니지만 굳이 자랑할 건 없겠다 싶어서 잠자코 있었다. 배짱은 승훈의 사정을 대강 전해들었다며 그가 일하는 브루어리의 설비 때문에 퇴근이 늦어진 모양이라고 말했다. 양조 탱크에 문제가 생겨서 500리터의 바이젠이 위험에 처했다는 것이었다. 다른 일도 아니고 술맛이 변질될 위기라니. 나는 약속이 어그러진 것보다 그게 더욱 안타까웠다.

"그건 그렇고, 배짱 그거 몇 잔째예요?"

배짱은 오른손을 번쩍 쳐들고는 당당히 "두 잔이요"라고 말했다. 처음에는 갈증이 나서 맥스 생맥주를 한 잔 마셨고, 지금은 파인애플 코코넛 민티 럼을 마시고 있을 뿐이라는 것이었다. 그녀는 잔에 남은 마지막 한 모금을 입안에 마저 털어넣었다.

"그거 좀 세잖아요. 한 3샷 정도 들어가지 않던가요?"

"3.5샷이요." 배짱이 실실 웃었다.

"근데 이 동네에서 언제까지 살 수 있을지 모르니까, 가까이 살 때 좋은 가게에서 한 잔이라도 더 마셔야 돼요."

금세 시무룩한 얼굴이 된 배짱은 지금 사는 원룸의 계약 갱신이 반년 후라고 덧붙였다. 그녀는 열심히 페인트를 칠하고 가꾼 집에서 지금까지 삼 년 반을 살았다. 지난번 계약 때는 배짱이 집을 손본 공을 높이 산 주인이 보증금 인상 없이 계약을 연장해주었다고 했다.

"근데 그 사이에 동네가 너무 떠서, 집주인 아주머니가 생불이 아니고서야 이번에는 올리실 것 같아요. 그러니까 이사를 가기는 가야겠거니, 반쯤 포기하고 있어요."

배짱은 잡지를 보듯이 부동산 앱을 살펴보고 있다면서 마포구의 매물이 나열돼 있는 휴대폰 화면을 보여주었다. 벌써 부동산까지 살피고 있다니! 나는 양손으로 배짱의 어깨를 붙잡았다.

"배짱 멀리 가면 안 돼요! 이사를 해도 최대한 가까운 데로 하겠다고 약속해요. 그럼 달릴게요!"

"가시죠!"

배짱이 힘차게 메뉴판을 펼쳤다.

칵테일 한 잔씩을 마시고 나서 우리는 문인더랩으로 장소를 옮겼다. 배짱이 타파스에 블랑 생맥주를 마시고 싶어 했던 것이다. 나는 이강주라는 전주의 전통주를 베이스로 만든 전주볼이라는 칵테일을 골랐다.

이강주를 마셔본 적이 없으므로 모험을 하는 기분으로 택한 전주볼의 맛은 기대 이상이었다. 전체적으로는 진저 하이볼과 닮은 듯하지만 더 산뜻했다. 탄산은 도드라지지 않았고 생강 맛은 한결 선명했다. 부드러움과 강렬함이 제대로 조화를 이룬 한 잔이었다. 마음에 쏙 드는 칵테일을 자주 마실 수 있는 게 살고 있는 동네에 대한 만족도를 높여준다는 사실을 나는 이곳, 망원동에 와서 알게 되었다.

배짱은 버섯 타파스를 먹느라 올리브유에 번들거리는 입술을 쉴 새 없이 움직이며 내게 승훈이라는 남자를 추천하는 데 열성이었다. 배짱은 그와 초등학교 시절부터 알고 지냈으며 십대의 큼지막한 추억들을 함께 나누었다고 했다. 그러다 이십대 중반부터 몇 해 동안은 얼굴을 잊고 살 지경에 이르렀는데 그가 판교에 있는 게임회사에 입사하게 된 탓이었다.

승훈은 회사 근처에서 자취 생활을 하며 야근과 외로움에 혹사당했다고 배짱은 말했다. 승훈은 종종 배짱에게 전화를 걸어서 퇴근 후에 혼자 훌쩍 들를 만한 펍이나 바 같은 곳이 집 근처에 있었으면 좋겠다는 소망을 피력하곤 했다. 배짱은 그 이야기를 만 번쯤은 들은 것 같다며 혀를 내둘렀다. 그러다 스물아홉이 되던 해, 승훈은 전격적으로 직접 바텐더가 되는 길을 택했다.

그가 만들어가고 싶은 이상적인 바는 퇴근길에 가벼운 마음으로 들러서 편안하게 일과를 나누고 술친구도 늘려가는 공간이었다. 그러나 바텐더로 일해보고 나서야 승훈은 자신이 얼마나 말주변이 없고 낯을 가리는 사람인지 뼈저리게 깨달았다고 한다. 그는 배짱 앞에서 조주 기능사 자격증처럼 사교적 회화 자격증 같은 게 있어서 기술처럼 배울 수 있다면 좋겠다고 또다시 만 번쯤 한탄했다. 그러면 그걸 가르쳐주는 학원에라도 다녀볼 텐데, 하면서 말이다.

그러나 쓸쓸한 깨달음뿐 아니라 좋은 깨달음도 있었다. 시간이 지날수록 맥주에 대한 애정과 관심이 커져만 갔던 것이다. 그리하여 승훈의 궁극적인 꿈은 수제 맥주를 만드는 브루 마스터로 수정됐고, 현재는 브루어리를 겸한 탭하우스에서 스탭으로 일하고 있다는 사연이었다. 배짱은 그가 일하는 탭하우스에 함께 가보자고 나를 유혹했다.

수제 맥주를 마시러 가는 것이야 더할 나위 없이 좋았지만 하나 의아한 점이 있었다. 이토록 열성적으로 권할 만한 괜찮은 남자면 왜 배짱이 직접 사귈 생각을 해보지 않았을까 하는 점이었다. 그 점을 물었더니 배짱은 단호히 고개를 저었다.

"난 연하가 좋다니까요, 갑빠가 좀 있으면 더 좋고."

아 참 그랬지. 나는 일전에 배짱이 보여주었던 사진을 떠올렸다. 그것은 고개를 비스듬히 돌리고 있는 남자의 뒷모습을 담은 사진이었다. 각도로 인해 얼굴이 보이지 않았기 때문에 내 눈에는 아무런 정보를 담고 있지 않은 사진으로 보였는데, 내가 그렇게 말하자 배짱이 혀를 끌끌 차며 사진의 한가운데를 가리켰다. 딱 벌어진 탄탄한 어깨가 선사하는 뒤태, 회색 티셔츠 위로 도드라지는 날개 뼈와 그 사이에 가로로 잡히는 잔주름을 좀 보라는 것이었다. 전남친과 헤어졌을 때 모든 사진을 지웠지만 이 사진 만큼은 차마 지울 수 없었다고 말하며 가벼이 한숨을 쉬는 배짱에게, 다음번에는 줄리엔 강 같은 어깨를 가진 남자를 만날 수 있을 것이라 위로를 건넸던 기억이 난다.

"그런 남자를 찾으려면 아무래도 수영장에 자주 가는 게 좋지 않겠어요? 아니면 서핑의 도시 양양 같은 데가 나으려나."

배짱은 잠시 영문을 모르겠다는 듯한 표정을 짓더니 고개를 저었다.

"올해는 연애 안식년이라니까요. 나 신경쓰지 말고 주희 씨 진짜

잘해봐요. 난 두 사람이 잘 맞겠구나 하는 촉이 왔어요."

크게 보면 요식업이라는 틀에 포함되는 비슷한 직종에 종사하며 서른이 넘어서까지 견습생 신분으로 지내는 이가 흔치는 않을 테니 얘기가 잘 통하긴 하겠다는 생각이 들었다. 그런데 배짱이 "제가 원래 인간상열지사에 촉이 좋거든요"라고 덧붙였다.

"그럼, 그때 산골집에서 저한테 연락줄 줄 알았던 거, 그것도 촉이었어요?"

"그건 그냥 듣는 귀가 밝아서 알았죠. 어? 지금까지 얘기한 적 없던가요?"

나는 잠시 기억을 더듬어보고는 고개를 저었다.

"예를 들면……" 하고 배짱은 말문을 열었다.

"우리 옆자리에 앉은 사람들, 지금 무슨 얘기 하고 있게요?"

나는 짐작도 할 수 없었다. 옆자리라고는 하지만 배짱의 얘기에 집중하느라 전혀 신경을 쓰지 않았기 때문이다. 옆자리에는 건장한 체구의 남자와 산뜻한 쇼트커트에 오렌지빛 립스틱을 바른 여자가 앉아 있었는데 주로 여자 쪽이 말하고 남자는 추임새를 넣는 듯했다. 여자는 자그마한 입술을 가지고 있었다. 작은 오렌지빛 입술로 소곤거리는 목소리와 실내에 흐르는 음악 때문에 나는 그들의 대화 내용을 짐작조차 할 수 없었다. 눈까지 감고 기를 쓰며 청각에 모든 신경을 집중해보았지만 들리는 거라고는 남자의 "정말?" 하는 감탄사뿐이었다. 나는 곧 포기를 외쳤다. 그러자 배짱은 "답은 증류식 소주예요" 하더니 "저기요, 죄송한데요"라면서 어느새 옆자리 사람들에게 말을 걸었다.

"정말 죄송한데요. 두 분 말씀하시는 걸 우연히 들어서요. 제가 소주를 전혀 못 마셔서 신기해서 그러는데, 그럼 증류식 소주는 참이슬이나 처음처럼 같은 알코올 맛이 안 나는 건가요?"

"그럼요."

우리 쪽으로 몸을 튼 여자가 고개를 끄덕이자 "화요나 일품진로 한번 드셔보세요" 하고 남자가 적극적으로 맞장구를 쳤다. 두 사람은 나까지 들을 수 있도록 목소리를 한 톤 높여 말했다.

"증류식 소주 중에서 대장부라고 마트에서 이삼천 원이면 사는 것도 나왔는데, 그것도 마실 만하고요"라는 남자의 말에 여자는 "맞아요, 그리고 여기서 파는 이강주 있죠. 그것도 소주 종류잖아요" 하고 말했다.

마음에 쏙 드는 산뜻한 칵테일의 베이스가 소주였다니! 나도 흥미가 동했다. 사실 화요는 한두 번 마신 일이 있었는데 그때가 이미 삼차쯤 됐던 터라 기억이 또렷하지 않았다. 다시 생각해보니 화요가 아니라 일품진로였던 것 같기도 했다. 나는 휴대폰 메모장에 증류식 소주의 이름을 적어두었다.

그러는 동안 배짱은 참이슬 같은 희석식 소주에도 나름의 매력이 있는지 없는지에 대한 화제로 이야기를 계속 이어가고 있었다. 나도 끼어들자 찬반이 2 대 2로 나누어졌지만 언쟁이라기보다는 자신의 호불호와 애정을 밝히는 것에 가까웠다.

실제로 두 볼이 발그레해진 오렌지 입술의 여자가 "그래도 저는 좋아요, 참이슬은 참이슬대로" 하는 사랑 고백을 끝으로 그 커플이 삼겹살에 소주를 마시러 가겠다며 일어나는 통에 화제는 일단락되었다. 나는 하던 이야기를 복기하며 배짱에게 원래의 질문을 다시 물었다.

"그럼 그날도 뭔가 들었다는 거죠? 사장님 얘기를요?"

"사장님 얘기는 아니고, 서빙하는 분이 사랑싸움하는 소리가 들렸어요."

나와 함께 산골집에 갔던 그날, 배짱은 꽤 시끌시끌했던 실내에서 사장님의 따님이 혼자 온 손님과 투닥거리는 이야기를 들었다고 했다. 두 사람은 결코 목소리를 높이지 않았지만 배짱은 그들이 원거리 연애 중임을 알 수 있었다. 사장님의 따님은 재수 학원과 뮤지컬 학원, 가게 일에까지 시간이 매여 있었고, 상대는 사장님의 따님에게 자기 집에 들어와서 함께 지내자고 졸랐다. 그녀는 지금처럼 지내는 건 더 이상 못하겠으니 앞으로 열흘간 생각할 시간을 주겠다고 최후통첩처럼 말하더라고 했다.

사장님의 따님은 원거리 연애가 힘든 건 나 또한 마찬가지지만 엄마 때문에 근시일 내에 이사하는 것은 쉽지 않다고 항변했다. 하지만 말로만 사정이 여의치 않음을 어필할 뿐 실제로는 당장 내일이라도 짐을 싸서 들어갈 것 같은 목소리였다고 배짱은 전했다. 그들의 대화를 듣고서는 분명 열흘 안에 일손이 부족해질 테니 그전에 연락이 올 것이라고 예상했다는 것이다.

"근데 그때 혼자 온 손님 여자 아니었어요?"

내가 기억을 더듬으며 묻자 배짱이 "그래서 제가 인간상열지사라고 했잖아요"라고 답하고는 내 어깨를 톡 건드리며 웃었다.

그날 밤에 나는 배짱이 일주일 뒤인 일요일 오후로 약속을 다시 잡아서 승훈과 셋이 술을 마시자는 말에 고개를 끄덕였다. 그런데 어째서인지 그날 또 무슨 일이 생길 것만 같은 예감이 들었다. 만약 배짱이 지닌 육감이 살아 움직이는 존재라면 그녀의 품속에서 내 쪽으로 옮아오기라도 한 것 같았다. 왜인지 설명할 수 없지만 뭔가 또 벌어질 것 같은 찝찝한 느낌은 그만큼이나 강렬했다.

불길한 예감이 구체화된 것은 약속을 하루 남긴 토요일 밤이었다. 오랜만에 엄마에게서 연락이 온 것이다. 엄마는 꼭 할 말이 있으니 내일 시간을 내달라고 힘주어 말했다. 시간을 내라는 게 아니라 내달라는 말이 불길하게 들렸다. 나는 엄마와 서울역에서 만나기로 하고 통화를 마쳤다.

"작은엄마 서울 오신대?"

식탁 앞에 앉아서 두 뺨은 되는 영수증을 들여다보고 있던 언니가 물었다.

"응. 엄마한테 무슨 일 있는 건 아니겠지?"

"무슨 일 있을 게 뭐가 있다고."

언니는 그렇게 말했지만 석연치 않은 표정까지 숨기지는 못했다. 나는 식탁 위에 놓인 봉지 안을 흘긋거렸다. 그 안에는 마스크팩과 제모 스트립, 발포 비타민 등등 얼핏 봐도 몇 만 원어치는 되는 생활 용품이 담겨 있었다.

"한창 인형 뽑더니 다시 올리브영 털이로 돌아왔어? 언니 이러다 나중에 올리브영 들어가서 살겠다."

내 말에 언니는 억울하다는 얼굴을 하더니 "아니야, 나 오늘 롭스

갔었어"라고 말하고는 됐다는데도 굳이 새로 산 수면팩을 손수 내 얼굴에 발라주었다. 수면팩은 보기보다 끈적거렸으므로 나는 똑바로 누운 상태에서 휴대폰을 얼굴 위로 들어 배짱에게 이번에는 내가 약속을 취소하게 되었다고 사과하는 연락을 넣었다.

이튿날 나는 시간에 딱 맞춰 약속장소에 도착했고 엄마를 발견하자마자 나쁜 소식을 들을 일은 없을 것이라 안도할 수 있었다. 여름 정장을 갖춰 입고 미용실에서 머리를 한 모습이 영락없이 결혼식에 다녀온 모습이기 때문이었다. 엄마, 하고 부르자 엄마는 얼른 오라는 듯 오른손을 몇 번이나 까딱거렸다.

"너 왜 이렇게 늦게 와. 밥은 먹었고? 엄만 배 안 고프니까 어디 좀 시원한 데 들어가자. 앞장서 얼른."

엄마는 그렇게 말해놓고 자신이 앞서 걸었다.

"못 말려 정말. 그럼 더 일찍 나오라고 하든가. 약속시간 딱 맞춰 나왔구만."

엄마는 내 말에 대꾸도 없이 성큼성큼 카페 안으로 들어갔다. 저토록 성격이 급하니 초가을에 여름 정장을 입고서도 더위를 타지. 나는 속으로 쯧쯧 혀를 찼다가 마음을 고쳐먹었다. 그렇게 성격이 급한 엄마가 여태 선 보라는 말 한마디 하지 않고, 앞으로의 계획 한 번 닦달하여 묻지 않은 게 어딘가 하고 말이다.

물론 그런 감사한 무관심이 엄마의 마음속에서 자연스레 피어난 것은 아니었다. 맞벌이하는 오빠네 부부에게서 쌍둥이가 태어나고 손주들 육아를 돕게 되면서 엄마의 주파수가 나에게까지 미치지 않게 된 것뿐이다. 그것만으로도 감사한 일이라는 것만은 확실했다.

벌이가 좀 나아지면 쌍둥이들 장난감이라도 하나씩 사줘야겠다고 마음먹으며 엄마에게 레모네이드를 건넸다. 엄마는 꿀꺽거리며 음료수를 마시고는 너무 달아 못쓰겠다면서 미간을 찌푸리더니 대뜸 내게 물었다.

"너, 선 안 볼래? 아빠가 가서 물어보래드라."

"아 진짜 뭐야."

조금 전까지 감사의 마음을 지녔건만, 김이 샜다.

"안 봬."

"그래 뭐 함흥차사도 제 싫다면 그만이지."

"뭐라고?"

"뭐가 뭐야? 평안감사도 제 싫으면 그만이라고. 그래 뭐. 그건 됐고 그럼."

"엄마, 설마 선보라는 말 한마디 하려고 보자고 한 건 아니지?"

"그건 니네 아빠 용건이고. 내 용건은 따로 있어."

엄마가 어깨를 으쓱거리더니 휴대폰을 들어 뭔가를 찾다가 포기한 듯 테이블 위로 탁 내려놓았다.

"못 찾겠다. 니네 오빠한테 연락 넣으라고 할 테니까 암튼 가서 건강검진 받아. 신청은 벌써 해놨어."

어쩐지 예감이 좋지 않더라니. 사람 마음이 이토록 간사해서 지금이라도 고를 수 있다면 차라리 선을 보는 게 낫겠다 싶었다.

"신청을 해놓다니?"

"신청이 신청이지 뭐야. 돈까지 다 냈다고. 오빠네 회사에서 하는 거 말이야. 그거 추가금 내면 네 것도 좀 싸게 신청할 수가 있다잖

아. 당연히 해야지 그럼. 너도 이제 서른 넘었잖아."

그런가? 서른이 넘으면 건강검진을 받는 게 당연한 건가? 한숨이 절로 나왔다. 한 번도 관심을 둔 적이 없었던 일이라 검사를 전부 받는 데 몇 시간이 걸릴지, 어떤 검사들을 받는지, 아픈 것은 없는지 짐작조차 가지 않았다.

문득 초조한 기분이 들어 술이나 한잔했으면 싶었다. 다행히 엄마가 예매한 차 시간까지는 두 시간 정도 여유가 있었으므로 좀 이르지만 저녁을 사드리겠다며 가까운 한식집으로 엄마를 안내했다. 자리를 잡은 뒤에는 엄마가 재킷에 달고 있는 브로치부터 칭찬했다.

"세영이가 저번에 출장 갔다 오면서 사가지고 온 거야. 걔가 확실히 디자인하는 애라 보는 감각은 괜찮지."

"새언니 센스도 좋고, 엄마가 워낙 화려한 거 소화를 잘하기도 하고." 나는 칭찬을 보탠 뒤에 운을 띄웠다.

"오랜만에 만나서 기분인데, 막걸리 한 병 시킬까?"

"시키든가 그럼."

아마 대뜸 막걸리를 시키자고 했다면 웬 낮술이냐고 타박을 들었을 것이다. 그러나 엄마는 '분위기'나 '기분' 같은 말에 약했다. 나는 얼른 막걸리를 주문했고, 점원은 윗물이 섞이지 않도록 테이블 위에 가만히 막걸리 병을 내려놓았다.

"엄마, 내가 배운 게 있는데 막걸리를 마실 때 말이야 위쪽에……"

그러나 엄마 손이 더 빨랐다. 엄마는 막걸리를 위아래로 흔든 뒤에 잔을 달라는 듯 손을 내밀었다. 어찌나 성격이 급하신지, 헛웃음이 나왔다.

"얘는 왜 밥상을 앞에 두고 웃고만 있어. 짠 하고 얼른얼른 먹어."

우리 가게만큼은 못하지만 막걸리는 시원하고 개운했다. 뿐만 아니라 낮술이란 본래 어디에서 마셔도, 단 한 잔을 마셔도 특별한 만족감을 주는 존재였다. 엄마는 인상을 약간 찌푸리며 잔을 비우더니 "아니 근데 너 일하는 데는 식당이라고? 술집이라고?" 하고 물었다. 이미 알고 있는 것을 재확인하려는 듯한 어투였다.

"한식집."

"그래, 너도 서른 넘어서 일하는데 어련히 다 계산을 하고 골랐겠지. 거기서 뭔가 제대로 배울 건 있는 거지?"

내가 서른이 넘었다는 말이 그새 두 번이나 나왔다. 따지자면 사실 생물학적인 나이는 스물아홉인데, 하고 생각하며 나는 고개를 끄덕였다.

"당연하지. 배울 거 많아."

"그럼 다행이네."

뭔가 질문이 더 들어올 것 같았고 그렇게 길게 고할 것까지는 아직 없어서 나는 식사는 입에 맞느냐고 말을 돌렸다.

"맛있지. 밥은 남이 해주는 밥이 제일이야. 그러니까 너도 오너 셰픈가 뭔가 될 때까지 열심히 해봐. 요새 또 그런 게 잘나간다며. TV에도 많이 나오잖아."

엄마는 그렇게 말하고 내 잔을 채워주었다. 내가 따르겠다고 막걸리 병을 건네받으려는데도 "어여 먹기나 해"라고 말할 뿐이었다.

밥값은 엄마가 냈다. 내가 지갑을 꺼내는 손을 엄마는 한사코 밀어냈다.

"니네 오빠가 건강검진 그거 추가금 낸다고 이십 얼마 썼대니까 여유 있을 때 한 십만 원이라도 부치든가."

하긴 그러는 게 도리일 터였다. 나는 엄마를 배웅한 뒤에 당분간은 술값도 아껴야겠다고 마음먹었다. 돈 때문만이 아니라 그편이 건강검진에도 도움이 될 테니 말이다.

속수무책으로 당했다.

일생 처음 종합검진을 받아본 소감은 그 밖에 다른 말로 표현할 수 없는 것이었다. 그것은 간밤에 느꼈던 초조함과는 차원이 다른 시련이었다.

물론 내시경을 위해 금식을 하는 동안에도 괜한 긴장으로 아무것도 손에 잡히지 않기는 했다. 밤이 깊어도 공복감에 잠이 오지 않아 인터넷을 뒤적여보아도 텍스트가 눈앞을 휙휙 스쳐 지나갔다. '남은 맥주로 수육 만드는 방법'처럼 단순한 내용을 읽는 데도 집중이 되지 않아 결국 창을 닫았다. 평소라면 맥주가 그렇게 남을 일이 있나? 생각하고 말았을 것이다. 그러나 어제는 평소에는 하지 않았을 법한 생각이 꼬리에 꼬리를 물었다.

먼저 떠오른 것은 요새 젊은층에서도 통풍이 많이 발생한다는 이야기였다. 그러고 보니 언니 친구 중에도 통풍 환자가 한 명 있다고 했는데, 통풍 발병에 '치맥'을 즐기는 영향을 무시하지 못한다던데, 꼭 치킨에 맥주를 마시는 건 아니지만 나도 맥주를 달고 사는데 혹시? 하는 흐름이었다. 그렇다고 이상 소견을 들을까봐 겁이 난다거나, 앞으로 술을 줄이고 규칙적으로 운동을 해야겠다고 다짐을 하게 되었느냐 하면 그것은 아니었다. 그저 빨리 모든 검사를 끝내고 개운한 마음으로 술잔을 쥐고 싶었다.

하지만 막상 모든 검사를 마친 뒤에도 나는 개운하기보다는 얼떨 떨했다. 식권을 받아 빈속에 죽을 반 그릇쯤 밀어넣은 뒤에도 여전 히 멍했다. 검사는 잘 받았느냐는 배짱의 연락을 받고 나는 곧장 그 녀의 집으로 향했다. 배짱의 얼굴을 보자 절로 앓는 소리가 나왔다.

"배짱, 나 좀 누워도 되죠?"

나는 신발을 벗자마자 방바닥에 늘어졌다가 배짱의 손에 이끌려 양말만 겨우 벗고 그녀의 침대 위에 누웠다.

"괜찮아요? 내시경 받고 마취가 아직 다 안 깬 거 아니에요?"

"그것도 좀 있는데, 가슴이 아파요."

"가슴이요?"

배짱이 고개를 갸웃했다. 겪어본 적이 없다면 의아하기도 할 것이 다. 나도 지금껏 삼십 년쯤 살면서 비유적으로가 아니라 실제로, 물 리적으로 가슴이 아픈 경험은 처음이었다. 이제껏 겪어보지 못한 종 류의 압도적인 긴장감과 통증이라니! 다시 생각해도 기가 질렸다.

"유방 X선 검사 대기 타고 있는데 검사실 안에서 으아악! 하고 비 명이 들리더라고요."

"아, 그거 그거죠? 기계로 위아래를 눌러서 검사하는 거! 최악이 라던데."

"맞아요. 그거! 지금도 가슴이 욱신욱신거린다니까요."

배짱은 내 얘기를 들으니 중3 때 생각이 난다고 했다. 중3 때 배 짱의 반을 맡았던 담임은 육사 출신의 혈기왕성한 삼십대 도덕 선

155

생님이었는데 시험을 치르고 나서 반 평균이 지난번보다 떨어지면 종례 시간에 반 전체를 책상 위에서 무릎 꿇린 뒤에 발바닥을 때렸다고 했다. 배짱은 지금도 맨 처음 그 벌을 받았을 때를 생생하게 기억한다. 하필 사분단의 중간 자리였으므로 수십 명이 발바닥을 맞는 모습을 바라보며 배짱은 극한의 공포에 짓눌렸다.

"겁먹었던 거에 비하면 생각보다는 안 아팠는데 기분이 너무 나쁜 거예요. 그땐 내가 뭐, 힐을 신어볼 일도 없었고 발바닥이란 데는 평소에 아플 일도 잘 없잖아요. 근데 거기가 아프니까 어찌할 바를 모르겠더라고요. 아 진짜 담임 새끼, 요즘 같으면 그런 건 상상도 못할 일인데."

잔뜩 얼굴을 찌푸리며 배짱이 말했다. 같은 반 학생이 맞는 모습을 지켜보며 매타작 순서를 기다리는 것은 내가 검사실 앞에서 느꼈던 공포를 웃돌지도 모르겠다. 그러나 너무 겁을 먹어서 실제의 아픔이 예상보다 덜했던 배짱과 달리 나는 실제 검사가 훨씬 더 강렬했다.

어둑어둑한 검사실 안에 들어간 나는 친절한 음성으로 안내하는 의사의 말대로 가운의 앞섶을 열고 검사대 앞에 섰다. 상체와 얼굴을 기계 앞에 맞춰 대고 이제부터 기계가 작동하는 것인가, 하고 심호흡을 하는데 의사의 손이 불쑥 겨드랑이 안쪽으로 들어왔다. 그녀는 가슴으로 분류할 수 있는 살은 한 점도 놓치지 않으려는 듯 신속하고도 결단력 있는 손놀림으로 겨드랑이 안쪽 살을 훑어 세팅을 마친 뒤에 여전히 친절한 음성으로 "다소간 통증이 있을 수 있습니다"라고 말했다.

일반적으로 의료진이 먼저 그렇게 말하는 경우는 언제나 예상보다 몇 배는 아프다. 그런데 이번 경우에는 몇 배, 혹은 몇십 배라고 말할 만한 정도의 고통이 아니었다. 굳이 셈해보자면 '다소간의 통증'이라는 말로 내가 예상한 고통의 천 배쯤 될까.

샅샅이 끌어모은 가슴살을 사이에 두고 사선으로 기울어진 편편한 기계면이 동시에 압력을 가해왔는데 그 힘이 믿을 수 없는 수준이었다. 나는 몇 초 만에 이렇게까지 눌러도 되나? 하고 의아해했다가 앞사람처럼 절로 악! 하는 비명을 지르고 있었다. 손으로 감싸지는 정도의 살덩이를 손바닥 두께가 될 때까지 무자비하게 눌러버리니 의식 안쪽에서 대기하고 있던 비명이 순식간에 비어져나왔다. 중세의 고문이 이랬을까. 몸뿐 아니라 머릿속까지 얼얼했다.

다른 한쪽 가슴까지 검사를 마치고 난 뒤에는 가운을 제대로 여미지도 않고 나가려 해서 의사가 다시 불러 세우기까지 했다. 백골이 진토 될 일은 없었으나 그야말로 '넋이라도 있고 없고' 상태였던 것이다.

한 가지 다행인 점은 자궁암 검사가 그다음 순서였다는 것이었다. 평소 같았으면 긴장하지 말라는 말에도 나도 모르게 하반신에 힘이 들어갔을 텐데 처음으로 멍한 상태에서 힘을 빼라는 주의를 듣지 않고 검사를 마칠 수 있었다.

하지만 이십 분 뒤에 수면 내시경을 끝내고 마취 상태에 깨어나자 이번에는 머릿속은 묘하게 부연 기운이 차 있는데 발밑은 헛헛한 듯 가벼운 느낌이 들었다. 그 역시 처음으로 느껴보는 감각이었다. 그런 와중에도 발을 헛디뎌 넘어졌을 때 지면에 부딪힌 곳이 욱신

거리듯 가슴 전반이 욱신거렸다.

"종합 검진을 받기 전이랑 후로 인생이 나뉠 거 같아요."

내가 말하자 얼굴에 선크림을 바르던 배짱이 "그 정도예요?"라고 물으며 뒤돌아보았다.

단언컨대 그 정도였다. 이 모든 과정을 미리 알았다면 검진을 그토록 간단히 받아들이지 않았을 것이다. 그런 한편 진단이 이 정도로 혼을 빼놓는 일이라면 만일 어딘가 병이 났을 때 받아야 하는 본격적인 치료는 오죽할까 싶기도 했다. 그래서 앞으로도 검진을 받아들일 수밖에 없으리라고 체념하게 되었다. 마치 종교적 체험이라도 치른 사람인 양, 술친구의 침대 위에 널브러져 두 손을 가슴에 모은 채로 현대 의학의 빅픽처에 마음 깊은 곳에서부터 탄복했다.

"그래요, 우리도 이제 건강 챙겨요."

배짱이 그렇게 말하며 종합 비타민을 삼켰다.

"참, 방학 때 전주 갔다가 한옥마을 근처에 있는 양조장에 갔거든요. 오늘 거기서 사온 술 좀 까볼까 하는데 어때요?"

"가시죠!" 비록 기력 없는 목소리였지만 냉큼 대답했다.

"그럼 나 수업하고 올 동안 한숨 자고 있어요."

상냥한 배짱은 집을 나서기 전에 커튼을 쳐서 오후 햇살을 가려주었다. 방 안에 홀로 남자 가까이에서는 냉장고의 소음이, 저 멀리서부터는 땅을 다지는 듯한 공사 소음이 끊어질 듯 이어지며 들렸다. 낮잠 자긴 틀렸다는 생각에 한숨이 나왔지만 일단 잠이 들자 나는 세 시간 반 뒤에 배짱이 돌아오기 전까지 한 번도 깨지 않고 숙면을 취할 수 있었다.

살그머니 집으로 돌아온 배짱은 가방을 바닥에 툭 하고 떨구어 놓는 듯한 모양새로 방바닥에 자기 몸을 내려놓았다. 나는 눈을 떴지만 벌떡 일어날 기운은 없어서 눈만 깜빡거리고 있었다. 침대 매트리스에 기댄 채 두 다리를 쭉 뻗고 앉은 그녀가 심호흡을 하듯 한숨을 쉬었다.

"괜찮아요? 엄청 피곤한가보다."

내 말에 배짱은 "깼어요?" 하고 돌아보더니 "그러게요. 이 집 어머니는 면담을 했다 하면 한 시간씩 온 집안 하소연을 하면서 놔주질 않는 바람에요……"라며 두통약을 먹었다. 그리고 배가 고프다며 냉동실에서 얼려둔 닭죽을 꺼내 전자레인지에 돌렸다. 전자레인지가 제 할 일을 마친 뒤 삑삑거리는 소리를 내자 나도 침대에서 몸을 일으켰다. 막상 일어나자 개운하게 잘 잤다는 생각이 들었다. 주인 없는 집에서 몇 시간이나 맘 편히 낮잠을 잘 수 있다니 얼마나 감사한 술친구인가 싶어서 나는 다시 한번 배짱에게 멀리 이사 가면 안 된다고 다짐을 받았다.

"그럼요. 과외 하는 애들을 전부 다시 구할 게 아니라면 멀리 갈래도 못 가요."

배짱은 속 깊은 곳에서부터 끓어오르는 지겨움을 떨쳐내려는 듯 일부러 씩씩한 얼굴을 하고 배가 고프다고 말했다.

"일단 죽으로 속 좀 달래놓고 그다음에 전주에서 사온 술에다가 한잔해요."

닭죽은 변함없이 싱거운 듯 담백했다. 얼린 밥도 아니고 닭죽이 항상 냉장고에 있다니 좀 신기하기도 했다.

"갈 때 좀 가져갈래요? 아직도 냉동실 반이 닭죽이에요."

내가 설마, 하고 말하자 배짱은 후다닥 일어나서 냉동실 문을 열어 보였다. 얼음을 보관하는 통을 제외하면 냉동실 이 층은 닭죽을 얼려둔 밀폐용기와 비닐팩으로 가득 차 있었다.

"손이 크다고 할 때 그 '큰 손'이 사람으로 태어나면 우리 엄마거든요. 근데 제가 겁대가리 없이, 닭죽이 먹고 싶다고 말해버린 바람에 집에서 최강의 택배가 배달된 거죠."

배짱은 식탁을 치우면서 초등학교 시절에 친구네 집에 처음 놀러 갔을 때 받은 문화 충격에 대해서 말했다. 배짱이 "왜 국 냄비에 빨래를 삶아?" 하고 질문하자 친구는 "이거 원래 빨래 솥인데, 너네 집은 국을 그렇게 많이 끓여?" 하고 되물었다. 어린 배짱은 기가 막혔다고 했다.

"난 그때까지만 해도 원래 너무 많아서 질리는 게 국의 본질 같은 건 줄 알았던 거예요. 진짜로요. 그래서 사람들이 국만 가지고는 지겨워서 못 사니까 찌개라는 것도 있는 줄 알았거든요. 그래서 지금도 제가 국물 안주는 잘 안 시키잖아요."

듣고 보니 그랬다. 그럼 오늘은 국물 요리가 아닌 어떤 안주를 해먹을 생각인가 물었더니 배짱의 얼굴에는 순식간에 낭패의 기색이 어렸다. 새 술을 개봉할 생각만 하고 안주에 대한 계획은 세우지 못했음이 분명했다. 게다가 일주일 전에 장을 본 바람에 집에 쓸 만한 식재료도 별로 없다고 했다. 그녀의 말대로 냉장실에는 장류와 김치를 빼면 두부 한 모와 계란, 파, 마늘만 있을 뿐이었다. 냉동실에는 닭죽과 함께 본가에서 조달된 구이용 생선들이 보였다.

"라면은 있는데……." 배짱이 기어들어가는 목소리로 말했다.

"국물 안주 별로라면서요. 그리고 그 술을 라면에 먹긴 아깝죠."

"그럼 지금이라도 편의점 갔다 올까요?"

"덕분에 낮잠도 잤겠다 내가 만들게요."

나는 냉동실을 꼼꼼하게 뒤졌다.

"여기 가자미도 한 마리 있네요? 크기도 크고. 이거 구워서 먹어요. 밀가루 있어요?"

배짱은 고개를 저었다. 그러고 나서 싱크대 안쪽을 뒤지더니 구석에서 빵가루를 찾아냈다. 그거면 충분했다.

꽁꽁 언 가자미를 전자레인지에 1차로 해동시키는 동안 나는 두부를 두껍게 썰어서 굽고 양념간장을 만들었다. 가자미는 앞뒤로 빵가루를 입혀서 기름을 넉넉히 두른 팬에 올렸다. 생선 위로 소금은 살짝, 후추는 넉넉히 뿌렸으며 프라이팬 구석에 통마늘도 얹어 함께 구웠다.

기대에 가득 찬 얼굴로 배짱이 내온 술은 짧은 방학 동안 전주로 당일치기 여행을 떠났던 그녀의 아쉬움과 기대를 한 몸에 담은 것이었다. 아쉬움이라 함은 전주에서 막걸리 한 주전자를 주문하면 각종 안주가 알아서 딸려나오는 '막걸리 한 상'을 원했으나 일행 없이 혼자 주문하기에는 벅차서 도전하지 못했던 데 있었다. 그렇게 터덜터덜 발걸음을 옮기는데 눈앞에 운명처럼 한옥마을 양조장이 보이더라고 했다. 홀린 듯 실내로 들어간 배짱은 그곳에서 탁주와 청주를 시음 한뒤 500mL의 청주 한 병을 골라왔다.

한 뼘 반쯤 되는 길이의 투명한 병에 담긴 술은 은은한 산수유

빛을 띠고 있었다. 나무살 위에 한지를 바른 문을 그려놓은 듯한 깔끔한 라벨에는 '술시'라는 브랜드명과 함께 15도라는 표기가 보였다. 배짱은 병 뒤편의 원재료 부분을 읽으며 쌀, 찹쌀, 누룩, 물로만 만든 술이라고 말했다. 첨가물 없이 지은 술이니 위스키로 치면 싱글몰트와 같은 존재구나 싶어서, 세상은 넓고 앞으로 맛볼 술 또한 무궁하다는 점에서 나는 황송했다.

"그럼 우리 꿀꺽꿀꺽 마시지 말고 오랜만에 음미라는 걸 해봅시다." 내가 말하자 배짱은 고개를 끄덕이며 "그래요. 천천히 둘이 딱 이거 한 병만 채우고 정리해요. 밤에 작업할 것도 있고" 하며 동의했다.

빵가루를 입힌 표면이 노릇하게 익은 가자미를 가져왔지만 우리는 우선 술맛부터 보기로 했다. 천천히 한 모금을 넘기자 잘 익은 멜론이나 바나나 같은 과실을 연상시키는 풍부한 단맛과 무겁지 않은 감칠맛이 느껴졌다. 밀도 있는 질감에 13~14도가 대부분인 시중의 사케에 비하면 도수도 다소 높은 편이었지만 목 넘김은 매끄러웠다. 당연한 결과겠지만 입안에 남는 감미료의 기운도 없었다.

"전통주도 괜찮은데요."

배짱이 벙긋 웃으며 말했다.

우리는 사대부가 된 양 팔꿈치까지 들어올린 각도도 한껏 폼을 내며 잔을 채우고, 술잔을 내려놓을 때도 절도 있게 탁, 하는 소리를 냈다.

바삭하게 익은 가자미 껍질과 함께 한 모금, 뽀얗고 담백한 생선살과 한 모금, 도톰한 두부 위에 양념장을 끼얹어 또 한 모금을 들이켰다. 잔은 2/3쯤 채우고 두 번에 걸쳐서 비웠다. 의식적으로 천천히 술맛을 보는 일도 나름의 멋이 있는 것 같다고 배짱은 말했다.

다만 한 가지 아쉬운 게 있다면, 먼저 위장을 달래놓은 뒤에 독하지 않은 술을 안주와 함께 천천히 즐겼더니 한 병을 다 비운 뒤에도 취기가 돌지 않는다는 점이었다.

"어쨌든 오늘은 이거 한 병만 마시기로 했으니까요. 저도 밤에 또 작업할 게 있고, 주희 씨도 내시경한 속에 더 마시면 좋을 거 없지 않겠어요?"

"사대부 놀이를 너무 오래 했나봐요. 배짱이 이렇게 절도 있어지다니."

"아니 그보다는 뭘 더 먹으려고 해도 없어요. 아까 보셨다시피 냉장고가 텅텅 비었잖아요."

배짱은 미련을 떨치려는 듯 신속하게 식탁 위를 정리했다. 그만 물러날 수밖에 없었다.

아쉬워, 아쉬워 되뇌며 집에 돌아와 씻고 나왔더니 집에 대장부 한 병이 더 있었는데 깜빡했다며 안타까워하는 배짱의 메시지가 와 있었다. 그래서 증류식 소주도 오늘처럼 느긋하게 마셔보자며 우리는 또 한 번 약속을 잡았다.

낮잠도 실컷 잤겠다, 문득 우리 집 냉동실에는 어떤 식재료가 방치되어 있는지 궁금했다. 그리하여 냉동실에 무성의하게 쌓여 있는 검은 비닐봉지의 내용물을 살피다 보니 냉동실 정리를 하지 않을 수 없겠다는 결론에 이르렀다. 해서 본격적으로 고무장갑을 끼자마자 전화가 걸려왔다.

"언니 나 지금 바빠. 아, 검진은 잘 받았고."

"진짜? 바빠? 나오면 안 돼? 합정까지만."

"많이 바빠, 많이. 지금 부엌 폭탄 맞았어. 한 시간은 치워야 돼."

"주희야 그러지 말고 나와라."

언니가 콧소리를 냈다.

"누가 술도 주고 밥도 준대. 엄청 차려놨대. 나 혼자 다 못 먹어."

"하려면 한 시간 전에 말하지. 됐어. 어차피 나가도 언니는 안 마실 거잖아. 그럼 또 언니가 좋아하는 남자랑 나랑 둘이 어색하게 대작하라고? 아니, 언니 그보다 냉동실에 있는 동그랑땡 삼 년 된 거 알아? 닭발 먹다 남은 건 뭐하러 냉동실에……."

그때 언니가 내 말을 자르듯 한숨을 쉬었다. "내 생일이라고 뭘 많이 차리고 그랬대. 그러니까 좀 같이 가자, 쫌."

"알았어! 바로 옷 입을게 언니!"

아직 꽝꽝 얼어 있는 식재료들을 도로 냉동실에 쑤셔넣고 나는 정신없이 집을 나섰다. 이십대 중후반을 넘기면서 생일에 의미를 두는 사람이 줄어들고 삼십대에 접어들면 그보다 더 드물어지겠지만 언니는 그렇지 않았다. 특별하게 노는 일의 건수가 곧 삶의 활력인 언니에게 있어 생일이란 이벤트는 몇 살이 돼도 유효할 터였다. 그런데 나는 현재 언니의 집에 얹혀살고 있는 주제에 며칠 전부터 언니가 "그날 검진 끝나면 우리 회사 앞으로 올래? 나랑 어디 좋은 데 가자" 하는 말을 듣고서도 "봐서"라고 대충 대답만 하고 여태 메시지 하나 보내지 않고 있었던 것이다. 안 취해서 그나마 다행이었다. 바삐 걷다가 이윽고 나는 뛰기 시작했다.

미스터 썸머는 언니의 생일이 마침 가게 휴일인 월요일과 겹친 김에 '생일상'이라는 형태로 생색을 좀 낸 것뿐이라고 말했다. 그 말에 깃든 것이 겸손인지 허세인지는 아리송했지만 그가 차린 생일상에 성의가 듬뿍 담긴 것만은 분명해 보였다.

테이블 위에 있는 것 중 통상적인 생일 음식이라고 할 수 있는 메뉴는 미역국 한 가지뿐이었다. 대신 나머지는 언니의 취향을 맞춘 것으로 채워져 있었다. 언니가 좋아하는 부드러운 일식 계란찜은 작심하고 크게 만든 듯 면기로 쓰일 법한 사기그릇에 담겨 있었다. 세 가지 종류의 카나페는 알록달록한 색감이 보기 좋았다. 해산물 샐러드처럼 보이는 것은 연어와 광어를 주재료로 만든 세비체라고 했다.

"이게 세비체구나. 나 이거 한번 먹어보고 싶었는데."

"그래, 네가 전에 몇 번 얘기했었잖아."

미스터 썸머가 대답했다.

"네가 합정에 그 남미 음식하는 레스토랑 한번 가자고 그랬는데 내가 시간을 못 맞춘 게 미안해서."

"맞아. 얼마 전에 봤더니 거기도 없어졌더라. 우리 전에 가끔 가던 상수에 있던 레스토랑 기억나? 피클이랑 베이컨 같은 거 다 직접 만들고 그러던 데. 거기도 망했나보더라고."

언니가 살짝 가라앉은 어투로 말하자 미스터 썸머가 "괜찮은 데다 말만 하고 너무 가끔 간 거지. 그런 의미에서 너도 우리 가게 좀 자주 와!" 하고 호방하게 대꾸했다. 그러자 언니는 고개를 끄덕이며 세비체를 기억해준 것에 대해 감사를 표했다.

미스터 썸머한테 그렇게 자상한 면이 있었나? 하고 다시 보게 된

바로 그 순간을 놓치지 않고 세비체에 대한 상식을 줄줄 읊는 모습에 다시 성가시긴 했지만, 생일을 까맣게 잊고 있던 나는 잠자코 칭찬하며 장단을 맞출 뿐이었다.

깜빡 잊은 게 있다는 듯 미스터 썸머가 부산스레 주방으로 들어갔고 나는 그가 케이크를 가져오려는 것이려니 하고 짐작할 수 있었다. 함께 할 일행이 있는 것도 아니고 케이크까지 혼자 준비하다니, 미스터 썸머에 대해서 내가 너무 부정적으로만 봤는지 다시 한번 헷갈리기 시작했는데 사실 그보다 의아한 것은 언니의 모습이었다. 내가 알고 있는 언니라면 빈 이자카야를 누비며 덩실덩실 어깨춤을 추고 있어야 했다. 그런데 기분이 좋아 보이기는커녕 평소보다도 가라앉은 모습이었던 것이다. 말수도 적었고 표정도 차분하기 짝이 없어서 어딘지 모르게 울적해 보이기까지 했다.

"언니, 오늘 병원에서 무슨 일 있었어?"

내가 묻자 언니는 코끝을 긁적이더니 고개를 저었다.

"그럼 혹시 저 양반이랑 그동안 무슨 일 있었어?"

나는 목소리를 줄여 말했다.

"무슨 일?"

언니가 영문을 모르겠다는 듯 되물었기에 나는 이를테면 술김에 잤는데 막상 그러고 나니 상대가 너무 시원치 않아서 그간의 연정이 단숨에 식었다거나……, 하는 부박한 가정을 입 밖에 낼 수 없었다. 때마침 미스터 썸머가 되돌아왔다. 그는 넓은 트레이에 언니가 가장 좋아하는 레어 치즈 케이크와 세 잔의 칵테일을 가지고 왔다. 피처 잔에 가까운 큼지막한 잔에 담긴 것은 롱아일랜드 아이스티로 나와 그의 것은 진하게, 언니 몫은 무알코올로 만들었다고 그는 설명했다.

미스터 썸머가 생일 축하 노래를 부르려는 듯 타이밍을 엿보기에 나도 손뼉을 치려고 두 손을 들었지만 언니는 생일 축하 노래까지 부를 필요 없다고 무 자르듯 말했다. 김이 샌 분위기 속에 바로 케이크가 잘려나갔고 우리는 술잔을 부딪쳤다. 그의 설명대로 롱티는 꽤 진해서 한 잔을 받아둔 것만으로도 믿음직스러운 기분이 들었다.

"이거 진짜 알코올 안 든 거 맞아? 꼭 술 들어간 맛인데?" 언니가 잔을 든 채로 묻자 미스터 썸머는 "그게 바로 현직 술집 사장의 연금술이지. 실컷 마셔" 하고 자신 있는 얼굴로 답했다.

"오랜만에 한번 물어보자 언니. 술은 왜 안 마시는 거야? 이러고 나중에 건강에 문제가 있었는데 계속 숨겼거나 그런 일 생기면 정말 가만 안 둘 줄 알아."

그러자 언니는 케이크는 역시 치즈 케이크라며 딴청이었다. 미스터 썸머 역시 개인 접시에 세비체를 덜어주며 내 시선을 모른 체했다. 나는 단념하고 그가 만들었다는 세비체를 퍼먹고 롱티를 들이켰다. 미스터 썸머는 얼마든지 더 있으니 실컷 마시라고 우리를 보며 싱긋 웃었다.

배짱네 집에서는 취하지 않았었지만 전작의 여파 탓인지 잔에 든 롱티를 반쯤 마셨을 때 나는 슬슬 취기가 오르고 있음을 느낄 수 있었다. 양볼에 따끈하게 열이 올랐다.

"난 그렇다 치고, 언니는 왜 얼굴이 벌개졌어? 무알코올 마시는 사람이?"

"그치? 거봐. 오빠 좀 이상하다니까. 이거 진짜 무알코올 맞는 거지?"

언니가 재차 확인했는데 얼굴이 붉은 것만이 아니라 목소리까지 한 톤 높아져 있었다.

"글쎄, 내가 만들다가 실수한 게 아니라면, 맞겠지?"

미스터 썸머의 얼굴에는 얄궂은 미소가 떠올라 있었고 언니는 께름칙한 기운을 애써 부정하려는 듯 어색하게 웃으며 "장난하지 말고……"라며 그를 응시하고 있었다. 뭐가 어떻게 되는 건지, 나는 언니의 잔을 들어서 술맛을 보았다.

"내 거랑 똑같은데?"

"뭐라고?" 언니의 목소리가 갈라져 나왔다.

다시 한번 내 잔 속의 롱티와, 언니의 롱티를 한 모금씩 번갈아 마셨다. 완전히 같은 맛이었다. 무알코올로 낼 수 있는 맛의 정도가 있지 잠깐 금주한 거 가지고 이렇게 진한 칵테일을 마시고서도 속은 언니가 더 신기할 지경이었다.

"두 개 비교해서 마셔봐. 똑같아."

내 잔을 언니에게 내밀자 언니는 가만 있어보라는 듯 손을 내저었다. 그리고 미스터 썸머를 노려보며 노기 띤 음성으로 "말해봐" 하고 읊조렸다.

"말해보라고. 여기에 정말 일부러 술 넣었어?"

"우경아 내 말 잘 들어. 이제 우리도 받아들이자. 아무하고도 연락이 안 닿고 이 정도 시간이 지났다는 건 마음의 준비를……."

"필요 없고, 술 넣었는지 아닌지 그것만 말하라고!"

"아예 한국에 없는 게 아니면 이러는 게 가능하겠어? 그러니까 예정이가 벌써 이 세상 사람이 아닐지도 모르는 거야. 아무래도 그럴 가능성이……."

언니는 그의 말이 끝나기도 전에 자리를 박차고 일어났다. 미스터 썸머는 어쩔 도리가 없다는 표정을 짓고 있을 뿐 따라나설 기미가 없었으므로 나는 언니가 빠뜨리고 간 휴대폰을 챙겨서 뒤를 쫓았다.

8

건네지 못한 폭탄주

집으로 돌아온 뒤 내가 샤워를 마치고 나왔을 때까지도 언니는 입을 다물고 있었다. 식탁 앞에 앉은 언니는 눈물이 맺힌 눈가를 만지작거리며 이따금 한숨을 쉬었다.

"언니도 씻을래?"

내가 묻자 언니는 고개를 젓기만 했다.

"그럼 누워. 내일 출근해야 될 거 아니야."

"미안. 기껏 불러내놓고는 갑자기 욱해서."

"나한테 사과할 건 없는데, 나보다는 생일상 차려준 사람한테 미안하다고 연락은 했어?"

언니는 다시 한번 고개를 저었다. 뭐가 어떻게 된 건지 감이 오지 않았다. 그가 말했던 연락이 끊어진 사람 얘기는 뭐냐고 물어보자 언니는 또 한 번 깊은 한숨을 쉬었다.

연락이 끊어진 사람의 이름은 '예정'이며, 미스터 썸머와 같이 독서 모임에서 만난 사람이라고 언니는 이야기를 시작했다. 그녀는 언니가 모임의 구성원들에 익숙해졌을 즈음에, 그와 동시에 그곳에서 미스터 썸머 외에 별로 친해지고 싶은 사람이 없다는 다소 안타까운 결론에 이르렀을 무렵에 모임에 등장했다. 얼마 지나지 않아 언니는 모임에 나가는 일보다 미스터 썸머와 예정, 이렇게 셋이 만나는 일이 더 많아졌다.

언니는 그 당시 있었던 몇 가지 에피소드를 이야기했다. 간단히 요약하면 전형적으로 내가 쟤를 좋아하고, 쟤는 걔를 좋아하는 이야기라고 정리할 수 있을 것이다. 언니는 미스터 썸머에게 호감을 가지고 있었지만 미스터 썸머는 예정에게 작업을 걸고 싶어 했다. 물론 미스터 썸머에 대한 언니의 감정은 그때나 지금이나, 시들지 않지만 활짝 꽃피지도 않는 관상적 애호이자 습관적인 짝사랑에 그치는 수준이었다. 미스터 썸머의 경우에도 예정에게 절절한 감정을 품고 있었다기보다는 앳되고 예뻐서 찔러 보는 정도였던 모양이었다.

"두 사람은 그렇다 치고 예정이라는 사람도 감정이 있을 거 아냐. 그냥 부르면 나왔어?"

"응. 가까이 살기도 했고, 워낙 외로워했거든. 걔가 대학 때부터 쭉 같이 살고 의지했던 게 룸메이트였는데, 룸메가 작년에 결혼하고 바로 애가 생겨서 잘 못 만난대. 본가는 마산이라 워낙 멀고, 외로울 법하지. 그리고……."

"그리고?"

"내가 뭔 말만 하면 그렇게 재밌대."

"진짜? 언니가?"

내가 놀라움을 숨기지 못하고 묻자 언니는 "왜? 예정이는 좀 취하면 내가 뭔 말만 해도 빵빵 터졌어"라며 기가 막힌다는 투로 말했다.

그저 쉬이 웃는 타입이려니 하는 선에서 정리하고 다시금 이야기를 종용했다. 언니는 답답하다는 듯 아래턱을 내밀었지만 이윽고 말을 이었다.

세 사람이 본격적으로 자주 만나게 된 것은 미스터 썸머가 이자카야를 오픈한 뒤였다. 언니는 가게 마감을 앞두고 그를 기다리면서 가볍게 한잔하다가 그가 일을 모두 마치고 나면 함께 2차 가는 것을 좋아했다. 하지만 일이 좋았지만 마감 시간을 향해 가는 한산한 이자카야에서 혼자 미스터 썸머를 기다리는 것은 민망하다 못해 처량한 일이었다. 그래서 회를 쏠 테니 나오라거나, 닭꼬치에 한잔하자는 식으로 예정에게 자주 연락을 넣었다.

예정은 항상 언니의 연락을 반가워했다. 야근 중에 급작스러운 연락을 받으면 한시라도 빨리 사무실에서 탈출하기 위해 저녁을 건너뛴 채 일했다. 그리고 나서 나타났을 때는 당이 떨어져 힘이 없다며 물잔을 쥔 손을 후들후들 떨었다. 또한 예정은 미스터 썸머가 슬그머니 그녀에게만 따로 연락해도 늘 언니를 챙겼다.

그러다 보니 셋이 아니라 둘이 만나는 일은 미스터 썸머와 예정이 아니라 외려 언니와 예정 두 사람 사이에 일어나곤 했다. 특히 두 사람은 영화와 공연 취향이 잘 맞았다. 게다가 예정은 등장인물의 의상이나 무대 장치 등의 미장센에 담긴 의미를 예민하게 포착하는 편이어서 언니는 함께 관람한 후에 예정과 감상을 나누는 시간이 무척이나 즐거웠다고 했다.

"그게 언제였더라, 아무튼 한번은" 하고 언니는 빨갛게 충혈된 눈을 깜박였다.

"대학로에서 세 시쯤 하는 연극을 보기로 했는데 생각해보니까 내가 그날 오전에 일 좀 보고 거기 가자니 시간이 한 시간쯤 뜨는 거야. 그래서 예정이한테 저녁 여덟 시 거 보면 안 되겠냐고 했더니 그러자고 하더라고."

공연을 보고 늦은 저녁을 먹으면서 언니는 한 가지 사실을 알게 됐다. 언니가 공연 시간대를 갑자기 바꾸는 바람에 일정과 동선이 꼬인 예정이 카페에서 졸다 깨다 하며 두 시간 반이나 기다렸다는 것이었다.

"야! 그럼 그냥 세 시 공연을 보자고 하지. 내가 한 시간 뜬다고 하는 바람에 네가 두 시간 반을 기다렸다는 거잖아!"

언니가 깜짝 놀라 말하자 예정은 "아, 전 그냥 나온 김에 카페놀이나 해야지 그랬는데 있다 보니까 졸려서요. 시간 가는 줄도 몰랐어요" 하고 쑥스러운 듯 얼버무리며 웃었다. 그때 언니는 자기도 모르게 "아이고" 하는 소리가 육성으로 나왔다고 한다. 그리고 마음속에 흐릿하게 남아 있던 질투 섞인 감정조차도 말끔히 사라졌음을 느꼈다.

그뿐만이 아니었다. 언니가 한동안 매운 음식에 꽂혀서 국물 닭발과 매운 짬뽕에 탐닉했을 때 예정이 몇 번이나 동행했는데, 후에 알고 보니 그녀는 매운 음식을 잘 먹지 못하는 편이었다. 또한 고깃집에 가면 연기가 심한 자리는 항상 예정의 차지가 되었으며, 함께 기차를 타고 당일치기 여행을 떠났을 때는 창가 쪽 자리를 언니에게 양보하기도 했다. 그렇게 자리를 양보하는 일은 너무 자연스럽게 이루어졌기 때문에 언니는 그런 일이 몇 달쯤 누적된 다음에서야 눈치챌 수 있었다.

거기까지 듣자 나는 예정이라는 사람의 성격이 어떤지 대략 감이 왔다. 거절을 잘 못하고, 착한 여자 콤플렉스가 있는 타입이구나 싶었던 것이다. 슬슬 졸음이 몰려왔지만 언니의 얘기는 끝날 줄 몰랐다. 나는 자리에서 일어나 냉장고 안쪽에 남아 있는 매실주를 꺼내 잔에 반쯤 따르고 얼음을 띄웠다. 혹시 오늘부터 어떠한 국면 전환이 있을까 싶어 언니에게 마시겠느냐고 물어보았으나 언니는 여전히 고개를 가로저었다.

"근데 착한 여자 콤플렉스랑은 좀 달라. 전혀 아니라고는 못해도 달라 진짜."

그러더니 언니는 생각을 정리하려는 듯 미간을 긁적였다.

"착한 여자 콤플렉스는 어떻게 하면 내가 착하고 예쁘게 보일까 하면서 애쓰는 거잖아. 그런데 걔한테는 그냥 자기 마음이 더 편한 게 우선이야. 근데 남이 불편한 거 보다는 자기가 좀 불편한 게 낫대. 그게 오히려 마음이 편하다는 거지."

"그런 사람도 있어?"

"그러니까 말이야. 나도 그게 신기했어."

또다시 일방적으로 배려를 받고 있는 게 아닌지 시시때때로 점검해야 했으므로 귀찮을 때도 있었지만, 그럼에도 언니는 예정의 마음 씀씀이에 항상 감탄했다. 세상에는 티끌만 한 손해에도 목소리를 높이는 사람들이 차고 넘친다. 자신이 손해를 입지 않기 위해서라면 남이 불편해져도 그만이고, 심지어 불행해지는 것에도 무관심한 사람들이 얼마든지 존재한다. 그러나 드물게나마 예정 같은 사람도 있는 것이다. 그렇게 생각하면 언니는 술이 가득 든 술창고를 열어볼 때처럼 마음이 푸근해졌다. 어느새 예정은 언니에게 있어서 미스터 썸머보다 더 중요한 사람이 되었다.

"그런데 왜 연락이 끊어졌는데?"

"나도 확실하게 몰라. 그런 애들이 또 자기 하소연은 잘 안 하잖아. 그런데 마지막으로 봤을 때……."

언니는 물컵을 세게 쥐었다.

"자꾸 자기가 죽으면 어쩌고 그런 얘기를 했거든. 그럴 일 없다는 건 알지만 그래도 너무 신경이 쓰여서……."

언니가 예정을 마지막으로 본 것은 지난해 12월의 어느 날이었다. 예정은 그해 겨울이 시작될 무렵부터 언니의 연락에 답이 없었다. 언니는 무슨 일인지 걱정했다가, 언짢아했다가 하기를 반복하다 예정의 생일 무렵 겨우 연락이 닿자 당장 술자리를 만들었다.

미스터 썸머는 이자카야의 맨 안쪽 자리를 비워두었고 예정이 좋아하는 가라아게와 연어 샐러드를 준비해두었다. 그 자리에 먼저 도착한 것은 예정이었다. 몇 분 지나지 않아 언니도 가게 안으로 들어갔다. 예정의 어깨를 붙잡으며 왁, 하고 놀라게 하자 예정이 한 템포 쉰 듯 잠깐의 시간차를 두고 뒤를 돌아보았다. 멍한 표정이 서서히 풀어지며 가벼운 미소가 번졌다.

언니는 후에 이날을 수도 없이 떠올린 탓에 이제는 당시 예정의 행동이 어색하리만큼 느릿했던 것인지, 실제로는 찰나의 머뭇거림에 불과했는지 확신할 수 없었다. 그러나 언니가 자리에 앉자마자 뒤쪽 테이블에 모인 이들이 동시에 와! 하는 환호성을 내질렀던 것은 분명히 기억했다. 언니는 그쪽으로 눈을 흘긴 뒤 예정에게 오늘 같은 날에는 더 조용하고 분위기 있는 장소를 고를 걸 그랬다고 말했다. 그러자 예정이 괜찮다며 고개를 저었다.

"야, 그건 그렇고, 지옥의 가장 뜨거운 데 가는 게 누군 줄 알아?"

언니가 그렇게 묻자 예정이 "알았는데 잠시만요……" 하고 기억을 더듬었다. 그러자 꼬치구이를 가지고 온 미스터 썸머가 대답을 가로 챘다.

"도덕적 위기의 시대에 중립의 편에 섰던 사람들."

그의 말에 예정도 기억이 난 듯 고개를 끄덕였지만 언니는 고개를 저었다.

"똑바로 알아둬. 지옥의 가장 뜨거운 데는 이유 없이 잠수타고 사람 미치게 하는 인간들 자리로, 좌석 하나하나 다 예약이 돼 있어."

"누가 그래?" 미스터 썸머가 야유했다.

"잠수 이별 당해본 사람이 그런다."

언니는 싱긋 웃고 있는 예정의 어깨를 손바닥으로 툭 쳤다.

"웃지 마, 너도 잠수 이별은 안 당해봤지? 그러니까 잠수 탔지. 잠수라는 게 뭔 줄 알아? 그건 인격 살인이야. 잠수를 타려거든 차라리 그냥 한번 크게 질러. 차라리 니네 둘이 사귀기로 해서 나는 필요 없어졌으니까 꺼지라고 해. 그러면 납득이나 되지."

"어때, 예정이. 콜?"

미스터 썸머가 예정 옆에 바짝 붙어 앉으며 장난스레 묻자 예정이 벽 쪽으로 붙으며 그를 흘겨보았다. 그리고 기어들어가는 목소리로 "언니 미안해요" 하고 말했다.

"미안하다잖아. 어디 영영 숨은 것도 아니고 봐줘."

미스터 썸머는 자리를 옮겨 언니 옆에 앉았다.

"근데, 사실 우경이가 좀 날뛰는 이유가 있긴 해. 애가 전에 큰 병원 다니면서 제일 힘들 때 남친이 갑자기 잠수 타서 헤어졌댄다. 그래서 고향 집까지 찾아가서 니가 어떻게 나한테 이럴 수 있냐고, 막 장처럼 막 그랬나봐. 그러니까 트라우마가 있다고 봐줘야지."

미스터 썸머가 간단히 설명하자 예정이 그러면 학을 뗄 만도 하다고 고개를 끄덕였다.

"그래서 너 그 병원은 한 일 년 더 다니다 때려치웠다고 했지? 그래도 대학병원에서 버티면 복지가 장난 아니라던데 좀만 더 버텨보지. 기껏 들어가서 아깝게."

미스터 썸머가 말했다.

"나 그때 말이 삼교대지 이교대 수준으로 일했거든? 이 년 다닌 것도 죽자고 버틴 거야. 안 해본 사람은 몰라."

"안 힘든 데가 어딨냐?"

"그래도 최소한 다른 덴 다 큰 성인이 손들고 벌서지는 않을 거 아냐."

"손드는 벌을 서요?"

예정이 깜짝 놀라 되물었다.

"응. 거긴 나름 태움은 없는 데였거든. 진짜로. 그래도 한 번씩 실수했다고 혼낼 때 스테이션에서 손들고 서 있게 시키고 그랬어. 환자들 보호자들 왔다 갔다 하는데 진짜 쪽팔려서 골수가 녹을 것 같았다니까. 막 꿈에 나와. 출근 할 때마다 한 열흘만 누워 있게 접촉사고라도 나게 해달라고 기도하면서 다녔어."

"그래도 퇴근을 하니까 출근이란 걸 한 거 아냐."

미스터 썸머가 응수했다.

"난 개발자 시절 소원이 하루에 한 번 퇴근하는 거였는데. 크런치 모드라고 들어는 봤나?"

"오빠처럼 꿈도 뭣도 없는 사람이 그러면서 어떻게 버텼어?"

"나라고 왜 꿈이 없어, 있어."

그 말에는 예정도 관심을 보이며 무엇이냐고 물었다.

"바지사장."

그가 잘라 말했다.

"지금처럼 신경쓰고 진짜로 일하는 사장 말고, 매장에는 가끔 코빼기만 비치는 바지사장 있지? 그거."

언니는 술잔을 들어 그의 얼굴에 뿌리는 시늉을 했다. 그러자 미스터 썸머는 호들갑스럽게 얼굴을 가리는 척하며 카운터로 돌아갔다.

"언닌 그동안 어떻게 지냈어요?"

예정이 물었다.

"양심 없이 내 근황부터 불라고? 나야 뭐 똑같지 뭐. 원장이 속 좀 긁고. 아 참, 지난주에 제주도 갔다 왔어. 제주도는 진짜 겨울에도 너무 좋더라."

"진짜요? 바닷바람 장난 아닐 것 같은데."

"그래서 사진 찍긴 별로야. 그런데 바다 앞에 통유리창 있는 카페
가 많으니까 해변 한 바퀴 돌고 카페 들어가서 바다 실컷 봤어. 비
수기라 호텔도 싸. 방어랑 고등어도 맛있고. 나 겨울에 먹는 대방어
가 그렇게 맛있는 건 줄 몰랐잖아. 진짜 참치 뱃살 처음 먹었을 때
생각나더라니까. 먹어본 적 있어?"

예정은 생각을 더듬어보더니 아니라고 대답했다.

그때 뒤편의 테이블에서 다시 한번 귀가 따끔거릴 만큼의 고성이
들렸다. 언니가 뒤를 돌아보는 것과 거의 동시에 미스터 썸머가 그
테이블의 손님들에게 정중하게 주의를 주었다. 언니는 예정에게 다
시 한번 사과했다.

"이것만 먹고 옮길까봐. 너 너희 집 근처에 가보고 싶은 데 많다고
그랬었잖아."

"네!"

예정이 기다렸다는 듯 곧장 대답했다.

"그럼 2차는 조용한 바 같은 데 갈까요?"

"좋지. 참, 나 이번에 면세점에서 샴페인 한 병 질렀어. 원래는 오
늘 갖고 와서 너 주려고 했는데 그동안 연락 씹은 게 미워서 안 가
져왔잖아. 다음에 우리 집에 와서 같이 마시자."

그러자고 기계적으로 대답하는 예정의 얼굴은 무표정에 가까웠
다. 무슨 일이 있는 게 아닐까 생각하면서 언니는 예정에게 그간 어
떻게 지냈느냐고 물었다. 그러자 예정은 휴대폰을 들어 사진 한 장

을 보여주었다.

그것은 그녀가 그날 작업을 마친 동화책의 표지 이미지였다. 언니 눈에 맨 먼저 들어온 것은 표지 전체를 아우르는 색감이었다. 레몬 옐로를 여러 번 덧칠한 듯한 산뜻한 색감이 시야를 시원하게 열어 주는 듯했다.

"북 디자이너라는 게 이런 걸 만드는 거구나! 우와 멋있다! 그럼 이거 네가 직접 그린 거야?"

"아…… 네…… 컴퓨터로 작업한 거긴 하지만요."

"대박! 이 책은 언제 나와? 나도 살게. 한 열 권 사서 주변에 뿌릴게. 사인해줘."

예정은 언니의 열렬한 반응에 쑥스러운 듯 휴대폰을 거둬가며 그 작업을 하느라 오늘 내내 끼니도 제대로 챙기지 못했다고 말했다.

"작업이 막판에 탄력을 받는 바람에…… 당 떨어져서 손이 막 떨려요."

예정이 말했다. 실제로 휴대폰을 쥐고 있는 손이 수전증을 앓는 사람처럼 떨리고 있었다. 평소에도 예정은 언니가 주변에서 접하는 여느 직장인 못지않게 야근이 잦고 업무 시간도 길었다. 구체적으로는 알지 못하지만 업무 강도에 비해서 연봉은 높지 않은 수준인 듯했다.

그 순간 언니는 꿈을 간직한다는 것은 어떤 느낌일까? 하는 궁금증이 들었다. 서른 언저리의 나이가 되어서까지도, 만족스럽지 못한 보수와 대우를 감내하면서 자신이 하고 싶은 일을 마음에 품고 있을 수 있는 열렬한 마음은 어디에서 나올까.

언니로 말하자면 한 번도 그런 마음을 가져본 적이 없었다. 초등학생 때 피아노 학원 선생님을 좋아해서 장래희망이 피아니스트라고 말했던 때 이후로는 장래희망을 쓰는 일이 늘 고민스러웠을 정도였다.

물론 막연하게 어떤 직업을 동경한 일이야 있었다. 각계각층의 사람들이 보내온 사연을 읽고 위로를 건네는 심야 라디오의 DJ나 여행 작가 같은 일들이 그랬다. 그렇지만 자신이 직접 그런 직업을 가질 수 있으리라는 기대는 제로에 수렴됐다. 애가 닳아가며 노력에 노력을, 경쟁에 경쟁을 거듭하여 반드시 하고 싶은 일은 딱히 없었다. 그래서 고3 때 담임의 추천과 단짝의 꾐으로 간호학과에 진학했고 간호사가 되었다.

간호사가 되고, 대학병원에서 이 년 반을 버티기까지의 나날은 예상했던 것과 비교할 수 없을 만큼 고됐다. 자신이 택한 직업에 대한 애정과 자부심은 바닥난 체력으로 허덕이면서 일찌감치 휘발돼버렸다. 애당초 간호대 진학을 권유한 담임한테 사기당했다는 생각도 자주 했다. 하지만 보수가 적지 않으니까, 어디에 가나 힘들다는데 그나마 이직이 쉽고 오래 할 수 있는 일이니까 꾸역꾸역 출근했다.

개인 병원으로 옮긴 지금은 보수가 줄어든 만큼 업무 강도가 약해져서 그럭저럭 하루를 보낸다. 그런데 때때로 하루 끝에 헛헛한 기분이 들 때가 있었다. 내 인생이란 그냥 이러다 끝인가? 하는 생각이 들어서였다. 더 이상 악화될 일도 없겠지만 딱히 앞으로 나아질 것도 없는 하루하루를 반복하다 늙어가는 것인가. 불만은 없었지만 시시하긴 했다. 삼교대와 수면장애에서만 벗어나도 살 것 같았던 시절은 어느새 아득해졌다. 막상 그런 생활을 손에 넣자 아유 시시해, 하는 생각이 마음속을 데굴데굴 굴러다녔다.

"사람이 참 간사하지. 암튼 그래서 난 너처럼 자기가 하고 싶은 일 계속 붙들고 있는 사람들이 대단해 보이더라. 난 절대 못하니까."

"대단하긴요. 그냥 등신 같죠 뭐."

"야, 뭐가 등신이야. 기껏 칭찬했더니" 하고 언니가 껄껄 웃는 와중에 예정은 기어들어가는 목소리로 "회사에서도 잘리고요" 하고 덧붙였다. 언니는 웃음을 뚝 멈추고 언제 그런 일이 있었느냐고 물었다. 예정은 젓가락으로 연어를 집을 듯 말 듯 하다가 "조금 됐어요"라고 대답했다. 그제야 언니는 어째서 한동안 예정과 연락이 되지 않았는지 대강이나마 짐작할 수 있었다.

"말을 하지. 우리 사이에 앓는 소리 좀 한다고 죽니."

언니가 서운함을 담아 덧붙였다.

"무슨 사건이 있었어? 아니면 그냥 회사 사정이 이러네 저러네 지랄하면서 그런 거야?"

"후자 같아요."

"그럼 보나마나 퇴직금도 질질 끌고 하겠네. 실업 급여는?"

"퇴직금은 아직인데 연락은 하고 있어요. 실업 급여는 원래 안 되나 보더라고요. 전에 다녔던 사람들 얘기를 들어봐도요."

예정은 그간 회사에서 이를 악물고 버틴 일에 후회의 기색을 내비쳤다. 처음 지금의 회사에 들어갔을 때, 팀장이 시시때때로 흘리던 농담이 성희롱인지 아닌지 혼자 끙끙거리며 고민하던 그때 그만두었더라면, 최소한 그에 대한 항의라도 했더라면 이렇게 찜찜함만 남지는 않았으리라는 생각도 들었다. 언니는 예정에게 그녀가 들었다는 농담의 구체적인 내용을 물었고, 예정의 대답을 들은 뒤에는 양미간을 잔뜩 찌푸릴 수밖에 없었다.

"얼굴이 왜 그래. 이거 말고 좀 더 화끈한 걸로 가져다줘?"

두 테이블에만 손님이 남자 미스터 썸머가 언니가 앉은 테이블로 돌아와서 건들건들 물었다. 두 사람은 거의 동시에 필요 없다고 말했다. 언니는 사케를 좀 더 주문하자고 했는데 예정은 그마저도 원치 않았다.

"무슨 얘기를 했길래 이렇게 심각해. 스물여덟 살 생일이니까 예정이도 이제 꺾였다고? 아니야 아직 괜찮아. 피부도 이렇게 탱탱하고……."

거기까지 했을 때 언니가 다시 한번 미스터 썸머에게 물을 뿌리는 듯한 시늉을 했으므로 그는 하던 말을 잇지 못한 채 딴청을 피웠다. 예정이 화장실에 갔고, 언니는 그동안 그에게 예정에게 벌어진 일에 관해 말해주었다. 그러자 그가 소주를 배로 넣은 소맥 폭탄주를 만들어 피처 잔에 가득 담아왔다.

"이런 날 사케 마셔가지고 취하겠어? 이거 마셔."

예정은 잔을 들어 언니와 건배를 했지만 술잔을 입에 대지는 않았다. 미스터 썸머가 연거푸 권했지만 꿈쩍도 하지 않았다.

"요새는 취하는 게 좀 겁나요."

"너 취한 거 우리가 다 봤는데 뭐."

언니가 말했다. 미스터 썸머도 입을 열었다.

"넌 아무리 취해도 깔끔해 그냥 푹 자잖아. 그렇게 조는 게 귀엽기도 하고."

그러자 언니가 미스터 썸머의 어깨를 소리 나게 찰싹 때렸다.

"근데 요새는 진짜 좀 위험한 거 같아요."

답답하고 속상한 마음에 언니는 지금껏 마셔본 것 중에 가장 소주 맛이 센 폭탄주를 물처럼 마셨다. 그러자 금세 취기가 올라왔고 부글부글 분노가 일어서 당장 예정을 해고한 회사 사장의 멱살이라도 잡을 수 있을 것 같은 기분이 들었다.

"한 잔씩만 더 마시고 2차 가자."

언니는 미스터 썸머에게 이번에는 폭탄주가 아니라 그냥 소주를 달라고 요청했지만 묵살당했다. 갑자기 너무 급하게 취해버린 탓이었다. 이놈의 고무줄 주량. 언니는 미간을 꾹꾹 누르며 은은한 어지럼증을 가라앉히려고 했다. 예정이 뜻밖에 고맙다는 말을 했고, 언니는 영문을 알 수 없어서 그녀를 바라보았다.

"화내주셔서요. 회사는 어차피 저 하나 없어도 아무렇지도 않으니까요."

"뭐가 아무렇지도 않아! 그만큼 또 다른 사람 갈아 넣겠지."

언니가 소리 높여 말했다.

"그야 뭐 항상 갈아 넣으니까요."

예정이 한숨을 쉬었다.

"저는 처음부터 회사에 있어도 그만 없어도 그만이었던 거 같아요. 아마 눈앞에서 제가 과로로 쓰러져서 다시는 못 일어나도 사장은 눈 하나 깜짝 안 했을 거예요."

"에헤이."

미스터 썸머가 기막혀 했다.

"그런 말은 하는 게 아니지."

"맞아요. 근데 자꾸 그런 생각이 들어요. 제가 내일 당장 어떻게 된다고 해도요. 변하는 건 아무것도 없을 것 같아요. 우리 엄마, 아빠 말고 누가 기억해줄 사람이 있기나 할지. 생각해보면, 잘 모르겠어요. 없는 거 같아요."

"없긴 왜 없어. 내가 있잖아! 너 연락 안 돼서 내가 얼마나 걱정했는데!"

언니가 발끈하자 미스터 썸머가 물잔을 건네며 "술이나 좀 깨고 말해" 하고 타박했다.

"술 취해서 안 믿겨? 그럼 이제 안 마셔."

"네가 술 안 마시는 게 예정이한테 무슨 도움이 된다고?"

"아니, 지금 당장 안 마신다는 게 아니라 예정이가 또 혼자 동굴 파고 들어가면 말이야. 내가 술 한 방울 안 마시고 말짱한 정신으로 가서 거기서 끌고 나올 거라고! 생각해봐 예정아, 내가 술을 끊는다고 내가! 그러면 너 올 때까지 하루하루 잊으려고 해도 잊을 수가 있겠어?"

분명 취해서 한 말이었지만 진심이었다. 하지만 그 마음이 제대로 전달되지 않은 것인지 언니가 화장실에 다녀오자 술자리는 이미 파하는 분위기였다. 언니는 예정이 가보고 싶었다는 바 이야기가 생각 나서 2차를 제안했으나 예정의 반응은 미적지근했다. 미스터 썸머 역시 언니에게 지금 칵테일을 마시면 내일 숙취로 머리가 깨질 거라고 엄포를 놓았다. 세수 하고 왔으니 괜찮다고 말해도 두 사람은 별로 신뢰하는 눈치가 아니었다.

　그날 뒤돌아가는 예정의 어깨가 처량해 보여서 언니는 아무래도 께름칙한 기분이었다. 그래서 이튿날 눈을 뜨자마자 예정에게 연락을 넣었다. 그러나 아니나 다를까, 예정은 언니의 전화를 받지 않았다. 그 다음날도 마찬가지였다. 그날 이후 언니뿐 아니라 누구도 예정과 연락이 닿는다는 사람이 없었다.

　"그래서 내가 마시고 싶어도 못 마셔. 취해서 한 소리긴 한데, 그래도 그런 말을 어떻게 주워 담냐. 그럼 안 되지."

　언니의 말끝에 하품이 묻어 있었다. 이제야 잠이 오는 모양이었다. 나는 물 한 잔을 가져다주고 일 층의 불을 껐다.

　곧장 잠자리에 들었지만 졸음이 깨끗하게 달아나버리는 바람에 나는 몸을 이리저리 뒤척였다. 예정이라는 사람의 이야기가 자꾸 떠올랐다. 한 번도 만난 적 없고, 오늘 처음 이름을 들은 이였지만 그녀의 이야기가 남 일 같지 않았다.

　나라는 존재가 무한히 작게 느껴져 허둥대던 기억이 내게도 있었다. 이럴 바에는 아무도 모르게 사라져버리고 싶다는 충동으로 범벅이 된 기분이 지금도 생생하다. 그때 나는 허겁지겁 술을 마시고 취기에 기대 실실거리며 그 순간을 넘겼다. 하지만 엉망으로 취한 뒤에도 그 생각만이 머릿속에 가득하다면, 술잔을 들 기력조차 나지 않는다면 어떻게 될지는 알 수 없었다. 부정적인 연상이 머릿속을 휘저었다. 더는 아무것도 생각하고 싶지 않아서 나는 두 눈을 질끈 감고 애써 잠을 청했다.

9

수사의 기본과
논알코올 칵테일

성산대교는 밤 열한 시가 되면 조명을 끈다. 나는 이번 주에 환하게 불을 밝힌 성산대교의 모습을 세 번이나 보았다. 그중 한 번은 불이 켜져 있다가 우리가 대교 가까이에 진입할 때쯤 불이 꺼지기도 했다.

갑자기 한강을 즐겨 찾게 된 것은 언니의 영향이었다. 언니는 생일 이후로 지난여름부터 지금껏 내게 맡겨둔 채 나 몰라라 하던 집안일에 열심이었다. 설거짓거리가 한두 개만 나와도 곧바로 씻었고, 욕실 청소도 자주 했으며, 옷장 전체를 정리하여 입지 않는 옷은 자선 단체에 기부하기도 했다.

"언니, 머릿속이 복잡해서 그런 거면 같이 나가서 한강변이라도 걸을래?"

언니가 청소기를 돌린 뒤에도 괜히 거실을 왔다 갔다 서성이기에 산책을 권유할 때만 하더라도 말이 끝나기 무섭게 나가서 두 시간 반이나 걷게 될 줄은 나도 몰랐다. 그럼에도 산책하러 나간 것은 잘한 일인 게 분명했다. 그날 언니는 집에 와서 샤워를 하자마자 잠자리에 들었고 이튿날에는 며칠 만에 푹 자고 일어났다며 감사인사까지 받았기 때문이었다. 고맙다는 말을 듣고 굳이 무안을 줄 필요는 없다 싶어서 나는 전날 밤 그녀가 코 고는 소리가 내가 누워 있는 이 층까지 들렸다는 말을 속으로 삼켰다.

그 주에 언니는 퇴근길에 워킹화와 스포츠 레깅스, 바람막이를 차례차례 사왔다. 우선 관련 물품을 지르고 보는 언니의 쇼핑 패턴이야 놀랄 일이 아니었지만 평소에는 뭔가를 구매하면 그것으로 만족하고 금세 내팽개쳐두었던 데 반해 이번에는 정말로 레깅스에 워킹화를 신고, 바람막이를 입고는 성실히 걸었다. 그리고 내가 출근하는 날이 아니고, 배짱과 술을 마시러 내빼지만 않으면 매일 저녁 식사 후에 비장한 얼굴로 걸으러 나가자고 청했다.

시월 말의 강바람은 쉼 없이 앞머리를 헝클어뜨려서 쉬이 지쳤다. 게다가 30분 이상 걸으면 한기가 들었다. 걷는 데 꽂히는 건 좋은데 한 달 전에 꽂히지, 나는 속으로 한숨을 쉬었다. 그런 나를 위로해주는 것이 다시금 제철을 맞이한 데운 사케였다.

한강변을 걸으며 데운 사케를 즐기는 방법은 간단했다. 우선 집에 백화수복이나 센 됫병을 구비해둔다. 그리고 집에서 나서기 직전, 큰 컵에 사케를 따라 컵 윗부분의 90%쯤만 덮이도록 살짝 틈을 주고 랩을 씌운 후 전자레인지에 데운다. 그걸 조심히 텀블러 안에 붓고 잠그면 준비는 끝난다. 따끈한 사케를 홀짝이며 텀블러를 절반쯤 비우면 알딸딸해지면서 발끝까지 후끈후끈했다. 그뿐만 아니라 걷고, 뛰고, 혹은 자전거를 타면서 건강히 하루를 마감하는 사람들은 강변에서 취해 있는 이 맛을 모르겠지, 하는 생각에 은밀한 즐거움까지 느껴졌다.

"어휴, 알코올 의존증!"

고개를 젖히고 텀블러에 남아 있는 사케를 마지막 한 방울까지 입안에 털어넣고 있자니 언니가 한심하다는 듯 말했다. 이제 언니가 금주하는 연유를 알게 됐기에 좀 미안하긴 했지만 먼저 도발한 만큼 나는 텀블러를 닫고 싱긋 웃었다.

"괜히 부러워서 열폭하는 우리 언니. 딱하기도 하지."

"야, 그걸 말이라고 하냐? 그런 건 또 어디서 배웠어? 살다살다 텀블러에 술 넣어서 마시는 사람은 너밖에 못 봤다."

"그랬셔? 그랬셔? 우리 언니 이렇게 마시는 사람 처음 봤셔?"

나는 어린아이를 어르듯 언니의 머리를 가볍게 쓰다듬었고 언니는 반항할 의지도 없다는 양 시무룩한 얼굴을 하고 지면을 발끝으로 툭툭 내리찍었다.

텀블러에 데운 술을 넣어 마시는 방법은 사장님께 들은 것이었다. 사장님 덕분에 나는 새지 않고 보온 성능이 쓸 만한 텀블러만 있으면 어디에서나 따뜻한 술을 홀짝일 수 있게 되었다. 그간 사장님에게 꽤 여러 가지 비법을 배웠지만 그중에서도 가장 자주 애용하게 된 게 바로 이 기술이었다.

"내일 저녁은 니네 사장님한테 배웠다는 파전이나 좀 해줄래? 엄청 두껍게. 쪽파는 내가 다듬을게."

언니가 기운 없이 물었으므로 나는 냉큼 고개를 끄덕였다.

집에서 전을 부쳐 먹은 이튿날에는 당장에라도 비가 쏟아질 것 같은 날씨여서 그런지 가게에서도 전을 찾는 손님이 많았다. 하지만 밤이 늦도록 비는 내리지 않았다. 기름 냄새를 물리게 맡았을 무렵에 손님들이 한꺼번에 빠져나갔고 그들과 교대하듯 사장님의 따님이 가게 안으로 들어왔다. 따님은 내가 일전에 보았고, 배짱이 인간 상열지사를 직감했던 단발머리의 여성과 함께 도착했다. 그리고 단발머리를 문가에 세워둔 채 성큼성큼 카운터 안쪽으로 들어왔다. 그녀는 운전면허증을 가지러 왔다고 했다.

"운전하려고?"

사장님이 못 미더운 듯이 묻자 따님은 "아니, 아니. 주민증 대신 쓰려고" 하고 대답했다.

"주민증은 왜?"

사장님은 그렇게 묻더니 가게 문 근처에서 서성이고 있는 단발머리를 발견하고 내게 그녀를 가게 안쪽 자리로 데리고 오라고 말했다.

"됐어 엄마, 우리 면허증만 찾아가지고 갈 거야."

"애는 정 없이. 손님도 똑 떨어졌는데 뭣 좀 먹고 가."

홀로 인간상열지사의 맥락을 모르는 사장님이 내게 거듭 단발머리를 데려오라고 말했으므로 나는 따님의 얼굴이 묘하게 굳는 것을 보면서도 어쩔 수 없이 단발머리를 데려왔다. 그녀는 사장님 앞에 서더니 언제 문 앞을 서성였냐는 듯 밝게 인사를 건넸다.

"어머니 되게 오랜만에 봬요!"

"그러니까. 아니 그런데 자꾸 살이 빠져서 어째. 혼자 살다가 우리 혜리 들어가니까 불편한 거 아니에요?"

단발머리는 과장스레 손을 내저으며 혼자 사는 게 겁났었는데 다행이라고 말했다. 가까이에서 보니 그녀는 줄곧 웃고 있는 듯한 인상과 살가운 어투가 어울려 무척 다정다감해 보였다.

사장님은 그녀의 대답을 제대로 듣지도 않은 채 막무가내로 뭐라도 좀 먹고 가라며 상을 차리기 시작했다. 따님은 옆에서 지켜보는 내가 다 어색할 정도로 몇 번이고 거절했는데, 막상 상이 차려지자 에라 모르겠다 싶었는지 밥그릇을 싹싹 비웠다. 하긴, 사장님의 딸로 살다가 갑자기 독립하게 된다면 삼라만상 중에 이토록 맛없는 것들이 많았는가 하고 괴로울 법도 할 것이다. 사장님은 기특하다는 듯 따님을 바라보다가 "그런데 주민증을 어쩌다 잃어버렸어?" 하고 물었다.

"술 먹고 집에 오는 길에 지갑을 잃어버렸대요."

단발머리가 사장님에게 일러바치듯이 말하자 따님이 그녀의 허벅지와 엉덩이 사이쯤을 찰싹 때리며 "비밀이라니까 정말!" 하고 외쳤다. 외쳤다기보다는 투정하듯 앙탈을 부렸다는 말이 더 맞겠다. 오가는 눈빛과 터치를 보면서 나는 잤네, 잤어, 하고 생각하며 배짱의 눈썰미와 청력에 새삼 감탄했다.

따님과 여자친구가 가게를 나서려 하자 사장님은 지갑을 잃어버렸다고 하니 용돈이라도 줘야겠다며 오만 원짜리를 들었다. 그러자 따님은 "뭐야 됐어, 용돈은 담에 알바비 나오면 내가 줄게 엄마" 하며 버텼는데 사장님도 예상보다 강경했으므로 받아라, 괜찮다 하는 두 사람의 모습은 육탄전을 방불케 했다. 그 모습을 보던 나는 두 사람의 모습을 빙긋빙긋 웃으며 지켜보고 있는 단발머리와 눈이 마주쳤다. 그러자 단발머리가 포근한 미소를 지었다. 그녀는 볼수록 인상이 좋은 사람이었다. 아무래도 사장님의 따님은 여자친구를 고르는 안목이 있는 편인 것 같았다.

두 사람이 가게 밖으로 나가고 사장님이 가게 현관 앞까지 마중을 나갔다가 돌아왔을 때 나는 사장님에게 용돈 주는 데 성공하셨느냐고 물었다.

"그럼."

사장님이 의기양양 대답했다.

"정말요? 결국 포기하고 받았어요?"

"아니, 내가 아유 알았다 너 싫음 말아라, 하고 가방 안에 쓱 넣었지. 어깨 메는 가방, 그거 지퍼 좀 잘 잠그고 다니라고 그렇게 말을 해도 안 듣더니 쌤통이다."

사장님은 오만 원을 건네고는 벌을 준 사람처럼 그렇게 말하며 신나서 휴대폰을 들었다. 메시지로 가방 속을 보라고 알리려는 모양이었다. 잠시 뒤에 사장님은 휴대폰을 옷섶에 쓱쓱 문지르며 "저거 처음 태어났을 때 2.3kg으로 나와서 그렇게 애를 먹이던 게 언제 저렇게 다 컸나 몰라" 하고 혼잣말을 했다.

배짱이 이제 슬슬 옥상 간이 의자에서 술을 마실 수 있는 시기가 끝물에 이르렀다며 집에 한번 오라고 종용한 것은 지난 주말부터였다. 당장 달려가고 싶은 마음이 간절했지만 주말의 일을 마치고, 언니와 걷기로 약속한 날을 피하자니 일주일이 훌쩍 갔다. 시간이 미뤄지는 대신 나는 이번에 가면 산골집식 돼지갈비찜을 만들어 주겠다고 약속하며 그녀를 달랬다.

"언제 이렇게 다쳤어요! 이것 땜에 못 온 거예요?"

검지에 붕대를 감고 있는 내 왼손을 본 배짱이 깜짝 놀라며 말했다. 그녀는 옥상의 파라솔 쪽으로 나르던 소주잔을 한 손에 쥔 채 동작을 멈추고 뻣뻣하게 굳어 있었다. 나는 그녀의 질문을 액면가 그대로 받아들이고 엊그제라고 대답했다. 그러자 배짱이 허탈한 미소를 지었다.

"날짜를 물어본 게 아니라. 어쩌다가, 이렇게. 일도 못 갔겠네요?"

"배짱, 이연복 셰프 알죠?"

"알죠."

"이연복 셰프 취미가 뭔 줄 알아요?"

배짱이 고개를 갸웃했다.

"손 베는 거래요."

대답을 들은 배짱이 온 얼굴을 사정없이 찌푸렸다. 그녀는 피를 무서워해서 선혈이 낭자하는 잔인한 영화는 말할 것도 없거니와 의학드라마도 잘 못 본다고 했다. 그러니 그녀가 내게 일을 못 갔으리라고 묻는 것도 당연했다.

그러나 요식업계에서는 다소 깊숙이 베였다고 하더라도 손이 베이거나 가벼운 화상을 입는 일 정도는 사고로 받아들여지지 않는다. 일터의 분위기에 따라 평소보다 일처리가 늦어지는 것에 대해 눈치가 보이느냐 안 보이느냐의 차이가 날 뿐 일과도 똑같이 흐른다.

"암튼 거의 다 나았어요. 그러니까 만들어줄게요. 돼지갈비도 2kg 이나 사왔고."

"아니에요. 안 써야 빨리 낫죠. 나가서 먹고 오면 돼요."

그러더니 배짱은 우리 집 근처에 새로 연 멕시칸 레스토랑에 가자고 했다. 샛노란 간판이 마음에 들어서 나도 궁금한 곳이었지만 매콤한 갈비찜을 먹기로 이야기가 돼 있던 터라 멕시코 음식은 그다지 당기지 않았다. 그러자 배짱이 좋은 아이디어가 생각났다며 박수까지 쳤다. 그녀는 내게 MSG가 인류에게 내린 축복을 맛보게 해주겠다며 방 안으로 들어갔다.

나는 거창하기 짝이 없는 수사에 이끌려 그녀의 등 뒤를 얼쩡거리며 요리하는 모습을 지켜보았다. 배짱의 야심작은 오므라이스에 밥이 들어 있는 자리에 불닭볶음면을 넣은 요리였다. 불닭볶음면 위에 치즈를 올리고 그 위를 오믈렛으로 감싸듯 덮는 조리과정은 단순했고, 그 정도를 한 것치고는 싱크대 위가 놀랍도록 난장판이 되었지만 과연 그 맛은 의심의 여지가 없어 보였다.

"스트레스를 많이 받은 날에는요, 여기다가 크림소스를 끼얹어서 먹고 그래요. 그게 없으면 마요네즈를 쫘악."

배짱이 악당 같은 미소를 지었다.

"한 끼에 나트륨을 이틀치는 먹겠다. 그럼 물 안 먹혀요?"

"엄청 먹히죠. 하루에 물 1.5리터 마시는 것도 생각보다 어렵잖아요. 그런데 그렇게 한 끼 먹으면 물 2리터도 다 들어가요."

배짱은 그렇게 말하고 물잔 대신 술잔을 집었다. 얼음에 희석한

대장부를 마시며 그녀는 원래 소주를 못 마시던 사람이 맞았던가 싶을 만큼 행복한 미소를 지었다. 그녀는 희석식 소주에서 느껴지던 들척지근한 뒷맛과 강렬한 알코올 맛이 누그러들었다는 점을 증류식 소주의 가장 큰 장점으로 꼽았다. 그러면서도 도수는 20도가 넘어서 일정한 양만 마셔도 기분 좋게 취할 수 있다는 점을 무척 마음에 들어 했다. 불닭볶음면이 MSG가 내린 축복인 것처럼 증류식 소주를 알게 된 것 역시 축복 같은 사건으로 보였다.

나는 연두부처럼 부드럽게 익은 계란과 함께 새빨간 면을 입으로 가져갔다. 혀끝을 파고들 듯 침투하는 자극적인 매운맛과 스르륵 녹아내리는 오믈렛의 순한 질감이 절묘한 조화를 이뤄서 젓가락질을 멈출 수가 없었다. 오 분 정도 걸렸을까? 나는 순식간에 눈앞의 그릇을 싹싹 비웠다. 오믈렛으로 양이 늘어난 덕에 국물이 없는 라면 특유의 양이 모자란 감도 없이 속이 든든했다.

"이거 하나는 나도 자신 있으니까 언제든지 해줄게요."

"좋죠."

"스트레스 최고점을 찍은 날에는 크림소스나 마요네즈도 때려 넣어줄게요."

"그건 됐어요."

배짱은 먹어나보고 거절하라며 잔에 소주를 좀 더 따랐다. 어깨를 스치는 바람이 싸늘했다. 나는 그릇을 개수대에 넣어두고 사케를 데워서 텀블러에 담아 나왔다. 몇 모금 들이켜자 발끝까지 온기가 퍼졌다.

공기 중에는 달고 맵고 짭짤한 냄새가 떠돌고 있었고 문득 사장님의 따님이 떠올랐다. 사장님은 자신의 하나뿐인 딸이 할 줄 아는 요리가 라면밖에 없다며 독립한 뒤에 끼니는 제대로 챙기고 있을지 늘 걱정하고 있었다. 그러나 그 이유 때문에 딸의 독립을 반대하지는 않았다고 했다. 하나뿐인 딸을 믿기 때문이라는 것이었다.

"내가 내 딸을 믿지 누굴 믿어 그럼? 나는 무슨 일이 있어도 내 새끼 편이야" 하고 사장님은 흐뭇한 듯 말하곤 했다.

"좋겠다. 아마 그렇게 자란 사람은 괜찮을 거예요."

배짱이 중얼거렸다.

"어떤 면에서요?"

"그냥 두루두루 다요. 살다 보면 힘든 일도 터지고 그러니까요."

배짱이 그렇게 말하니 어쩐지 안심이 됐다. 나는 속으로 사장님의 따님과 단발머리 여자친구가 두루두루 괜찮기를 빌었다. 두루두루 괜찮게 살기란 생각보다 쉽지 않은 일이니 말이다. 그리고 텀블러에 담긴 술을 홀짝이며 내일 일어나면 제일 먼저 엄마에게 안부 전화를 걸어야겠다고 생각했다. 이 선배와 쌍둥이들은 어떻게 지내는지, 상하이의 정연은 어떻게 살고 있는지도 문득 궁금해졌다.

한 명씩 안부를 떠올리다 보니 언니의 친구인 예정에까지 생각이 미쳤다. 내가 직접 보고 겪은 일이 아니라 전달에 한계가 있으리라는 것을 알면서도 나는 배짱에게 예정의 사연에 대한 이야기를 꺼냈다. 술기운에 얼굴이 발그레해진 배짱은 진지한 눈빛으로 내 말을 경청했다.

"그럼 그분은 그날 이후에 알고 있던 사람들 앞에서 싹 잠수를 탄 거예요?"

"그런가봐요."

나는 고개를 끄덕였다.

"사촌언니도 그렇고 언니가 아는 사람 누구도 그날 이후 연락이 됐다는 사람이 없었대요. 올해 봄에 잠깐 SNS에 나타난 적은 있지만. 집 근처 바에서 혼술한다고 페북에 올린 거랑, 언니 인스타 제주도 사진에 좋아요 누른 거. 그래서 언니가 그거 보고 리플도 달고 연락도 해봤는데……."

"또 답이 없었다?"

"네. 그냥 그게 끝이었대요."

배짱은 고개를 살며시 갸웃거리다가 "나 같으면 일단 페북에 올렸다는 그 바에 한번 가보겠어요. 건질 게 있든 없든" 하고 말했다.

"그래요? 왜요?"

"일단은 그게 맨 마지막 행적이잖아요. 그건 수사의 기본 아니에요?"

'수사'라는 말을 들으니 시멘트 바닥에 번진 핏자국 같은 이미지가 떠오르며 소름이 돋았다. 배짱 역시 내 말에 동의하며 그런 장면들이 많아서 자기는 추리 드라마를 보면 결정적인 장면에서 화면을 쳐다보지 못한다고 했다. 그 바람에 전체 러닝타임의 1/3은 늘 날아간다고 덧붙였다.

"암튼 나 같으면 가볼 거예요. 혹시 모르잖아요. 단서를 찾을 수 있을지. 말을 마친 배짱은 다리를 반대편으로 꼬고 도도한 표정을 지었다. 그리고 그녀는 내게 두 가지 공지사항이 있다고 했다.

첫 번째는 몇 차례나 만남이 어긋난 승훈이라는 남자에 대한 것이었다. 나는 정말 괜찮으니 이제 정말 신경쓰지 않아도 된다고 사정하다시피 했다.

"알았어요. 그보다 더 빅뉴스는, 나 이사갈 집 정해졌어요."

"진짜요? 언제, 어디로요!"

나는 자리에서 벌떡 일어났다.

"멀리 가는 거 아니죠?"

배짱은 고개를 저으며 지하철 한 정거장 거리임을 강조했다.

"내가 마포구 지박령이잖아요. 이사라고 해봤자 마포구청역 쪽으로 좀 넘어가는 거예요."

지도 앱에서 배짱이 가리킨 곳은 마포구청역에서도 거리가 조금 있어 보였지만 운동 삼아 걸어갔다 올 수 있을 정도의 거리였다. 그럼에도 불구하고 아쉬운 마음을 누를 길이 없어서 나는 텀블러 안에 든 술을 꿀꺽꿀꺽 들이켰다. 아랫배가 뜨끈해지면서 기분 좋은 취기가 돌았다.

극동 방송국 맞은편에 있는 그 작은 바는 나도 전에 가본 적이 있는 곳이었다.

언니와 찾아갔을 때 나는 그곳이 내가 아는 곳이라는 것보다 여전히 그 자리를 지키고 있다는 점에 더 놀랐다. 내가 처음 방문했던 것만 해도 사오 년 전의 일이고 당시에도 이미 그 자리를 여러 해째 지키고 있는 곳이었으니 말이다. 못해도 개업한 지 십 년은 되었으리라는 예상이 들었다. 홍대 일원에서 그만큼의 시간을 견뎌내고 있다는 것만으로도 마음 깊은 곳에서 존경심이 샘솟았다.

감탄해 마지않는 나와 마주 앉아 논알코올 칵테일 두 잔을 마시고 난 뒤에, 언니는 그곳에 혼자서도 갈 만하다는 생각이 든 모양이었다. 한동안 언니는 휴일 전날이면 그곳을 찾았다. 바텐더와 안면을 트자 논알코올 칵테일만 주문하는 게 좀 무안해서 한약을 먹느라 술을 못 마신다는 거짓말을 했다고 한다. 그런 대화도 나눴을 정도면 그 바텐더에게 예정을 기억하는지도 물어봤느냐고 했더니 아직 질문을 못해서 모른다는 대답이 돌아왔다. 막연하게 겁이 나서 입이 떨어지지 않는다는 것이었다.

"그런다고 언제까지 그놈의 논알코올 칵테일만 마시다가 오게? 그거 맛도 없을 거 아냐."

"그치. 예쁜 설탕물이지."

언니가 얼굴을 찌푸린 채 곧장 동의했다.

"그럼 어떡해. 거기 단골이었을지도 모르는데 사진 보여주고 기억나냐고 물어는 봐야지. 그게 수사의 기본인데."

배짱의 멘트를 빌려 말하자 언니가 피식 웃음을 터뜨렸다.

"수사라고?"

"수사가 됐든 뭐가 됐든. 술 대신 설탕물 마시면서 공덕도 드리는데 뭐든 다 해봐야 될 거 아냐."

그리하여 나는 언니를 따라 두 번째로 그 바에 갔을 때 바텐더에게 언니 휴대폰에 저장돼 있는 사진을 보여주며 혹시 이 얼굴을 본 기억이 없느냐고 물었다.

"글쎄요."

바텐더는 고개를 삐딱하게 기울인 자세로 휴대폰 화면을 쳐다보며 말했다.

"여기에 언제 오신 분이라고 했죠?"

"올봄에요. 3월 20일쯤 사진을 올렸어요."

언니의 목소리 끝이 떨렸다.

"그러면 아마 그때 일하던 알바생 있을 때 왔을 수도 있어요."

"알바 하다가 지금은 관뒀나요?"

내가 물었다.

"네. 어학연수 가기 전에 짧게 한 거라서요."

바텐더가 휴대폰을 돌려주자 언니가 착잡한 얼굴로 한숨을 쉬었다. 도움이 되지 못해 미안하다는 말에 대답할 기운도 나지 않는 듯 언니가 가만히 앉아만 있어서, 괜찮다는 인사는 내가 대신 전해야 했다.

"일어날까?"

칵테일 잔을 하염없이 만지작거리던 언니가 그렇게 말하자 나는 우선 정리를 좀 해보자고 했다.

"전화는 사용중지라고 나오고, 카톡은 탈퇴했다고 그랬지?"

언니가 고개를 끄덕였다.

"SNS는 3월 이후엔 안 했고. 그쪽으로 DM 같은 건 보내봤어?"

"해봤지. 답 없어."

"가족 연락처는 모르고?"

"그런 건 알 길이 없지."

"메일 주소로 구글링 같은 거 해본 적은 있어?"

"그럼. 그거야 진작 해봤지."

언니가 핑크 애플이라는 이름에 걸맞는 고운 벚꽃 빛깔의 설탕물을 홀짝이며 말했다.

"전에 집에 가본 적은 없어? 이 근처에 산다고 했잖아."

"우리 집에 데려온 적은 있는데 내가 예정이네 집에 가본 적은 없어."

언니는 한숨을 쉬었다. 분명 아직 떠올리지 못한 방법이 있을 것이다. 블랙 러시안을 입속에서 굴리며 나는 생각을 거듭했다. 만약 내 주변의 소중한 사람이 잠수를 탔다면. 지금까지 떠올린 방법 말고 어떤 방식으로 접촉을 시도해볼 수 있을까. 언니 역시 생각에 잠긴 듯 말이 없었다. 그리고 잠시 뒤에 휴대폰 메시지를 확인하더니 고개를 끄덕였다.

"왜?"

"아니 그냥 택배야. 배송 시작했다고. 나 극세사 이불 사는 김에 네 것도 하나 샀어."

언니는 한숨을 쉬더니 휴대폰을 테이블 위에 내려놓고 화장실에 갔다. 그리고 잠시 뒤에 뭔가가 생각난 듯 잰걸음으로 뛰다시피 자리에 돌아왔다.

"주소!"

"주소를 가지고 있어?

"있을지도 몰라. 내가 인터넷 쇼핑하면서 걔네 집으로 직접 배송시켜준 적이 있었거든. 생일 선물이랑 뭐랑 해서."

언니는 주로 사용하는 소셜 커머스 앱에 들어갔다. 그리고 마이페이지에서 구매 내역을 클릭했지만 그곳에는 남아 있는 기록은 최근 반년 분뿐이었다.

"줘봐."

나는 언니의 휴대폰 메인 화면에서 맨 먼저 보인 부츠를 선택하고 바로 주문 버튼을 눌렀다. 배송지는 지금 우리가 사는 집주소로 설정되어 있었지만 스크롤바 모양의 버튼을 누르자 지금껏 언니가 그 앱에서 주문했던 배송지 중 하나를 고를 수 있도록 아래로 세 곳의 주소가 더 나왔다. 그중에는 큰댁 주소가 있었고 내가 살았던 고시텔의 주소도 나왔다. 그 사이에는 한 곳의 주소가 더 남아 있었다. 당인동 D빌라 501호. 그곳이 우리가 찾는 주소라는 것은 묻지 않고도 알 수 있었다.

"남아 있었네!"

언니는 그 주소를 지도 앱에 입력했다. 지도상으로 확인한 그곳은 지금 우리가 앉아 있는 바에서 십 분도 채 걸리지 않는 거리에 있었다.

"가보자."

나는 겉옷부터 입었다.

"지금?"

"그래. 오 분도 안 걸리는데 못 갈 게 뭐야."

나는 반쯤 남은 블랙 러시안을 단번에 비우고 먼저 자리에서 일어났다. 그러자 언니가 불안한 듯 두 눈을 깜빡이며 나를 따라 나섰다.

바에서 나온 우리는 지도 앱에 의지해 D빌라를 찾아 나섰다. 비슷비슷한 건물 사이에서 길을 좀 헤맨 기분이었지만 막상 건물 입구 앞에 도착하니 바에서 나온 지 이십 분도 되지 않은 시점이었다.

그 시간 동안 나는 내가 괜한 일을 벌인 것은 아닐까 하는 생각에 입안이 탔다. 그러나 건물까지 찾아내고 나자 물러설 곳이 없었다. 언니는 다시 한번 빌라의 이름을 확인한 뒤 심호흡을 하고 501호를 호출했다.

단조 풍의 연결음이 흘렀다가 잠시 뒤에 멈췄다. 언니는 또 한 번 크게 숨을 내쉬고 501호를 호출했다. 연결음이 흐르다 조금 전과 비슷한 시간 차를 두고 멈췄다. 언니는 세대 호출 벨 옆으로 보이는 카메라 렌즈를 안타깝게 들여다본 뒤에 일단 되돌아가자고 말했다. 그때였다. 건물 안쪽에서 치킨 배달원이 나왔다. 나는 앞뒤 계산할 것 없이 열린 문 안으로 들어가 곧장 현관문 열림 버튼을 눌렀다. 언니도 건물 안으로 얼른 따라 들어왔다. 허겁지겁 건물 내부로 들어오는 우리의 움직임이 수상해 보였는지 배달원이 뒤를 돌아보았고, 우리는 그의 시선을 의식하여 잡담을 나누는 척하며 엘리베이터 쪽으로 천천히 걸어갔다. 말을 맞춘 것도 아닌데 호흡이 척척 맞았다.

"갔어."

언니가 현관 쪽을 흘긋거리며 말했고 나는 안도의 한숨을 내쉬었다.

"어떡할래? 올라가볼래?"

내가 묻자 언니가 고개를 저었다.

"우선은 우편함만 확인해보자."

언니는 막상 건물 안으로 들어오자 긴장이 누그러진 듯 차분해진 음성으로 말했다. 은색 철제 우편함 중 501호의 것을 찾는 데는 찰나의 시간도 걸리지 않았다. 그곳에만 제때 거둬가지 않은 광고지와 청구서 따위가 몇십 장이나 겹쳐져 꽂혀 있었기 때문이었다. 그 덕에 우편함 속까지 손을 대지 않고도 우편물에 적힌 이름을 확인할 수 있었다. '함예정'이라는 세 글자를 확인한 뒤에 언니는 기진맥진한 듯 바닥에 주저앉았다.

"뭐야. 수사까지 할 일이 아니었네. 그냥 그 모임 사람들한테 정떨어져서 연락 안 한 거 아니야?"

나는 짐짓 별일 아닌 척 말했지만 대략 한 달쯤은 거두어 가지 않은 것 같은, 광고지가 불룩하게 꽂힌 우편함의 모습이 모종의 불안감을 풍기는 것은 부정할 수 없었다. 그럼에도 불구하고 최소한 언니가 가장 두려워했던 일은 일어나지 않은 게 분명해 보였다. 그것만큼 다행인 일은, 그 순간 그 어디에도 없었다.

10

반달을 닮은 마을

예정이 해고 통보를 받은 것은 지난해 초겨울의 일이었다.

아무런 전조도 없이, 싹둑 잘려나가게 된 일은 납득이 되지 않았지만 그녀는 회사 사정이 정말 어려웠을 수도 있다고 생각했다. 물론 대표의 말을 액면 그대로 믿는 것은 아니었다. 그러나 그즈음 예정에게는 대표가 하는 말 전부를 의심하고 부정할 만한 기력이 남아 있지 않았다.

대신 예정은 그달의 임금과 퇴직금을 받는 일에만 집중하기로 했다. 예정이 다니던 회사는 채용 공고에 밝혀둔 연봉을 13으로 쪼개어 월급을 지급하고 남은 1/13이 퇴직금으로 책정되었다. 그러니 더더욱, 기필코 받아내고 말겠다고 예정은 결심했다. 실제 지난한 독촉 연락이 시작되기 전부터 그렇게 마음먹게 된 데는 이유가 있었다. 첫 번째 직장을 그만두고 이번 회사에 입사하기 전까지 프리랜서로 지내던 시절에 상대의 말만 믿고 사정을 봐주다 결국 임금을 떼이거나 깎였던 경험이 있기 때문이었다.

퇴사 일부터 14일이 지나는 날, 그달의 임금이 입금되었다. 하지만 퇴직금을 받지 못했으므로 예정은 고용노동부에 민원을 넣었다. 그날 이후로는 스스로 정한 루틴에 따라 독촉 연락을 넣었다. 매주 초에 문자를 넣고 목요일마다 이를 악물고 전화를 걸었다.

그동안 예정은 지금 실랑이하고 있는 회사만큼이나 그 전 직장을 그만두던 때를 자주 떠올리게 되었다.

그곳은 작은 출판사로 전체 직원이 네 명밖에 되지 않아 노동법의 감시가 허술하게 미치는 곳이었다. 계약서를 쓰고 일하는 직원은 아무도 없었으며 퇴직금이나 상여금의 개념은 아예 없었다. 예정이 본 퇴사자만 총 다섯인데 악조건에도 불구하고 결원은 금방 충원됐다. 그러니 한 명쯤 더 그만두는 일에 덤덤해질 만도 하련만, 대표는 예정이 퇴사 의사를 밝혔을 때 무척 언짢아했다.

"야, 너 그까짓 경력가지고 다른 데 가면 더 나을 것 같아? 어딜 가나 다 똑같아, 정신 차려."

예정은 그에게 더한 악담도 많이 들었기 때문에 그 말을 한 귀로 듣고 한 귀로 흘렸다. 그러나 그와 똑같은 이야기를 부모님 입에서 들었을 때는 맥이 탁 풀려버리고 말았다.

돌이켜보면 부모님은 예정이 어릴 때부터 학교에서 당한 억울한 이야기를 해도 예정이 아닌 선생님 편을 들곤 했다. 하지만 전화로 회사를 그만두고 싶다는 의사를 전할 때야 어쩔 수 없다 치더라도, 오랜만에 마주 앉아 그간의 회사 생활이 어땠는지 소상히 전하면 조금은 아파해줄 줄 알았다. 그러나 부모님은 입을 모아 그럼 남의 돈 벌기가 쉬울 줄 알았느냐고 잘라 말했다.

"그래도 이래 힘들어 죽을라 카는지는 몰랐다 아이가."

예정의 말에 돼지갈비를 굽던 어머니가 "죽기는, 엄마 아빠 앞에서 아무 말이나 씨부리고 있다" 하고 흘겨보았다.

"사회생활이 다 그르타 아이가."

아버지도 거들었다.

"여나 저나 다 똑같다. 남들도 좋아서 회사 다니는 기 아니다."

"사장은 회사 댕기는 게 좋아 비이던데."

내 편 좀 들어주면 안 되나, 하고 생각하며 예정은 중얼거렸다.

"니가 어디를 가든 적응하기 달렸다. 남들도 다 그래 산다."

아버지가 기름장을 달라는 손짓을 했고, 어머니가 종지를 건네며 첨언했다.

"그래, 엄마 아빠도 그래 살면서 니랑 준이랑 서울로 유학 보내고. 이래 착하고 번듯하게 키았다 아이가."

'번듯하게'라는 말이 목에 걸려 예정이 입을 다물고 있는 동안에도 부모님은 요즘 젊은 애들의 나약한 정신 상태에 대해 논했다. 어머니는 예정이 온다고 해서 생갈비를 두 근이나 샀다며 쉴 새 없이 고기를 구웠지만 예정은 그만 입맛이 달아나 젓가락을 내려놓고 말았다. 실컷 울고 싶은 기분이었으나 눈물조차 나오지 않았다.

매주 월요일과 목요일마다 한숨을 푹푹 내쉬며 퇴직금 독촉 연락을 한 뒤에 맥이 풀려 사발면으로 끼니를 때우면서, 혼자 조조 영화를 보고 나오는 길에, 답답한 마음을 달래보려 칼바람 속에 눈만 내어놓고 한참을 걷다가 불쑥불쑥, 예정은 전 회사의 사장과 부모님이 말했던 것처럼 정말 어느 곳에 가도 똑같은 게 아닐까 하는 생각이 들어 겁이 났다. 이번 직장도 이 모양이라면 어디에 가든지 똑같은 걸까. 이 바닥을 떠나는 수밖에는 없는가. 그럼 다른 바닥은 다를까?

12월 어느 날, 예정은 뜻밖의 연락을 받았다. 프리랜서 시절에 몇 번 일러스트 작업을 진행했던 회사에서 단행본 표지 디자인 의뢰를 해온 것이었다. 회사 이름을 들은 예정은 당시에 함께 작업하던 담당 편집자의 이름을 떠올리려 황급히 기억을 더듬어보았는데 그것은 괜한 수고였다. 그녀는 올해 초 퇴사를 해서 예정에게 연락을 넣은 편집자는 다른 사람이었기 때문이었다.

갑작스레 프리랜서에게 맡겨진 일이 대부분 그러하듯 주어진 시간이 촉박했으므로 예정은 이틀 만에 시안을 보내고, 오랜만에 커피를 온몸에 들이붓듯이 들이켜며 작업을 마무리했다. 그렇게 완성한 최종본의 이미지 파일을 담당자에게 보내기에 앞서 예정은 어두운 방 안에서 한동안 자신이 작업한 이미지를 바라보았다. 말로는 쉽게 표현할 수 없는 형태의 고양감이 그녀를 가득 채웠다.

어쩌면, 나는 내가 생각하는 것만큼 시시한 인간은 아닐지 몰라. 예정은 생각했다. 물론 자신이 만든 이미지는 일단 하나의 형태를 갖추었을 뿐 갑의 요구에 따라 얼마든지 달라질 수 있다. 그 점을 예정은 누구보다 잘 알고 있었다. 그러나 공들여 완성한 작업물을 보며 느끼는 근원적인 애정은 그 누구도 침범할 수 없는 것이었다. 어두운 방에서 홀로 컴퓨터 화면을 마주하고 앉은 예정의 얼굴에 살며시 미소가 떠올랐다.

담당자에게 메일을 보내고 나자 예정은 오랜만에 술이라도 한잔 마시고 싶은 기분이 들었다. 너무 소란스럽지 않은 바 같은 곳에 가고 싶다고 생각하며 집 근처에 봐두었던 몇몇 곳을 떠올려보았다. 하지만 선뜻 홀로 술을 마시러 나설 엄두가 나지 않았다.

바로 그 순간을 기다렸다는 듯 우경이 생일 파티를 준비했다며 연락을 해왔다. 예정은 그녀의 연락이 어느 때보다도 반가웠다. 생일을 기억해준 일 역시 눈물이 핑 돌만큼 고마웠으므로 두말없이 약속장소로 향했다.

그런데 이상한 일이었다. 조금씩 술기운이 오르자 자꾸 우울한 이야기를 늘어놓게 됐다. 예정은 자신이 한심하기 그지없었다. 술을 더 마셨다가는 돌이킬 수 없는 일을 벌일 것만 같아서 심장이 불길하게 두근거렸다. 오랜만의 작업을 마치고 빈방에서 홀로 느꼈던 들뜬 감정들은 어느새 흔적도 없이 사라져버렸다.

실은 이럴 줄 알았기에 한동안 약속을 잡지 않았던 것이었다. 가볍게 스트레스를 풀고자 모인 사람들 앞에서 심각한 소리를 주절거린 뒤에 스스로를 술자리의 공기를 해친 이물질처럼 느끼는 일은 더 이상 만들고 싶지 않았다. 또 한동안 약속을 피해 도망다니겠구나, 하고 예정은 예감했다.

예정의 통장에 퇴직금이 입금된 것은 이듬해 삼월 중순이었다. 계좌 확인을 하자마자 예정은 일단 집 밖으로 나가고픈 기분에 사로잡혔다. 처음에는 상수역 방향으로 걸음을 옮겼고 특정한 목적지 없이 로렌스 길 안쪽을 맴돌다 어느새 극동 방송국 근처 대로로 다시 나오게 됐다.

그때 예정의 눈에 들어온 것은 비닐 파우치 안에 칵테일을 담아 주는 것으로 유명한 작은 바였다. 예정은 대학교 신입생 시절에 선배들에게 이끌려 그곳에서 말리부 밀크를 마신 기억이 났다. 한동안 비닐 파우치에 담은 칵테일을 빨아 마시며 홍대 거리를 산책한 적도 여러 번 있었지만 혼자 바 안에 들어가본 일은 없었다. 들어가볼까, 그냥 발걸음을 돌릴까 몇 분이나 고민하던 예정은 두근거림을 느끼며 바의 문을 열었다.

집 밖에서의 첫 혼술로 그녀가 고른 것은 'WOOWOO'라는 칵테일이었다. 우우, 라는 이름이 재미있다는 생각을 하며 앵두 빛깔 칵테일을 홀짝였고 빈티지 장식이 가득한 실내를 사진으로 남겼다. 기왕 찍은 김에 오랜만에 페이스북에 접속하여 찍은 사진을 업로드했다. 그러자마자,

너 어디야 내가 잡으러 간다.

라는 우경의 코멘트가 달렸다. 예정은 미안한 마음 한편으로 씩씩거리는 우경의 표정이 생각나 웃음이 나기도 했다. 하지만 내내 휴대폰 화면만 들여다보고 있어서였을까. 낯선 곳에 혼자 있다는 긴장이 풀어졌고, 그러자 다시금 기분이 가라앉았다.

따지고 보면 이 년여의 시간 동안 일주일에 사나흘씩 야근을 하

며 다닌 직장에서 퇴직금을 받는 일은 지극히 당연한 일인데 떼이지 않은 것 가지고 기분이 좋을 건 또 뭔가 싶었다. 그뿐인가, 지난 연말에 맡았던 단행본 표지 디자인 작업비는 여태 정산받지 못했다. 게다가 집주인은 다음 달 계약 갱신을 맞아 전세를 월세로 전환해달라는 의사를 밝힌 상황이었다.

예정은 어느새 말끔하게 빈 칵테일 파우치를 만지작거리며 툭하면 기분이 바닥을 치는 자신의 상태를 인지했다. 위험했다. 병원에 가야 할지도 모른다. 아마도 가는 게 맞는 것 같았다. 하지만 그럴 기운이 없었다.

언젠가부터 예정은 아침이면 침대에서 몸을 일으키기 힘들어 두세 시간씩 뜸을 들였고 그렇게 일어난 뒤에도 구직활동을 할 기력이 나지 않아 멍하니 시간을 흘려보냈다. 미적지근하게 치른 생일 파티 이후에는 누구와도 약속을 잡지 않았으며 안부를 묻는 연락에 간단한 답신을 주는 것조차 귀찮아 한없이 미뤄만 두었다.

예정은 집에 돌아가면서 내일 눈을 뜨면 뭐라도 해야 한다고, 수없이 되뇌었다. 그리고 집에 돌아가서 충동적으로 제주도행 비행기 티켓을 예매했다. 부재중 통화 목록에서 우경을 보고 그녀의 제주도 여행 이야기를 떠올렸기 때문이었다.

아무런 계획도 없는 여행이었다. 출발일은 바로 다음 날이고 이틀 뒤에 돌아오는 것으로, 숙소는 게스트하우스의 사 인실 방으로 2박을 예약했을 뿐이었다.

이튿날 김포공항에 도착했을 때 예정은 비몽사몽 중에도 무사히 첫차를 타고 시간에 맞춰 공항에 도착했다는 사실만으로 마음 한

편이 상쾌해졌다. 비행기 티켓과 숙소 외에는 아무런 계획도, 준비도 없이 여행을 떠나기는 처음이었다. 그래서 여느 여행을 앞두던 때와는 또 다른 떨림이 있었다. 3월이지만 제주의 거센 바람에 대비하여 무릎까지 내려오는 패딩을 입은 대신, 짐을 최소화해서 꾸렸으므로 발걸음도 가벼웠다.

탑승을 기다리면서 예정은 슬슬 계획을 짜볼까, 하고 생각했다. 아무런 준비도 하지 않았지만 걱정이 되지는 않았다. 지난겨울에 우경이 인스타그램에 올린 내용을 훑어보는 것으로 충분할 것 같았기 때문이었다. 우경은 이호테우 해변에서 시작하여 제주 동쪽의 작은 마을들을 거쳐 성산과 표선까지 부지런히 움직인 기록을 올려두고 있었다. 예정은 우경의 사진을 살피며 그녀에게 톡이라도 하나 넣어볼까 하는 생각을 했지만, 지금 자신의 상태를 몇 마디 말로 설명하기는 힘들다는 부담이 미안함을 앞섰다. 그래서 일단 우경이 올린 사진 중에 월정리 낙조 사진에 '좋아요'를 누르고는 휴대폰을 내려놓았다.

비행기에서 졸다 깨다 하면서 예정은 우경이 사진으로 담은 곳 중 가고 싶은 곳을 추려보았다. 그녀처럼 여러 곳의 관광지를 돌아볼 욕심은 나지 않았다. 그저 하루에 한 번은 볕이 잘 드는 카페를 방문하고 싶었다. 그래서 바다가 보이는 곳과 바다는 보이지 않지만 당근 케이크로 유명한 카페 한 군데를 후보로 넣어두었다. 그리고 제주를 모티프로 한 기념품이 많다는 소품숍에 들르고 국물 맛이 진한 고기국수를 먹을 수 있다면, 숙소의 라운지에서 창밖을 바라보며 맥주를 마실 수 있다면 그걸로 충분했다.

제주에 도착하여 숙소로 향하기 위해 701번 동일주 버스에 올라 본격적으로 제주 시내를 벗어나자 현무암으로 쌓아 올린 낮은 돌담이 보이기 시작했다. 한가로운 거리와, 때때로 보이는 구멍가게, 정체를 드러냈다 사라지기를 반복하는 바다까지 예정은 창밖에 펼쳐진 모든 풍경이 마음에 들었다. 그리하여 예정은 주로 00리로 구성된 정류장 안내방송이 들릴 때마다 그 작은 마을에 사는 사람들을 부러워했다. 부러움이 지나쳐 마음 한구석이 저릿저릿 아플 지경이었다.

주책없이 눈물이 날 것 같아서 예정은 얼른 이어폰을 끼고 빠른 템포의 노래를 들었다. 그리고 버스에서 내리자마자 양옆으로 파밭과 무밭이 펼쳐져 있던 시골길을 지나 곧장 바다 쪽으로 향했다. 월정리 카페 거리라고 불리는 해안도로 쪽으로 나오자 길 하나 차이로 전혀 다른 풍경이 펼쳐졌다. 바다 쪽으로 전면 유리창이 난 카페가 조밀하게 늘어서 있었던 것이다. 바다는 옅은 에메랄드빛이었으며 수평선 한쪽 끝으로는 거대한 바람개비 같은 풍력 발전기가 보였다.

이른 봄옷을 입은 사람들은 바다를 배경으로 사진을 찍느라 분주했다. 그 거리에서 한겨울에 입을 법한 패딩을 껴입은 사람은 예정뿐이었다. 카메라 앞에서는 추위도 잊는 것일까, 예정은 혼자 싱긋 웃고는 모래사장을 걸어보았다. 린넨을 연상시키는 미색의 모래가 부드럽게 밟혔다. 날이 더 따듯했더라면 맨발로 밟아보았으리라. 예정은 모래 위에 새겨진 자신의 발자국을 사진으로 남겼다. 그리고 투 숏을 부탁하는 커플의 사진을 찍어주었다.

슬슬 허기가 지자 예정은 카페 거리 안쪽으로 들어가보았다. 골목 안쪽에도 음식점보다는 카페가 더 자주 눈에 띄었다. 그중에는 한쪽 벽 전면을 파스텔 톤으로 칠하거나 네온사인으로 포인트를 주어 바다만큼이나 근사한 사진의 배경이 될 법한 곳이 많았다. 드문드문 게스트하우스도 보였다. 누군가 버려두고 간 돌집이 보이기도 했지만 그보다 더 자주 눈에 띄는 것은 새로 올리고 있는 건물이었다. 여름 성수기를 목표로 짓는 상업시설인 것 같았다.

그렇게 두리번거리며 골목 사이를 다니다 보니 어느새 우경의 인스타그램에서 보았던 카페 앞에 당도해 있었다. 부연 슬레이트 지붕 아래 오래된 돌집을 그대로 활용하여 만든 카페는 마침 당근 케이크로 유명한 곳이었다.

예정은 완벽한 타이밍이라고 생각하며 카페 안으로 들어가보았다. 테이블을 덮고 있는 것은 낡은 듯 멋스러운 레이스 뜨개였고 작은 나무 의자 위에 놓인 컨버스화는 화병을 대신하여 말린 꽃을 품고 있었다. 그러나 카페의 안채에도, 별채에도 예정을 위한 자리는 남아 있지 않았다. 그녀가 아쉬운 발걸음을 돌려 나올 때도 두 커플이 카페 안으로 들어오고 있었다.

기왕 이렇게 된 거 그냥 바다가 보이는 곳으로 갈까, 하고 예정의 마음은 다시 변했다. 예정은 넓은 창이 난 삼 층짜리 카페에 들어갔다. 일 층에서는 창 앞으로 주차되어 있는 차가 바다보다 크게 보였고, 이 층의 창가 자리는 만석이었다. 바로 이 순간을 위해 두꺼운 겨울옷을 입고 온 것이 분명하다고 예정은 뿌듯함을 느꼈다. 따뜻한 라떼를 받아 삼 층 실외 자리로 향했다.

넓은 옥상 위에는 미색의 타프가 쳐 있었고 그 아래로 바다 쪽을 향하도록 배치한 의자가 늘어서 있었다. 거센 바람 때문에 그곳에 앉은 이는 아무도 없었다. 예정은 한가운데 자리를 차지하고 앉았다. 크게 심호흡을 하고 양팔을 쭉 뻗어 기지개를 켜고 눈앞에 펼쳐진 바다를 바라보며 이어폰을 빼 주머니에 넣었다.

그러자 금속이 갈리는 듯한 날카로운 소리가 들렸다. 소리는 잠시 뒤에 그쳤지만 이번에는 다른 방향에서 지반을 다지는 듯한 공사 소음이 났다. 다음 순간에는 두 가지 소음이 동시에 들려왔다.

눈앞에는 변함없이 아름다운 바다가 펼쳐져 있었다. 그러나 청각이 시각을 압도했다. 아, 꼭 이런 곳에서 공사 소리를 들어야 할까. 예정은 괴로웠지만 공사가 진행되는 사정도 이해할 수 있었다. 자신 역시 예쁜 카페의 사진을 보고 이 동네로 발길이 닿았으므로 성수기가 되기 전에 또 다른, 더 멋진 카페들을 짓는 사람들이 있는 것은 지극히 당연한 일이었다.

그럼에도 불구하고, 어딜 가나 똑같다던 목소리가 떠오르는 것을 막을 도리가 없었다. 어디나 붐비는 곳은 계속 붐비고, 나를 대신 할 사람도, 이미 나보다 먼저 그곳에 당도해 있는 사람도 넘쳐나는 것 아닐까. 그러니 그곳에도 여유가 없고, 도망갈 곳도 없는 게 아닐까. 그렇다면 결국 어디를 가도 다르지 않으리라는 생각이, 어디나 마찬가지이리라는 생각만이 양쪽 귀에, 머릿속에, 심장에까지 침투했다.

얼마나 지났을까, 예정 옆자리로 세 명의 일행이 자리를 잡았다. 그녀들은 예정의 또래로 보였는데 시폰 원피스에 봄 카디건을 입고 있었다. 그래서 바닷바람이 불어닥칠 때마다 비명을 지르면서도 즐거운 얼굴로 서로를 촬영해주고 있었다.

옆에서 소리 내어 울게 되면 그들의 행복한 휴가를 방해하게 될 것이라고 예정은 생각했다. 그래서 딱 한 모금 마신 커피가 든 잔을 일 층에 반납하고 카페에서 나왔다. 그러자 행복한 한때를 보내고 있는 게 조금 전에 스친 세 명뿐이 아니라는 것을 다시 한번 확인할 수 있었다. 해변의 카페 거리에 있는 모두가 행복해 보였기 때문이다.

예정은 편의점에서 마스크를 구매했다. 마스크를 최대한 눈 아래까지 끌어올려서 착용하고 났더니 그제야 줄줄 눈물이 흘렀다. 예정은 바로 숙소로 향했다. 하지만 게스트하우스에 도착하고 난 뒤에야 비로소 체크인 시간보다 이르게 도착했다는 것을 깨달았다. 그러나 일단 눈물을 닦고 안으로 들어가보기로 했다.

게스트하우스 주인은 잠시 망설였지만 체크인 시간을 문제삼지 않고 예정을 방으로 안내해주었다. 그곳의 창 역시 컸다. 그 창을 중심으로 양쪽 벽에 이층침대가 하나씩 놓여 있었다. 예정은 눈물을 삼키며 게스트하우스 주인에게 주의사항을 들었다. 가까스로 인사를 나눈 뒤 주인이 방에서 나가자 예정은 가방을 바닥에 내려놓고 그대로 침대 안으로 들어가서 마저 울었다. 어느 순간부터는 자신이 왜 울고 있는지 알 수 없게 됐다. 그럼에도 쉼 없이 눈물이 흘렀다. 눈물이 예정을 가득 채우고 있었다.

울다가 지쳐 잠든 뒤 예정은 이튿날 서울로 돌아왔다.

어디에 가나 똑같이 끔찍한 와중에 아무에게도 방해받지 않을 수 있는 내 방 한 칸이 있는 것. 그것만은 다행이라고 예정은 진심으로 안도했다. 예정이 기댈 수 있는 것은 바로 그 안도감뿐이었다. 그 안에서 벗어날 엄두가 나지 않았다.

11
하얀 밤, 바이젠

올해 처음으로 만든 어묵탕이 펄펄 끓었다. 나는 무와 달걀에 국물 맛이 배도록 불을 내렸다. 그리고 쑥갓을 다듬기 시작하는데 집에 들어온 언니가 내 눈앞에 편지 봉투 하나를 흔들어 보였다.

"윤정연이 누구야?"

"작년 동업자."

물 묻은 손을 닦으며 대답하자, 언니는 과거의 동업자 사이에 손편지까지 쓰냐며 신기해했다. 아마 동업자가 정연이 아닌 다른 사람이었다면 편지를 받은 나 또한 애틋한 마음이 들었을 것이다. 하지만 상대는 정연이었고, 그녀는 심심함을 달래기 위한 일환으로 편지를 썼을 게 빤했다.

아니나 다를까 편지는 심심하다는 이야기로 시작하고 있었다. 예상했던 바가 그대로 적중했기에 나는 절로 웃음이 났다.

"뭐야, 손편지가 아니고 자판으로 쳐서 뽑은 거네? 그럼 그냥 이메일로 보내지 뭐 하러……." 언니는 편지지에 시선을 던진 뒤에 내가 씻어놓은 쑥갓을 냄비 안에 넣었다.

편지는 세 장이나 됐다. 정연은 그중 절반 가까이의 분량을 자신이 심심한 이유를 적는 데 할애했다. 사용할 수 있는 SNS는 한정적이고, 책을 몇 권 챙기지 않은데다 중국어가 느는 속도가 느려서 수다를 떨 대상도 소수라는 것이었다. 그녀는 모국어로 실컷 수다를 떠는 일의 귀중함에 대해 적었다. 또한 한국 문화에 관심이 많은 또래 현지인과 연애를 할 뻔했으나 몇 번 약속이 미뤄지는 바람에 흐지부지해졌다는 내용이 그 뒤를 잇고 있었다.

"나머지는?"

"중국 올 생각 없냐는 거지. 자기 심심하니까 와서 같이 일하재."

"관심 있어?"

"나 같은 사람이 해외 취업 같은 건 못하지. 이거 답장 쓰기도 귀찮은데. 편지는 이게 참 그래. 받을 때는 좋은데, 답장 쓸 생각하면 세상 귀찮잖아."

언니는 어묵탕 안에 든 곤약을 씹으면서 한동안 말이 없었다. 그리고 저녁상을 물리자 손편지를 쓰기 시작했다. 수신자는 다름 아닌 예정이었다.

언니가 연이어 편지를 보내는 동안에도 나는 정연에게 답장을 쓰는 것을 미루고만 있었다. 써야지, 써야지 마음만 먹다가 어느새 11월이 됐다는 것을 깨닫고서 나는 정연에게 전화를 걸었다. 그리고 그녀의 편지로부터 시작한 나비효과에 대해 언급했다. 예상대로 정연이 호기심을 보이며 "심심한데 그 얘기나 자세히 해봐요"라며 나를 재촉했다.

"간단히 말하면 언니가 거의 일 년 만에 다시 술을 마실 수 있게 된 거죠"라고 나는 운을 띄웠다.

일 년 가까이 지속해온 금주 결심이 막을 내리기까지 언니는 예정에게 여러 통의 편지를 보냈다. 그중 첫 번째 편지에서 언니는 불쑥 그녀의 집으로 찾아가게 된 일에 대해 사과했다. 인터폰을 통해 지켜보고 있었다면 분명 당황스러웠으리라는 생각이 들었기 때문이다. 언니는 예정을 걱정하는 마음을 솔직히 밝히고 얼굴 한번 보여달라고, 부담을 느끼지 않을 만큼 일상적인 어투로 적었다. 그리고 이튿날 점심시간을 쪼개서 우체국에 다녀왔다.

그러나 하루도 지나지 않아 언니는 자신이 진짜 해야 할 말을 빠뜨렸다는 생각에 사로잡혀 다시 편지를 쓰기 시작했다. 언니는 예정과 알고 지내며 고맙게 느꼈던 일들에 대해서 적어 내려갔다. 그리고 대학병원 간호사 시절 언니에게 잠수 이별을 겪게 했던 남자친구의 일에 대해서도 적었다. 그는 그저 헤어지자는 말을 할 용기가 없어서 연락을 끊고 숨었던 게 아니었다고 언니는 밝혔다.

당시에 케이블 TV에서 방영되는 예능 프로그램을 만드는 외주 제작사의 AD였던 그는 툭하면 폭언을 일삼는 상사에 대한 불만을 자주 표했다. 상사에 대한 욕은 점차 말단 직원들을 일회용품 취급하는 회사 자체가 쓰레기라는 말로 번졌다. 시간이 조금 더 지나자 "차라리 싹 다 망해버렸으면 좋겠다"라는 얘기를 입에 달고 살았다.

그가 말하는 '싹 다'에 해당하는 것은 단지 그의 회사만이 아니었다.

그러던 어느 날 그는 수면제 한 움큼을 삼키고 응급실에 실려갔다. 그는 잠이 오지 않아서 수면제를 먹다가 판단이 흐려졌을 뿐이었다고 변명했으나, 언니는 믿을 수 없었다. 평소에 그는 늘 수면부족을 호소했기 때문이었다. 그가 언제 어디서든 상체를 기댈 수만 있다면 오 분 안에 잠들고 만다는 것을 언니는 누구보다 잘 알고 있었다. 게다가 그는 병원에서 퇴원한 뒤에 곧장 서울 생활을 정리하고 본가로 향했다. 그리고 그런 일련의 과정을 언니에게 보여주고 싶지 않았으므로 한동안 일체의 연락을 취하지 않은 것이었다.

당시에 언니가 느꼈던 감정은 슬픔보다 분노였다. 그가 언니의 존재를 까맣게 지운 채 감행한 일들을 납득할 수 없었다. 그러나 도저히 용서되지 않아 주체가 안 될 만큼 화가 나던 그때의 기억도 이제는 꽤 흐릿해졌다. 지금 언니의 머릿속을 떠나지 않는 가장 분명한 감정은 다시는 그런 일을 겪고 싶지 않다는 것이었다.

사실 언니의 옛 남자친구는 심신이 지쳐서 때로 퉁명스러워지는 걸 제외하면 그때까지 언니가 알고 지내왔던 누구보다 심성이 고운 사람이었다. 그리고 언니는 자신이 아는 가장 여리고 따뜻한 사람이 어떠한 방식으로든 세상을 등지는 일을 두 번 다시 보고 싶지 않았다. 그것은 모두에게 아프고 손해인 일이라고 언니는 믿었다.

그러니 자신이 기울이고 있는 관심이 괜한 걱정이라면 부디 그렇다고 말해달라고 언니는 정중하게 부탁했다. 그리고 편지 말미에 자신의 주소와 이메일 주소를 적어두었다. 틈날 때마다 SNS의 메시지를 확인할 것이라는 말도 덧붙였다.

편지를 부친 후에 언니는 혹여 상처가 될 만한 표현은 없었나 싶어 자신이 적은 말들을 여러 번 곱씹어보았다. 그리고 세 번째 편지는 좀 더 짧고 차분한 감정으로 써 내려갔다.

페이스북을 통해 예정에게서 메시지가 온 것은 세 번째 편지를 보내고 이틀 후의 일이었다.

"언니 걱정시켜서 미안해요. 저는 괜찮아요"라고 적힌 짧은 메시지였다. 괜찮지 않은 것 같은데, 하는 직감이 들었지만 전보다는 한결 마음이 놓였다. 언니는 빗장뼈 사이에 박혀 있던 돌덩이가 빠져나간 느낌이라고 말했다. 그리고 자신에게 딱 한 잔의 맥주를 허락했다.

단번에 잔을 비운 언니는 우렁차게 트림을 하며 아쉬운 듯 입맛을 다셨지만 아직은 마음놓고 술을 마실 수 없다며 빈잔을 곧바로 씻어서 엎어놓았다. 예정에게 말 그대로 생존 신고만 받았을 뿐 그녀가 어떻게 살고 있는지 알지 못하기 때문이었다. 언니는 예정과 메시지를 몇 번 더 주고받은 뒤에 예정이 지금 어떤 상태인지 좀 더 구체적으로 알 수 있었다.

"어떤 상태였는데요?"

수화기 저편에서 정연이 물었다.

"그냥 쭉 집에 있었대요."

"은둔형 외톨이처럼요?"

정연이 되물었다.

내가 같은 질문을 던졌을 때 언니는 거의 그런 것 같다고 대답했다. 일 년 가까이 집 밖 출입 자체를 거의 하지 않은 채 그저 시간을 흘려보내고만 있다고 들었다는 것이었다.

"나도 그렇게 있었던 적 있는데."

정연이 덤덤하게 말했고 나는 정연이 그런 심심한 시간을 버틸 수 있다는 것이 쉬이 믿기지 않았다.

"길지는 않고 한 달쯤? 재수했을 때요. 수능 또 못 본 거 같아서 내 인생 텄구나 싶었는데 죽을 용기는 없고. 그래서 잠수 탄 거예요."

"어유, 용기 있었으면 큰일 날 뻔했네."

그러게 말이라며 허허실실 웃는 정연이 눈앞에 있었다면 다정히 어깨를 감싸 안아주었을 것이다. 아니, 사실 그보다는 함께 술을 한잔하고 싶었다. 정연은 좋은 방법이 있다며 중국에 한번 놀러 오라는 말을 잊지 않고 전화를 끊었다.

배짱의 새집은 지어진 지 칠 년 된 건물의 오 층이었다. 방 넓이는 전보다 조금 줄었으며 이번에도 엘리베이터가 없는 건물이었다.

"올여름에 나한테 엘리베이터 없는 건물은 다 부숴버리자고 안 그랬어요?"

"그랬죠. 근데 그건 장마철에 부츠랑 가방을 버리기 전의 얘기거든요."

곰팡이가 피어 못 쓰게 된 것은 배짱이 유달리 아끼는 가방과 세무 부츠였다고 했다. 그 일을 계기로 배짱에게 새집을 고르는 첫 번째 조건은 엘리베이터가 있는 건물에서 남향으로 지어진 건물로 바뀌었다.

"이제 눅눅한 수건 쓸 일도 없어졌으니까. 계단 올라가는 건 운동하는 셈 쳐야죠."

배짱은 가쁜 호흡으로 그렇게 말하면서 성큼성큼 계단을 올랐다. 집에서부터 이미 삼십 분 가까이 걸어온 나는 층고가 다소 높은 건물의 폭이 좁은 계단을 바라보며 조용히 한숨을 쉬었다.

사실 올해를 지나오면서 나는 '계단'이라는 것 자체에 신물이 나 있는 상태였다. 물 한 잔을 마시려 해도, 화장실에 갈 때마다, 언니와 얘기 한마디 나눌 때도 계단을 오르내려야 했으니 말이다. 깨어 있는 시간의 1% 정도는 순전히 계단 위에서 보냈는지도 모르겠다. 맥주를 마신 날은 화장실을 들락거리느라 그보다 더 길어졌다. 어릴 적부터 가지고 있었던 다락방에 대한 로망은 흔적도 없이 사라진 지 오래였다. 배짱이 이사를 결정하기 전이었다면 나는 목놓아 통촉하여 주시기를 외쳤을 것이다.

그러나 막상 배짱의 집 안으로 들어서자 그녀의 선택에 어느 정도 납득이 갔다. 그녀의 새집은 남향이었을 뿐 아니라 현관 반대편으로 난 창이 원룸치고는 꽤 큰 편이어서 방 안이 밝고 환해 보였다. 전에 살던 집은 오전에 형광등을 켜도 이만큼 빛이 들어오지는 않았다. 특히 오후의 햇볕이 오래 머무는 창가에는 원목 스툴이 놓여 있었고 그 위에는 로즈마리와 선인장이 담긴 자그마한 화분들이 자리하고 있었다.

포장이사라는 건 마법 같은 데가 있어서 근처 꽃집에서 화분을 사오고, 음료수를 이삿짐센터 직원에게 나누어주고, 몇몇 살림살이가 놓일 자리만 지정해주니 어느새 끝나 있더라고 배짱은 말했다. 물론 그 마법은 디테일이 떨어질 수밖에 없는 숙명을 가진 터라 배짱은 컵 하나를 찾기 위해 싱크대 문 이곳저곳을 여닫아야 했다.

게다가 침대 옆에는 정리되지 않은 채 쌓여 있는 옷더미가 있었으며 싱크대 옆으로는 키 높이에 달하는 길쭉한 택배 상자가 보였다. 거기에는 새로 주문한 철제 행거가 들어 있다고 했다. 나는 그제야 포장이사라는 마법의 혜택을 받지 못한 옷 더미가 납득됐다.

"주스는 지금 안 마셔도 되니까 일단 이거 조립부터 하자고요. 지금 미루면 여기 옷 정리도 못하잖아요."

나는 오늘은 이만 쉬었으면 한다고 뭉그적거리는 배짱의 손을 잡아끌었다. 행거 조립과정은 설명서를 읽을 때까지만 해도 복잡할 게 하나도 없어 보였지만 실제로는 결코 간단치 않았다. 특히 볼트와 너트를 조이는 게 일이었는데 우리는 번갈아가면서 너 죽고 나 죽자는 심정으로 손끝에 힘을 모았다. 행거 두 개를 조립하고 나자 배짱은 다시는 조립형 가구를 사지 않겠다고 선언하는 한편 이케아에 저주를 퍼붓기까지 했다.

"거봐요. 둘이 있을 때 하길 잘했지."

나는 좀 으스댔다.

"그러니까 말이에요. 이제 나가요. 밥 먹으러 가시죠!"

배짱은 여느 때처럼 호쾌하게 외쳤으나 나는 고개를 저었다.

"기왕 조립한 거 옷은 걸고 가야죠."

나가자, 아니다 옷부터 걸자, 우리가 실랑이하는 동안 배짱의 뱃속에서 연달아 꼬르륵 소리가 나서 나는 단념하고 배짱을 따라나서게 되었다. 배짱은 삼겹살이나 갈비를 사겠다고 했다. 하지만 나는 식사만 하고 일터에 가야 했다. 냄새가 밸 것도 신경이 쓰였으므로 메뉴는 짜장면으로 합의가 되었다.

이사 직후에 치러야 할 선결과제 중 하나는 집 주변에 있는 괜찮은 중국집을 찾는 것이다. 우리가 찾은 곳은 짜장면의 면이 다소 가는 편이었다. 배짱은 그 점에 아쉬움을 표했지만 윤기가 도는 소스 맛이 만족스럽다는 데는 둘 다 이견이 없었다. 짜장 소스 안에 들어간 감자와 양파, 그리고 돼지고기는 하나같이 큼직해서 먹음직스러웠다. 특히 설컹거리는 비계 없이 부드러운 살코기가 잔뜩 들어 있는 점도 마음에 들었다. 그래서 푸짐하게 느껴지기도 했다.

윗배까지 가득 찬 포만감을 느끼고 있는데 마지막 한 젓가락을 입안에 넣은 배짱이 단무지를 집다 말고 창밖을 가리켰다.

"어? 눈 오나 본데요?"

우리는 첫눈을 맞이하기 위해 얼른 가게 밖으로 나갔다. 먹색으로 물든 먼 하늘을 배경 삼아 민들레 홀씨처럼 하얗고 가벼운 눈이 흩날리고 있었다. 누군가 크게 숨을 모아 불어버리면 시야가 미치지 않는 곳까지 모두 날아가버리고 말 것처럼 은은한 눈이었다.

"이삿날 눈이 다 오고. 배짱, 이번 집에서 운 대박인가봐요."

내가 어깨를 툭 건드리자 배짱은 앞날에 대한 기대감을 담은 근사한 미소를 지었다.

그날 밤, 일을 마치고 집에 들어갔을 때 언니는 닭발을 안주 삼아 소주를 마시고 있었다. 언니 앞에 불투명한 녹색 병이 놓인 것은 실로 오랜만의 일이었으므로 나는 겉옷을 벗을 새도 없이 무슨 일이 있었느냐고 따져 물었다.

"일단은 첫눈이 왔고."

언니가 한껏 폼을 잡으며 말하기에 나는 근무 중에 그걸 보았느냐고 물었다. 그러자 언니가 고개를 가로저으며 환자에게 전해들었을 뿐이라고 했다.

"그치? 한 오 분이나 내렸나. 잠깐 흩날리다가 말더라고."

언니가 고개를 끄덕였다. 나는 여느 때처럼 계단을 올라 옷을 갈아입고 내려왔다. 그러자 언니가 잔과 젓가락을 가져다주었다. 미지근하게 식은 닭발 하나를 입에 넣은 나는 데워 먹어야겠다는 생각을 하면서 실제로는 자리에 그대로 앉아 있었다.

"너도 표정이 뭐가 있는 표정인데?"

"그냥, 사장님이 직접 달인 쌍화탕까지 한 잔 주시면서, 내년에는 어떻게 할지 잘 생각해보라고 하시더라고. 연말연시 동안에."

"전에도 그런 얘기 들었다고 하지 않았어? 한 달 전쯤인가 이제 그만 하산하라고 했다며."

"응. 그땐 연말까지 천천히 생각해보겠다고 그랬는데 벌써 시간이 이렇게 됐네."

사장님이 내게 유난히 힘주어 말한 것도 시간이 얼마나 빠른가 하는 것이었다. 특히 서서, 몸을 움직여가며 일하는 사람에게 시간은 정말 쏜살같아서, 일단 당장 오늘 할 일만 생각하며 나중 일은 에라 모르겠다 해버리면 마흔도 쉰도 금방이라고 했다. 하기야 어느 날 정신을 차려 보니 벌써 이렇게 됐나 싶은 느낌으로 서른이 되었으니 아마 그 말이 맞을 것이다.

"배울 거는 얼추 다 배운 거 아니야?"

사장님은 그렇게 말해주었다.

"지금 결단 안 내고 난중에 가서 후회해도 난 몰라. 아마 그때쯤 이면 나는 저 짝 멀리 산골짜기 절에 들어가 있을 라니까."

한순간 '저 짝 멀리'라는 말이, 거기에 '들어가 있을' 것이란 말이 달콤하게 들렸다. 확 따라가버릴까. 그런 방법도 있겠구나, 싶었다. 하지만 그건 찰나의 감정일 뿐이었다. 그것은 내가 궁극적으로 원하는 바와 한참이나 거리가 있었다.

다만 어느 한쪽을 선택하기가 쉽지 않았다. 어느 날은 관심이 최고치에 오른 한식을 좀 더 연마하는 것만이 최선인 것 같았다. 하지만 가장 이성적인 선택은 적당한 프랜차이즈 업장을 찾아 입사하는 것일지도 모른다. 정해진 레시피에 따른 심심한 작업을 무한히 반복하는 대신 '정직원'이라는, 대출에 용이한 타이틀을 얻게 되니 말이다. 일정 시간이 지나 내가 또다시 새로운 무언가를 시작하게 된다면 대출을 받는 것밖에는 목돈을 마련할 방도가 없으므로 그편이 지혜로운 선택일 것이다. 그러나 흔쾌히 어느 한쪽으로 마음이 기울지 않았다. 가능하다면 그러한 결정에서 한 발짝 떨어져 있는 시간을 조금이나마 늘리고 싶었다.

"맞아. 그럴 때가 있지. 친구가 제약회사 영업직이었거든. 거기도 장난 아니잖아. 그래서 못 해먹겠다고 이직 결심을 했는데, 자소서 쓰기 싫다면서 지금 일 년 넘게 뭉개고 있어."

언니가 말했다.

아이고, 하는 소리가 절로 나왔다. 자소서가 쓰기 싫어 버티는 1년간 속이 얼마나 부대꼈을까. 마치 내 일처럼, 손에 잡힐 듯 느껴졌다. 나는 헛헛한 마음으로 식은 닭발을 집었다가 도로 내려놓고 오븐

토스터 앞으로 갔다. 그리고 닭발과 약간의 뱅어포를 넣고 타이머를 돌렸다.

멍하니 타이머가 돌아가는 소리를 들으며 기다리고 있는데 언니가 휴대폰 화면을 내 얼굴 앞으로 내밀었다. 화면에는 어느 학교의 창가에서 찍힌, 일 분쯤 되는 짧은 영상이 재생되고 있었다. 눈이 오는 풍경이 느린 화면으로 담겨 있는 모습이었다.

화면이 느린 화면으로 전환되면서 주변의 소음이 부옇게 멀어진다. 작은 눈송이 하나가 화면 한가운데를 가로질러 서서히 떨어져 간다. 화면 오른편에 점점이 눈송이가 비쳤다가 바람에 날린 듯 도로 상승해가는 모습이 몽환적으로 보인다. 영상이 다시금 제 속도를 되찾자 "야, 눈 와!" 하는 아이들의 말소리가 또렷해짐과 동시에 흩날리는 눈송이들이 화면의 초점에서 사라진다. 창가에 교복 입은 아이들이 몰리면서 영상은 끝이 난다.

언니는 이 영상을 인스타그램에서 보자마자 예정에게 보냈다고 했다. 그러면서 몇 해 전 첫눈이 내리던 날에 함께 술 마셨던 추억을 상기시켰다. 그리고 첫눈 온 기념으로 술을 딱 한 잔만 같이 하지 않겠느냐고 패를 던졌다는 것이다.

"그래서 만나고 온 거야? 어디서? 거기 집 근처 술집에서?"

"내가 걔네 집으로 갔지. 그것도 한 시간 이상은 안 있겠다고 달래서 들어간 거야."

언니는 집에 들러 예정이랑 함께 마실 요량으로 사둔 샴페인을 가져가고 싶은 마음이었다. 하지만 혹시나 예정의 마음이 변할까 싶어 우선 바삐 그녀의 집 쪽으로 향했다고 했다. 그리고 집 근처 편의

점에서 버니니 두 병을 골랐다.

예정의 집에 발을 들이자 언니는 고맙다는 말이 절로 나왔다고 했다. 그런 언니의 모습에 예정은 의아한 듯 고개를 갸웃거렸으므로 언니는 "그냥, 전부 다 고마워. 문 열어준 것도 고맙고" 하고 이유를 댔다. 무엇보다 이렇게 멀쩡하게 살아 있어줘서 고마운 마음이 들었으나 그 생각은 속으로만 했다.

머리가 한 뼘쯤 자라고 살집이 좀 더 붙은 것을 제외하면 예정은 변한 게 없었다. 언니는 마음 깊이 안도하면서 가느다란 샴페인 잔을 들어 대략 일 년 만의 건배를 했다.

"어떻게 지냈대?"

"메시지에서 들은 대로. 돈 안 벌고, 사람들 상대 안 하고, 그냥 골방에 박혀 있었대."

"그런데 그렇게 오래 버텼어?"

"원래 집이 반전세였는데 집 주인이 월세로 바꿔달라고 했나봐. 그러면서 올해는 보증금에서 월세를 까기로 했나 보더라고. 생활비는 퇴직금이랑 모아둔 거에서 헐어 썼겠지."

"장 보는 건? 인터넷?"

"응. 보니까 구석에 택배 박스가 많더라."

"그럼 돈도 이제 아슬아슬하겠네."

"아무래도 그렇겠지."

"나랑 비슷하고만."

나는 언니의 술잔을 채워주었다. 언니는 선뜻 대꾸할 말을 찾지 못하겠다는 듯 머뭇거렸다. 다음 순간 "그래 뭐. 너나 예정이나 둘

다 앞으로 나랑 밀린 술 엄청 마셔줘야 되니까 그 점은 비슷하다야"
라며 잔 속의 소주를 말끔히 비운 언니가 어깨를 살그머니 떨며 크
으, 하고 농밀한 감탄사를 내뱉었다.

나는 언니에게 화가 나지는 않느냐고 물었다. 안부를 전하는 연
락을 딱 한 통만 주었더라면, 하는 야속한 마음이 들 법하다 싶어서
였다.

"나지. 화가 왜 안 나."

"잘 참네. 화나서 남친 집 앞으로 경찰차도 출동 시켰던 사람이."

언니는 피식 웃더니 내 어깨를 툭 쳤다.

"그래. 이렇게 네가 그 이야기 우려먹는 것처럼, 나도 나중에 예정
이 앞에서 두고두고 우려먹으려고 그런다. 그때 내가 얼마나 걱정했
는지 아느냐고."

그러더니 언니는 마지막 한 잔 분량이 남아 있는 소주병을 들어
빈잔을 가득 채웠다.

그 밤에 언니는 예정과 함께 마실 셈으로 사둔 샴페인 병을 찍어
예정에게 보내고 술창고에 두었던 샴페인을 냉장실의 채소칸으로
옮겼다. 샴페인을 미끼로 예정의 외출을 꾀하려는 것이었다. 미스터
썸머도 언니의 작전에 협조했다. 그는 예정이 마음만 먹는다면 언제
든 그녀의 집 앞까지 태우러 가겠다고 전했다. 두 사람은 삼사 일에
한 번씩 주기적으로 예정에게 연락을 넣었지만 부담스러울 만큼 압
박을 주지 않도록 주의했다.

그런 사정을 잘 알고 있었기 때문에 12월의 어느 날 저녁, 언니가
헐레벌떡 전화를 걸어왔을 때 나는 용건을 듣기 전부터 무슨 얘기

가 나올지 대강 짐작할 수 있었다.

"그럼 셋이 같이 집으로 온다는 얘기지? 몇 시에 도착하는데? 그쯤 나갈게."

"한 이삼십 분쯤 있다가? 미안해. 난데없이."

이유야 어찌 됐든 한겨울에 갑자기 집을 비워줄 수 있느냐고 묻는 일에 언니는 무척 겸연쩍어했다. 나는 언제든 협조할 마음의 준비가 되어 있었기 때문에 조금도 미안할 일이 아니라고 대답했다. 아마 영하 20도쯤으로 기온이 떨어진 날 자다 일어나서 집을 비워줘야 하더라도 서운하지 않았을 것이다.

다만 양념에 재둔 돼지갈비를 막 조리하려던 참이라는 게 아쉽기는 했다. 몇 시간만 일찍 알았더라면 좋았을 텐데. 그랬다면 세 사람이 이곳에 도착하자마자 '산골집식 특제'라는 타이틀을 붙인 요리를 먹을 수 있도록 준비해두는 것도 가능했을 테니 말이다.

일단은 밥솥에 갈비를 안치고 싱크대 위를 치우다 말고 나는 다시 냉장고를 열어보았다. 용기를 내어 여기까지 오는 그녀에게 무언가 따뜻한 음식을 대접하고 싶었기 때문이었다. 재빨리 만들 수 있고, 취향을 타지 않을 만한 메뉴는 뭐가 있을까 하며 채소칸을 열었을 때 콩나물이 보였다. 그거면 됐다.

냄비에 콩나물을 듬뿍, 김치는 조금만 썰어 넣고 불에 올린 뒤에 옷을 갈아입었다. 김치 콩나물국의 개운한 냄새가 부엌에 가득 찼다. 그제야 나는 언니가 샴페인을 마시게 될 가능성이 높다는 사실을 기억해냈다. 샴페인과 김치 콩나물국은 그다지 어울리는 조합이 아니었으므로 환기를 위해서 부랴부랴 창문을 열었다.

그러자 창틀 위에 1cm쯤 쌓여 있는 눈이 보였다.

언제부터 내렸는지 온 세상이 하얗게 덮여가는 중이었다. 아, 그 래서, 하고 나는 납득했다. 오랜만에 외출을 한다면 나 역시 이런 날을 고를 것 같았다. 나는 창문을 살짝 열어둔 채로 국의 간을 보고 파를 듬뿍 썰어 넣었다. 청양고추는 따로 채 썰어 담아두었다. 새우 젓으로 간을 맞춘 김치 콩나물국은 내가 끓였지만 솔직히 국물이 흠잡을 데 없다는 자아도취적인 생각이 들어서 나는 혼자 웃었다.

도마를 씻고 있는데 현관문이 열리고 세 사람이 들어왔다.

"언니 안 그래도 이제 막 나가려고 했는데!"

급히 손을 닦으며 현관 쪽으로 나가자 "대박, 나 오늘 이거 먹고 싶었는데!" 하는 언니와 피코트를 입은 미스터 썸머 뒤로 무릎을 덮는 까만 패딩을 입고 마스크를 쓰고 있는 그녀, 예정이 보였다. 언니는 그녀에게 "얘가 같이 사는 내 사촌이야" 하고 소개했다.

예정이 마스크를 벗자 오랫동안 햇볕을 멀리한 파리한 얼굴이 드러났다. 내가 먼저 인사를 건네자 그녀는 얼른 고개를 숙였다. 보통 이런 순간이면 말씀 많이 들었다고 인사를 할 테지만, 그런 말은 그녀에게 부담스러울 것 같았다. 그래서 나는 콩나물을 좋아하느냐고 물었다. 그녀가 희미한 미소가 어린 얼굴로 고개를 끄덕였다.

"잘됐네요! 많이 끓여 놨거든요. 천천히 많이 드시고 편하게 있다 가세요."

"얘 인사 하는 게 어디 사모님 같애."

언니가 싱글싱글 웃으며 냄비 뚜껑을 열어 보았다.

"배고픈데 여기다 밥부터 말아 먹어야겠다."

"그럴 거면 아예 국밥을 한 그릇 먹고 술을 드시는 게 나을걸?"

나는 국밥을 해 먹는 요령을 간단히 설명했다. 우선 팔팔 끓는 국물 위에 계란을 살그머니 깨 넣은 뒤에 바로 뚜껑을 닫고 삼십 초쯤 지나면 가스 불을 끄라고 말이다. 그렇게 일이 분쯤 두어 흰자만 부드럽게 익을 동안 대접에 밥을 담아놓는다. 그리고 그 위에 국과 반숙 계란을 떠 넣으라고 일렀다. 하지만 배가 고프다고 할 때는 언제고 언니는 듣는 둥 마는 둥 술잔부터 챙겼다.

"어차피 내가 해봤자 노른자나 터뜨리지. 오빠가 좀 해줘."

"운전도 내가 했는데 상도 차리고 그러라고? 오케이. 아예 토렴까지 해줄 테니까 나중에 한턱 쏴."

미스터 썸머는 그렇게 말하더니 조미김이 있느냐고 물었다. 내가 도시락 김을 건네며 "드실 줄 아시네요"라고 말하자 그가 어깨를 으쓱거렸다. 칭찬 한마디 들었다고 그새 뻐기는 모습은 변함없이 꼴보기 싫었지만 어쨌든 이 순간만큼은 가스불 앞에 선 그가 꽤 믿음직스러웠다. 내친김에 나는 그에게 밥솥에서 취사 완료 알림이 울리면 갈비를 냄비에 옮겨 담고 조금 더 졸여서 식탁 위에 올려달라는 부탁까지 했다.

언니는 칠링 해둔 샴페인 말고도 같이 마시고 싶은 술이 차고 넘친다며 예정 앞에서 술창고를 열어 보이고 있었다. 긴장으로 굳어 있던 예정의 얼굴에 엷은 미소가 번졌다. 나는 그 모습을 뒤로하고 집에서 빠져나왔다.

그제야 나는 행선지를 정하지 않았다는 것을 깨달았는데, 그런 내 사정을 꿰뚫어 보기라도 한듯 배짱의 카톡 메시지가 도착해 있었다. 눈도 오고 수업도 일찍 마쳤으니 한잔하자는 메시지였다. 나는 전화를 걸어 "콜!" 이라고 힘차게 외쳤다.

"콜이요?" 배짱이 영문을 모르겠다는 듯 되물었다.

"톡 지금 봤어요. 벌써 한잔했어요? 나 지금이라도 갈게요."

"어쩐지 답이 없더라. 아, 그런데……."

"어디 다른 데 갔어요? 알았어요, 그럼 다음에……."

"아니에요. 집에 있어요."

배짱이 내 말 허리를 잘랐다.

"오세요. 와도 술은 줄지 말지 잘 모르겠지만."

"왜요? 없으면 내가 사갈게요."

"있기는 있는데, 암튼 잘됐어요. 오세요."

배짱의 알쏭달쏭한 반응이 무엇 때문인지 알 수 없었지만 손이 시렸으므로 일단 통화를 마쳤다. 그때 마침 길 건너에 소문난 빈대떡 마을이 보여서 나는 모듬전을 사가기로 했다. 모듬전 앞에서도 술을 안 줄 수는 없으리라. 나는 얼른 가게 안으로 들어가 전을 포장해달라고 주문했다.

가게에서 나왔을 때, 짧은 시간 동안에 눈발이 더 굵어진 것 같았다. 다행히 눈은 아직 질척거리며 녹지 않고 쌓이는 중이었다. 새하얀 길 위에 마음껏 발자국을 남기며 나는 배짱의 집으로 향했다. 슬슬 발끝이 시려올 즈음 도착해 초인종을 누르자 아무 말 없이 현관문이 열렸다.

문을 열어준 이는 처음 보는 남자였다. 배짱 집 문을 남자가 열어주다니! 하는 놀라움이 찾아들기도 전에 나는 그가 누군지 깨달았다. 그는 처음 보는 사람이 아니었다. 그는 지금까지 여러 번 볼 기회가 있었지만 결과적으로는 오늘에서야 다시 만나게 된 사람이었다.

"아, 아, 안녕하세요. 이렇게 뵙네요."

남자는 무척 상냥하게 말했지만 겸연쩍은 표정까지는 감추지 못했다. 시선이 이리저리 흔들렸고, 그건 나 또한 마찬가지였다.

"밖에 엄청 춥죠? 들어오세요, 들어오세요."

남자가 오른손을 휘휘 저으며 말했다.

"네. 한 일 년 만에 뵙네요. 저, 이거 전이에요."

"예?"

"모둠전이요. 포장해왔어요."

"아, 예. 감사합니다."

남자가 전이 들어 있는 봉투를 건네받자 나는 천천히 부츠를 벗으면서 남자의 이름을 떠올리려 애썼다. 뜻밖의 상황에 긴장한 탓인지 기억나는 것은 ㅅ이 들어가 있는 이름이라는 것뿐이었다. 대체 배짱은 어디에 갔나 싶어 휴대폰을 보자 아직 안 읽은 카톡 메시지가 보였다. 배짱이 나와 통화를 마친 직후에 보낸 것이었다.

빠밤. 승훈이도 와 있어요. 같이 봐요. 이번 기회에. ^^/

그래, 승훈! 나는 그의 이름을 속으로 되뇌며 걸음을 옮겼다. 그는 접시에 전을 옮겨 담으며 배짱이 잠시 편의점에 갔다고 말했다.

"아, 그리고 참. 그때 갑자기 못 나가서 죄송했습니다."

승훈이 갑자기 손놀림을 멈추더니 고개를 숙였다.

"아니에요. 그다음에 저도 그래서……."

어색하게 맞절까지 하고 나니 갈증이 났다. 현기증인지도 모르겠다. 아마 둘 다일 것이다.

승훈은 무슨 얘기라도 하는 게 낫겠다 싶었는지 오늘 자신이 이곳에 오게 된 이유에 대해 설명했다. 일산은 오후부터 눈이 내리기 시작했고 퇴근 시간 즈음에는 빙판길이 된 곳도 꽤 있다 보니 맥주를 마시러 오는 손님이 거의 없었다는 것이다. 그러자 그가 일하는 탭 하우스의 사장님이 종일 공칠 느낌이 온다며 그를 먼저 퇴근시켰다고 했다. 일찍 마치는 기회가 또 언제 올지 모르므로 이사에 도움을 주지 못했던 것이 못내 마음에 걸렸던 배짱의 집에 들를 결심을 했다는 게 승훈의 변이었다.

사정이야 어찌 됐건 맥주를 만들고 파는 남자를 직접 알게 된 것만으로 나는 양식을 비축해놓은 산짐승처럼 마음이 든든해졌다. 그와 동시에 지난해 처음 만났던 술자리에서 "사랑합니다!" 하고 외쳤던 일이 떠오르는 것을 막을 도리가 없었다. 내가 저지른 주접에 다시금 치가 떨렸다.

다행히 그 순간 배짱이 나타났다. 그녀는 패딩 점퍼를 벗으며 "어색한 시간 충분히 즐겼어요?" 하고 키들거렸다.

"소개는 안 해도 서로 잘 아실 테고. 근데 주희 씨."

"네."

"얘가 오늘은 술 안 마신대요."

"왜요?"

"얘가 요새 배가 나오기 시작해서, 쇼크를 받았다네요? 뭐, 맥덕이라면 감수해야겠지만? 그래도 멋있는 브루 마스터가 되려면 관리를 해야 된다는 거죠. 요새 술은커녕 다이어트 때문에 저녁도 굶는대요. 너 이게 며칠 만에 먹는 저녁이라고?"

배짱의 질문에 승훈은 "너 정말 이럴래" 하고 부들거리며 제대로 말을 잇지 못했다.

놀리는 말 한마디에 이토록 쉽게 걸려드는 성격이라니, 귀엽기도 하지. 나는 속으로 실실거렸다. 그는 하얀 셔츠 위에 짙은 회색 카디건을 입고 있었다. 다이어트를 할 필요가 있나 싶을 정도로 변함없이 근사한 옷 태에 시선이 갔다. 날카롭지도 처지지도 않은 눈매에 약간 부은 듯한 눈두덩이에서 느껴지는 묘하게 포근한 느낌도 좋았다.

"암튼 그래서 당분간 금주래요. 딱 한 잔만 하라고 아까부터 졸랐는데, 한 잔이 두 잔 되고 그러다 꽐라 된다고 얼마나 난리를 치던지."

"내가 뭘 또 난리까지 떨었다고……."

승훈이 우물거리며 항변했다.

"그러니까 내 말은, 오늘은 진짜 차분하게 다 같이 식사를 해보자는 거지. 식사를!"

아무래도 냉동실 안에서 자가 증식을 하는 게 아닐까 싶을 정도로, 여전히 냉동실의 한구석을 차지하고 있는 닭죽을 꺼내 전자레인지에 돌리며 배짱이 말했다. 그러자 승훈이 괜한 소리를 했나 하는 아쉬운 표정을 지었다. "그러죠 뭐" 하고 덤덤히 말했지만 실은 나도 안타깝기 짝이 없었다.

"주희 씨는 저번에 너무 취했었으니까 오늘은 말짱한 모습을 좀 보여줘야 할 거 아니에요."

내 속을 꿰뚫어 본 듯 배짱이 단호히 말했다. 그 말에는 나도 동의할 수밖에 없었다.

작은 원탁에 차려진 것은 닭죽과 김부각, 내가 사온 모둠전, 승훈이 사왔다는 주꾸미 볶음과 리코타 치즈 샐러드였다. 후식으로 셋이 먹기에 충분한 양의 티라미수도 있다고 했다. 주꾸미 볶음은 상당히 자극적인 맛이어서 씹으면 씹을수록 두피 안쪽까지 찌릿했다. 그는 평소 매운 음식을 즐기는 편은 아니지만 배짱이 매운 음식과 느끼한 음식의 조화를 좋아하는 것을 고려하여 메뉴를 구성한 모양이었다.

아유, 배려심도 많고 다정하기도 하지. 나는 속으로 감탄해 마지 않으면서 겉으로는 "저도 매운 거 좋아해요" 하고 덤덤한 척 말했다. 실은, 이렇게 혓바닥이 욱신거리는 캡사이신 맛이 아니라 감칠맛과 조화를 이룬 깊은 맛의 매운 음식을 만들어볼 테니 다음에 또 함께 셋이 모이자는 얘기를 하고 싶었지만 쉬이 입이 떨어지지 않았다. 일말의 취기도 없이 아직 친하지 않은 이에게 그런 말을 하는 것은 상당한 용기를 필요로 하는 일이었다.

조금만 몸을 틀면 서로 무릎이 부딪칠 만한 작은 원탁에 둘러앉아 영락없이 술안주인 메뉴로 식사하면서 "취미는 어떻게 되세요" 같은 질문에 뻘쭘하게 답을 하려니 수저를 들고 밥을 먹는 행동 자체가 어색하게 느껴질 지경이었다. 초면에 응당 느껴질 법한 어색함이 열 배 스무 배로 증폭되어 강렬하게 나를 짓누르고 있었다.

이러지 말고 딱 한 잔만 하자고 할까, 배짱이 그렇게까지 얘기했는데 또 못 참으면 너무 술독에 빠져 사는 사람처럼 보이려나. 고민에 고민을 거듭하고 있는데 승훈이 결심한 듯 젓가락을 내려놓았다.

"다이어트 내년부터 할래. 우리 인간적으로 한잔 마시자."

승훈의 말에 배짱은 못 말린다는 듯 혀를 차는 척하더니 환하게 웃었다. "그래도 내 생각보다는 오래 참았네. 주희 씨도요."

"아까부터 갈증 나서 맥주 땡겨 죽겠어요" 하고 투정하자 "맥주 있어요! 제가 가져왔어요!" 하고 승훈이 대신 대답했다. 그가 일하는 브루어리에서 만든 밀맥주를 페트병에 담아 왔다는 것이었다.

"바이젠 계열 좋아하세요?"

맥주 얘기가 나오자 승훈의 눈빛에 활기가 돌았다.

"없어서 못 마시죠."

나는 거짓 없는 내 마음을 고했다.

"오늘 날씨와 싱크로율도 잘 맞네요!"

승훈이 고개를 끄덕였고 배짱은 어째서 싱크로율이 맞느냐는 듯 고개를 갸웃했다. 수제 맥주의 인기와 함께 종종 찾아오곤 하는 독문과의 위엄을 보여줄 순간이었다.

"바이젠이 하얀 맥주라는 뜻이거든요. 다른 맥주보다 색깔이 밝잖아요."

"아하."

배짱은 감탄한 듯 양미간을 움찔거리더니 하얀 맥주에 이강주를 타서 마시겠다며 콧노래를 불렀다.

"막걸리도 있어?"

승훈이 물었다.

"주꾸미가 너무 매워서 막걸리 땡긴다."

배짱이 의기양양한 표정을 지으며 생수는 떨어져도 막걸리가 떨어지는 일은 없다고 대답했다. 그러자 승훈이 훌륭하다며 박수를 쳤다.

"오늘은 천천히 마셔요. 훅 가지 말고요."

배짱이 내 귓가에 소곤대자 승훈이 적당히 하라는 눈짓을 보냈다. 그리고 상 위에 맥주잔을 놓았다. 그는 거품을 제대로 살리겠다며 살짝 기울인 잔 위로 감질날 만큼 천천히 맥주를 따랐다.

드디어 오늘의 첫 번째 잔이 채워진다. 내내 관심을 가지고 있던 남자가 나를 위해 공들여 술잔을 채워주는 두근거리는 풍경이 눈앞에 펼쳐지고 있다. 그런데 묘했다. 나는 설렘이 아니라 불안감으로 인해 가슴이 두근거렸다. 눈으로 덮인 밤이 본격적으로 즐거워지려는 바로 이 순간, 이제 앞으로의 일자리 문제를 결정해야만 한다는 생각이 번쩍, 머릿속을 스친 것이다. 더 이상은 미룰 수 없다. 어떤 핑계를 대도 소용없다. 탕진하기로 결심한 일 년의 시간은 어느새 흘러가버렸다.

진작 취해 있었더라면 아마 지금쯤 그런 고민 따위는 하얗게 잊은 채 쉴 새 없이 웃고 있었을 것이다. 취해 있을 때는 언제든 웃을 수 있으니까. 그러나 언제까지 취해 있을 수만은 없다.

"술잔 앞에 두고 무슨 생각을 그렇게 해요?"

배짱의 질문에 나는 아무것도 아니라며 고개를 저었다.

"이렇게 천천히 따라서 언제 마시나, 싶은데 차마 말을 못하시나보다. 야, 그러니까 적당히 공들여. 주희 씨는 적당히 마시구요."

배짱은 그렇게 말한 뒤에 이게 마지막 잔소리였다고 황급히 덧붙였지만 승훈은 못 말린다는 듯 고개를 저었다.

"그만해. 너무 그러면 기분 좋게 못 마시잖아."

잔의 윗부분을 채운 거품의 너비가 줄어드는 모습을 주시하던 승훈은 시선을 그대로 둔 채 살짝 뜸을 들이더니 내게 동의를 구했다.

"안 그래요 주희 씨?"

그러자 배짱이 "주희 씨는 내 맘 알걸?" 하고 물으며 내 옆에 찰싹 달라붙어 앉았다. 그녀의 눈빛이 어찌나 따스한지, 나는 앞으로도 배짱과 술잔을 기울일 숱한 날들이 남아 있다는 것만으로도 한결 든든해졌다. 또한 그 자리에 때로는 승훈도 함께 하게 되리라는 예감이 들었다. 그와 이성적으로 발전하게 될지 어떨지는 알 수 없었지만 좋은 술친구로 앞날을 기약할 수 있으리라는 것에는 의심의 여지가 없었다. 그런 느낌이 왔다.

맥주잔 위의 거품이 1cm쯤으로 잦아들자 승훈은 페트병의 목을 쥔 손을 부드럽게 돌려 시계 방향으로 회전시켰다. 그런 후 병 입구를 잔에 바투 대어 살그머니 따르자 크림처럼 부드러운 거품이 잔 위를 봉긋하게 덮었다.

"드셔보세요."

승훈이 내 앞으로 잔을 밀어주었다. 정성들여 따른 모양은 물론 맥주 맛에도 자신 있다는 듯 그의 얼굴에는 뿌듯한 미소가 번져 있었고, 나는 불안한 두근거림이 한결 잦아들었음을 느꼈다.

적당히, 기분 좋게, 하고 나는 되뇌었다. 세상에는 무한한 매력을 가진 술이 넘치고 양옆에는 그 매력을 오래도록 함께 들여다보고픈 이들이 있었다. 그러니 얼마든지 적당히, 기분 좋게 즐길 수 있을 것이다. 언제까지고 취한 상태에서 허우적거릴 수는 없지만 기분 좋게 취하는 일 자체를 포기할 이유도 없다.

나는 엷은 황금빛 바이젠이 담긴 잔을 앞으로 내밀었다. 그러자 종류가 다른 술이 담긴 세 개의 잔이 맑은 소리를 내며 부딪쳤다.■

혼자 골방에 틀어박히는 게 싫어서 거실의 커다란 창문 앞에 둔 책상 겸 식탁에서 글을 쓰고 있습니다. 그 앞을 몇 시간쯤 지키고 있다 보면 또 좀이 쑤셔서 바깥바람을 쐬고 싶어집니다. 특히 이 소설은 '취재도 할 겸'이라는 핑계를 허락하는 내용이었던 터라 작업하는 동안 망원동의 골목골목을 무던히도 기웃거리고 다녔습니다.

그때나 지금이나 현재진행형으로 확장돼가고 있는 거리에서는 새로운 간판이 등장하는 순간을 매달 수차례 목격하게 됩니다. 그에 못지않게 (취재도 할 겸) 산책을 즐기던 길에서 만난 어떤 간판들은 이미 거리에서 사라져버렸다는 필연적인 사실 또한 자주 깨닫게 되고요.

다음에 한번 가봐야지, 하는 사이에 폐업이 결정된 상점들. 집기를 모두 들어낸 휑한 건물 사이를 스쳐 지나가는 길에 이따금, 곁에서 사라진 사람들을 떠올리게 되는 순간이 찾아왔습니다.

그중에서도 마음에 걸리는 것은 우리가 사는 세계의 속살처럼 여린 사람들이 고립되어 있다가 어느새 증발해버린 경우입니다. 계산적인 표현이 되겠지만 그들이 세계에서 자취를 감추는 것은 아무리 보아도 그들 자신보다 세계에 더 손해일 것이라는 생각도 듭니다. 그렇다면 우리는 무엇을 할 수 있을 것인가, 하는 질문이 늘 마음 한편에 자리했습니다. 이 소설을 마주한 분들에게 은근하게나마 그 질문이 전해졌으면 하는 바람입니다.

여기까지 쓴 뒤에 실은,

가까이에서 지켜봐주시고 멀리서 응원해주신 모든 분에게 감사드립니다.

라고만 쓰고 싶었습니다. 하지만 그랬다가는 두고두고 후회하리라는 사실을 순순히 받아들이고 감사의 말씀을 적도록 하겠습니다.

첫 책이 나오기까지 지난한 시간 동안 독촉 한마디 없이 기다려주신 어머니와 아버지께 거듭 감사드립니다. 가족을 비추는 빛이자 온기와 같은 존재인 동생 새봄이에게도 감사와 사랑을 전합니다.

김사인 교수님과 이만희 교수님께 지면으로 감사의 말씀을 전할 수 있게 되어서 무척 기쁩니다. 은지, 정미 언니, 지은 언니를 비롯하여 동덕여대 문예창작학과의 동기와 선후배님들께도 감사드립니다.

마음의 버팀목이 되어준 소중한 친구들 미희, 지영, 가인, 주현, 大介, ふくみ, 沙也佳 고맙습니다. 그동안 다양한 술을 권하고 소개해 준 B모임 분들과 영아 씨, 배 사장님께도 감사의 말씀 드립니다.

최근 몇 해 동안 거의 유일한 독자가 되어준 두 사람에게 특히 감사하고 있습니다. 일상에서 보고 듣고 느끼는 것 중 가장 빛나는 조각들을 아낌없이 나누어주는 연주. 그리고 주치의처럼 늘 제 글을 살펴보고 진단해주는 미애 덕분에 이 소설을 완성할 수 있었습니다. 앞으로도 늘 첫 번째 독자가 되어주길 부탁합니다.

2018년 봄
은모든

2018 한경신춘문예 당선작

애주가의 결심

초판 1쇄 발행 2018년 5월 23일
초판 7쇄 발행 2022년 11월 21일

지은이 · 은모든
펴낸이 · 주연선
책임편집 · 백다흠

(주)은행나무
04035 서울특별시 마포구 양화로11길 54
전화 · 02)3143-0651~3 | 팩스 · 02)3143-0654
신고번호 · 제 1997-000168호(1997. 12. 12)
www.ehbook.co.kr
ehbook@ehbook.co.kr

ISBN 979-11-88810-25-3 (03810)